W0411539

VERLOREN aber nicht vergessen

Der etwas andere Beziehungsroman

Susanne Altmann

Copyright © 2023 by Mag. Dr. Susanne Altmann

www.schreibstar.at
info@schreibstar.at

Cover & Coverfoto: Canva

Lektorat, Korrektorat: Gudrun Topp, Rudi Strele

ISBN
Paperback: 9798376758403

All rights reserved. No part of this book may be reproduced in any form or by any electronic or mechanical means, including information storage and retrieval systems, without written permission from the author, except for the use of brief quotations in a book review.

Entfremdung

In den Bäumen kann ich keine Bäume mehr sehen.

Die Äste haben nicht die Blätter, die sie in den Wind halten.

Die Früchte sind süß, aber ohne Liebe.

Sie sättigen nicht einmal.

Was soll nur werden?

Vor meinen Augen flieht der Wald,

vor meinem Ohr schließen die Vögel den Mund,

für mich wird keine Wiese zum Bett.

Ich bin satt vor der Zeit

und hungre nach ihr.

Was soll nur werden?

Auf den Bergen werden nachts die Feuer brennen.

Soll ich mich aufmachen, mich allem wieder nähern?

Ich kann in keinem Weg mehr einen Weg sehen.

Ingeborg Bachmann

Inhalt

Verloren, aber nicht vergessen

Sechs Jahre ist es her, seitdem sie einander das letzte Mal gesehen hatten. Es war ein unvergessliches Ereignis, dem unglaublich schwere Zeiten folgten. Es begann mit dem Tag der plötzlichen Trennung. Diese kam so plötzlich, dass nicht einmal mehr Zeit für eine Verabschiedung blieb. Alles ging schnell, sehr schnell sogar. Das, was passierte, war nicht voraussehbar. Für niemanden. Niemand hatte an so eine dramatische Situation von diesem Ausmaß gedacht. Am wenigsten die beiden selbst, Hanna und Paul. Es musste so kommen, denn es war ihr Schicksal. Nein, nicht nur ihres, sondern auch seines.

Nach dieser Trennung nahm das Leben von Hanna und Paul seinen Lauf, seinen neuen Lauf. Das Universum hatte für beide noch etwas anderes geplant. Sie lebte anfangs völlig passiv, ganz ohne Bewusstsein, er aktiv, bei vollem Bewusstsein. Er fühlte sich in der ersten Phase nach der Trennung alleine und einsam und war emotional ziemlich angeschlagen. Sie fühlte nach der Trennung nichts, wirklich nichts, gar nichts. Seine letzten sechs Jahre waren keinesfalls erfreulich, wobei ihre um einiges schlimmer waren. Niemals hätte er ein Leben, das sie durchstehen musste, verkraften können. Bestimmt hätte er schon nach kurzer Zeit aufgegeben. Doch das war in ihrer Situation schwer und fast nicht möglich, weil hier andere Kräfte oder Mächte mitspielten, auf die wir in der Regel wenig Einfluss haben. Sie hatte gekämpft, gekämpft, um ihr Leben wieder zurückzugewinnen und auch darum, wieder in sein Leben zurückkehren zu können. Ein harter Kampf, der viel Ausdauer, Kraft und emotionale Stärke forderte. Sie hatte es geschafft. Sie kam zurück, aber dann kam es doch anders.

Das einzig Wichtige im Leben sind die Spuren der Liebe, die wir hinterlassen, wenn wir gehen."
Albert Schweitzer

Zurück

Total erschöpft und emotional ausgebrannt erreichte sie den Ort, den sie lange Zeit vermisst hatte. Es war eine liebliche Gegend mit duftenden Wiesen, Feldern und kleinen Wäldern. Sie hatte sich dort gerne aufgehalten, um Entspannung vom Alltag finden zu können. Sie liebte die Natur über alles. Besondere Affinität hatte sie zu den alten, über 20 Meter hohen Kastanienbäumen, mit ihren weit ausladenden Kronen, entwickelt, von denen es zahlreiche in diesem kleinen Ort gab und deren weiße Blüten in der Frühlingssonne wie Kerzen leuchteten. Wie sehr war ihr dieser wunderbare Duft, dieser großartige Anblick majestätischer Bäume, die bereits eine ziemlich lange Geschichte hinter sich hatten, abgegangen. Wie groß war jetzt ihr Verlangen, das Verlangen nach ihm, seinem Geruch, seiner Wärme, seiner Nähe. Mit all ihren Sinnen war sie bei ihm, von dem sie sich in ihrer Vorstellung umarmt, liebevoll gedrückt und gestreichelt fühlte. Die Sehnsucht nach ihm war groß. Sechs Jahre hatten sie sich nicht gesehen, aber davor lebten sie bereits viele Jahre zusammen, und sie waren niemals lange getrennt.

Wer seine Träume verwirklichen will,
muss zuerst einmal aufwachen.

Der Wind wehte nur leicht. Trotzdem fröstelte es sie zunehmend mehr. Unverständlich, blies ihr doch ein warmer Wind ins Gesicht, und die Sonne hatte bereits die Kraft zu frühsommerlichen Temperaturen. Die letzten Jahre waren nicht spurlos an ihr vorübergegangen. In ihrem Gesicht, aber auch am ganzen Körper waren sichtbare Zeichen des Alterns zu erkennen. Sie wollte es nicht wahrhaben, sondern versuchte zu verdrängen, was sie in den letzten Jahren erleben musste, was sie gesehen beziehungsweise nicht gesehen hatte. Es war nicht das Alter, das Altwerden, mit dem sie ihre Probleme hatte. Die Erlebnisse aus ihrer Vergangenheit machten ihr sehr zu schaffen und beschäftigten sie immer noch. Vielleicht jetzt wieder mehr als noch vor wenigen Tagen. An manche Erlebnisse konnte sie sich bis zum heutigen Tag nicht erinnern, auch wenn sie sich Mühe dabei gab. Manches blieb einfach im Verborgenen. Für sie, nicht für die anderen. Das, was sie sehen musste, was sie tun musste, war für sie nicht immer erfreulich. Niemals hätte sie sich vorstellen können, einmal so zu leben, wie sie für einige Jahre leben musste. Doch so war es eben für sie vorgesehen. Und eigentlich müsste sie sogar dankbar dafür sein, denn es hätte auch ganz anders für sie ausgehen können. Es hätte auch mit einem Nicht-mehr-Zurück enden können. Doch sie schaffte es zurück, und jetzt war fast am Ziel, dachte sie.

Sie war aufgeregt, sehr aufgeregt. Es war als hätte sie in Kürze eine schwierige Prüfung zu bestehen, für die eine umfassende Vorbereitung notwendig wäre. Tatsächlich hatte sie sich lange, nämlich einige Jahre darauf vorbereitet. Doch nun schienen ihr die eingelernten Worte nicht mehr einfallen zu wollen. Es war wie ein Fernstudium, bei dem man mit dem Prüfer während der Vorbereitungszeit keinen Kontakt hat. Erst am Tag der Prüfung tritt der Prüfende in Erscheinung, und nach der Prüfung trennt man sich wieder voneinander. Ein kurzes Gastspiel, bei dem bewertet wird und welches mit Erfolg oder Misserfolg endet. Im Anschluss gehen wieder beide ihre eigenen Wege, nämlich dorthin, woher sie gekommen waren. Zu gerne hätte sie im Vorhinein schon gewusst, wie er sich ihr gegenüber verhalten und was er sie fragen würde. Während ihr, Hanna, der genaue ‚Prüfungstermin' bekannt war, hatte er, Paul, von diesem speziellen Tag keine Ahnung. Nicht dass er sich genauso lange wie sie darauf vorbereiten hätte müssen. Eines stand jedoch fest: Dieser Tag wird für Paul ein großes, sehr emotionales Erlebnis mit Folgen sein.

Schon seit langem beabsichtigte sie zurückzukehren, doch sie konnte nicht. Sie konnte beim besten Willen nicht. Es war ihr nicht einmal möglich, darüber zu reden. Mit niemandem, auf jeden Fall noch nicht zum derzeitigen Zeitpunkt. Jetzt aber war sie wieder an diesem wunderbaren Platz, wo es sie seit fast sechs Jahren gedanklich hingezogen hatte. Bis dahin konnte sie nur in ihrer Vorstellung verreisen. Ihr Körper blieb zurück, er konnte nicht reisen. Noch nicht. Doch diese Gedankenreisen können äußerst wertvoll sein, können einem Mut machen, Dinge zu unternehmen und auf sich zu nehmen, können aber auch die Realität verklärend darstellen. Kurzum es blieb lange Zeit bei gedanklichen Reisen, aber genau diese halfen Hanna sehr und gaben ihr Mut. Gedanklich war sie schon mehrmals dort, wo sie hinwollte und wo sie hoffentlich in Kürze ankommen wird. Jahrelang hatte sie an ihrem Ziel gearbeitet, an der Erreichung ihres Zieles. Es war kein kurzfristiges, auch kein mittelfristiges, sondern ein lange geplantes Ziel, das sie viele Jahre in ihrem Bewusstsein hatte und woran sie glaubte.

Hanna war eine starke Frau, mental stark, was ihr Wollen und ihr Durchsetzungsvermögen betraf, doch auf der anderen Seite auch sehr schwach, besser gesagt empfindsam und äußerst verletzlich.

Ihr Herzschlag wurde bei jedem Schritt lauter, der ganze Oberkörper bebte und drohte fast zu zerbersten, je mehr sie sich dem Haus näherte. Zu lange hatte sie ihr Zuhause, aber noch viel mehr ihn, ihren Paul vermisst.

Sprechen war ihr in diesem Zustand kaum möglich. Ihre Mund- und Rachenschleimhäute fühlten sich wie eingetrocknet an. Die pelzige Zunge klebte fast am Gaumen, sodass das Sprechen nur mehr unter erschwerten Bedingungen möglich gewesen wäre. Ach, wie nahe war sie ihm jetzt schon! Sie glaubte ihn schon zu spüren, ihn zu riechen und ihn vor ihren tief liegenden grünen, müden Augen zu sehen. Was soll sie ihm sagen? Mit welchen Worten soll sie ihn begrüßen? Wie wird er aussehen? Sie wirkte außerordentlich angespannt, die Atmung war kurz und flach, doch regelmäßig. Lange, sehr lange hatte sie auf diesen Tag gewartet, an dem sie ihren Ehemann wiedersehen würde. Heute war er endlich gekommen. Der Tag der Rückkehr, der Tag der Begegnung, der Tag der neuen Begegnung. Oder waren doch noch Tage dazwischen?

Hanna wurde melancholisch, als sie an die glücklichen Jahre mit Paul zurückdachte und wieder das Schicksal, das sie voneinander trennte, in Erinnerung rief. Jetzt war sie wieder zurück, und die Freude auf den gemeinsamen Neubeginn, auf die Fortsetzung ihrer Beziehung, ihrer Ehe war unheimlich groß. Die hagere Frau mittleren Alters hatte ihren Paul sehr vermisst, aber in Gedanken war sie die letzten sechs Jahre, genauer gesagt die letzten fünfeinhalb Jahre bei ihm. Wenn da nicht diese große geografische Entfernung gewesen wäre, die niemand wollte. Wirklich niemand. Keiner hatte damit gerechnet, dass diese zwei Menschen für einige Jahre getrennte Wege gehen müssten. Manch einer würde fragen, ob es Bestimmung oder Schicksal war. Unwichtig, meinen die anderen. Die Tatsache, dass es so war, zählte und damit musste sie umgehen lernen. Sie mehr als er.

Fast 20 Jahre lang lebte sie dort mit ihrem Mann. Es war ein Platz, den sie über alles liebte. Sie war hier gut in das soziale Netzwerk eingebunden und erlangte aufgrund ihrer unterschiedlichen Funktionen, die sie mit großem Engagement ausgeübt hatte, ein ziemlich hohes Ansehen. Ob im Gemeinderat, in der Schule, in der Goldhaubengruppe oder im Kirchenchor, Hanna war in mehreren Bereichen aktiv. Sie war bei den Ortsansässigen als gepflegte, elegante Persönlichkeit bekannt und beliebt. Jetzt aber wirkte sie ziemlich mitgenommen, wenig gepflegt und ohne Glanz in den Augen. Auf der langen Fahrt hatte sie wenig zu sich, aber vieles auf sich genommen. Man sah ihr an, dass sie in den letzten Stunden ziemlich wenig getrunken hatte, denn die Haut im Gesicht und an den Händen war ziemlich ausgetrocknet. Ihr Haar war in den letzten Jahren stark ergraut und auffallend spröde geworden, und an der fahlen, leicht gräulichen Gesichtsfarbe war unschwer das Schicksal ihrer vergangenen Jahre zu erkennen. Ein paar Schweißperlen standen ihr auf der Stirn, die sie im Moment noch ignorierte. Unermüdlich schlenderte sie durch das ihr gut bekannte Dorf, in dem sie zwar nicht aufgewachsen war, das sie jedoch aufgrund ihres langen Aufenthaltes als ihre Heimat bezeichnet hatte. Es war ihr Zuhause.

Ihr Herz war mit Glück erfüllt. Das gab ihr Kraft für die letzte Hürde ihrer langen Reise. Sie musste noch einen kleinen Berghang hinaufgehen, denn oben stand das Haus, in dem sie gemeinsam mit ihrem Ehemann gewohnt hatte. Langsam und ganz in Gedanken bei Paul marschierte sie die asphaltierte Straße entlang. Sie war überrascht, wie vieles sich in ihrer Heimatgemeinde in den letzten sechs Jahren geändert hatte. Auffallend waren nicht nur die vielen modernen Neubauten in der kleinen Siedlung, sondern auch das immense Wachstum der Bäume und Sträucher. Dadurch hatte sich der Charakter des Dorfes, das etwa zehn Kilometer von der nächsten Stadt entfernt lag, stark verändert. Sie erfreute sich an den Farben und Gerüchen dieser wunderbaren Gewächse und badete gedanklich im Duft des wohlriechenden Flieders. Wie sehr sie, die große Garten- und Naturfreundin, diese Gerüche vermisst hatte, mit denen sie schöne Erlebnisse aus der Vergangenheit verknüpft hatte. Erlebnisse aus früheren Zeiten, nicht aus den vergangenen sechs Jahren, in denen sie von völlig anderen Gerüchen umgeben war. Zum Teil waren es unangenehme, beißende Gerüche, an die sie sich nicht gewöhnen konnte, beziehungsweise wollte. Plötzlich hatte sie den Geruch von gegrilltem Fleisch in der Nase, der aufgrund des Westwindes bei ihr ankam und sie daran erinnerte, seit mehreren Stunden nichts mehr gegessen zu haben. Sie hatte sich zwar an die wenig ausgiebige Ernährung in den vergangenen Jahren gewöhnt, doch jetzt, bei dem Gedanken an Gegrilltes, wurde ihr das zunehmend stärker werdende Hungergefühl richtig bewusst. Wurde es doch unterdrückt durch die emotionale und körperliche Belastung, der sie die letzten zwei Tage ausgesetzt war, um endlich – nach der langen Zeit des Wartens und der Trauer – von ihrem Ehemann in die Arme genommen werden zu können. Nur die Sehnsucht, die Liebe und das unglaubliche Verlagen nach ihm schenkte ihr diese unfassbare Kraft, diese Hürden auf sich zu nehmen und dabei nicht unterzugehen.

Sie schlenderte weiter, in der Annahme, gleich an ihrem Ziel angekommen sein zu werden. Auf dem Weg dorthin kam sie an Häusern mit Hausfassaden vorbei, die für sie nicht wiederzuerkennen waren. Sie waren färbig gestrichen oder erhielten durch kleine Zu- bzw. Umbauten ein komplett anderes Erscheinungsbild. Auch die Autos, die vor den ihr bekannten Häusern parkten und mit ziemlicher Sicherheit den Hauseigentümern gehörten, waren neu, teilweise größer und exklusiver. Dort, wo sie Kindergeschrei vermutete, war es still. Dort, wo sie Stille vermutete, war es vereinzelt laut. Sie sah Kinderwägen auf den Terrassen stehen und daneben junge Mütter oder Großmütter sitzen, die sich liebevoll um die Sprösslinge kümmerten. Hatte sie doch vergessen, sechs Jahre nicht hier gewesen zu sein. Die Menschen hatten sich weiterentwickelt und vermehrt. Neues Leben und neue Lieben, sprich Beziehungen waren entstanden. Interessiert beobachtete Hanna zwei halbwüchsige Burschen, wie sie an ihren Motorrädern hantierten und die sie noch als Schüler in Erinnerung hatte.

Da waren plötzlich Klänge aus einem Haus zu hören. Klänge, die ihr nicht nur aus der Jugend sehr bekannt waren, sondern sie sofort zu Tränen rührte. Es war ein Lied, das sie wieder an ihre Zeit im Ausland erinnern ließ, ihr aber die dringend benötigte Kraft gab, problemlos die fehlenden paar hundert Meter zu ihrem Wohnhaus zu schaffen. Hanna glaubte bei ihrer Ankunft in Kirchbergen, die schlimmste Phase ihres Lebens überstanden zu haben. Jetzt freute sie sich wie ein kleines Kind auf ihren neuen Lebensabschnitt mit ihrem Ehemann. Sie würde viele Lebenserfahrungen, allerdings mehr unerfreuliche als erfreuliche, sowie neue Erkenntnisse über Leben und Tod mitbringen und ihm nach einigen Tagen alles erzählen können und wollen. Lange Zeit konnte sie nicht darüber sprechen, was ihr vor über sechs Jahren widerfahren war und was sie alles durchmachen musste. Wem hätte sie es erzählen sollen? Wem nur? Niemand hätte sie verstanden. Also schwieg sie und behielt all das, was sie erlebt und gesehen hatte, für sich und nur für sich. Bis jetzt. Bis morgen, bis übermorgen oder vielleicht überübermorgen. Sie wird es ihm ganz bestimmt erzählen, in allen Einzelheiten und Details, blumig, farbig und wahrscheinlich phasenweise mit Tränen in den Augen, denn sie musste es endlich jemandem Vertrauten mitteilen. Jemanden, dem sie sich öffnen konnte, den sie liebte.

Sie war nun fast am Ziel angelangt. Nur wenige Häuser musste sie noch passieren, ehe sie vor ihrem eigenen stehen würde. Es wurde ihr plötzlich heiß, trotz ihrer leichten Bekleidung, die mit Mottenlöchern übersät war. Äußerlichkeiten waren ihr nie so wichtig wie innere Werte, nämlich Offenheit, Geradlinigkeit, Ehrlichkeit und Treue. Nichtsdestotrotz kränkte sie sich, als ein Jugendlicher mit einem höhnischen Grinsen auf sie zeigte. Sie wusste sofort, dass ihre Kleidung, vor allem ihr viel zu großes hellblaues Hemd, das wie ein dünner Fetzen an ihr hing und ziemlich schmutzig war, belächelt wurde. Sie war physisch schwach und emotional schwer angeschlagen und hatte großen Hunger. Kein Wunder nach dieser beschwerlichen Reise.

Was sie als besonders belastend fand, war der Umstand, dass sie niemand in ihrem Dorf grüßte. Weder die Jungen noch die Älteren kümmerten sich um sie, dabei hatte sie immer als bekannte Persönlichkeit in diesem Ort gegolten. Mehrere Autos, die von Personen gelenkt wurden, die sie mit 100prozentiger Sicherheit kannte, waren an ihr vorübergefahren. Keiner blieb stehen, um sie – wie es am Land üblich ist – mitzunehmen. Was war geschehen? Hatte sie sich so stark verändert, dass sie keiner mehr kannte oder hatte sich die Gesellschaft, das Verhalten der Landbevölkerung dermaßen geändert? Sie wusste, dass sie in den letzten sechs Jahren sehr gealtert war. Kein Wunder, wenn man ihre vergangenen Jahre kennen würde.

„Gruß Gott, Frau Seidl!", kam aus ihrem stark ausgetrockneten Mund. Die Begrüßte, die gerade andächtig das Unkraut in ihrem kleinen Vorgarten auszupfte, drehte sich zur grüßenden Hanna und zuckte erschrocken zusammen. Reflexartig widmete sie sich sofort wieder ihrer Gartenarbeit, wandte sich jedoch dann nochmals neugierig der langsam dahin schlendernden Passantin zu, deren Stimme ihr irgendwie bekannt vorkam. Nur das Gesicht konnte sie nicht sofort zuordnen. Hanna war bereits beim Nachbarhaus der Familie Seidl angelangt, als sie einen kurzen Blick zurückwarf und Frau Seidl wie angewurzelt mitten im Blumenbeet stehen sah.

Plötzlich ging drei Häuser weiter die Eingangstür auf, und ein älterer Herr mit grau meliertem Haar kam heraus. Er ging für sein Alter ziemlich flott in Hannas Richtung. „Der liebe alte Herr Brickner, dem ich oft einen selbst gebackenen Schokoladenkuchen vorbeibrachte ...!", dachte Hanna und begrüßte ihn laut und deutlich mit seinem Namen. Herr Brickner erwiderte höflich, vielleicht etwas verstört den freundlichen Gruß, und ging in seinem Tempo weiter in die Richtung, aus der Hanna gekommen war. Hanna hörte ihn nur noch halblaut, ständig vor sich hin brabbelnd: „Diese Stimme, diese Stimme, diese Stimme ...?" Sie überlegte, ob sie ihm nachlaufen und sich ihm zu erkennen geben sollte. Nein. Vielleicht litt er unter kognitiven Ausfällen oder hatte Demenz oder man hatte sie, Hanna, einfach vergessen? Sie aber hatte sie nicht vergessen, die vielen schönen Erlebnisse mit den netten Nachbarn, die langen Grillfeste im Sommer, die gemeinsamen Hausmusikabende, die Näh- und Bastelrunden, und schon gar nicht die lustigen Kartenspielabende im Winter, bei denen doch manchmal recht heftig debattiert, ja sogar gestritten wurde. Verlieren kann eben nicht jeder. Was hatte sie nicht alles verloren in den vergangenen Jahren? Was musste sie alles aufgeben und zurücklassen? Erstaunlicherweise fiel es ihr gar nicht so schwer – das Aufgeben und Zurücklassen. Geholfen hatte ihr der Gedanke beziehungsweise die Aussicht auf ein besseres, glücklicheres Leben in ihrer Heimat.

Sehnsucht ist Heimweh –
nicht nach einem bestimmten Ort,
sondern nach einem ganz bestimmten
Menschen, den man nicht vergessen kann.

Und da stand sie jetzt, vor ihrem Haus, dem Haus in der Bergstraße 11. Endlich angekommen. Ihre Knie zitterten, und der Schweiß stand ihr auf der Stirn. Sie hatte nach der langen Wanderung großen Durst und freute sich, ihn mit dem Wasser aus der Gartenleitung vor ihrem Haus stillen und sich ein wenig frisch machen zu können. Ihr Körper war so ausgetrocknet, sodass ihr nichts mehr einfiel. Sie war nun am Ziel und fühlte sich total kraftlos. Sie hatte sich genau überlegt, wie sie Paul begrüßen würde und sich dieses Wiedersehen in den schönsten Farben und wunderbarsten Tönen ausgemalt. Jetzt war sie am Ziel. Sie stand vor der Eingangstür ihres Hauses und läutete. „Ding – dong – ding!“ Der Klang der Glocke war wie Balsam auf ihrer wunden Seele. Sie konnte kaum glauben, endlich wieder zuhause angekommen zu sein. Nach wenigen Minuten betätigte sie noch einmal den Schalter der Glocke, da sie keine Bewegung im Haus wahrnehmen konnte. Wiederum war der wohltuende Klang der Glocke zu hören, den sie wie in Trance aufnahm. Leider wieder keine Reaktion. Zugegebenermaßen stand auch Pauls Auto nicht vor der Garage. Möglicherweise befand es sich in der Garage, aber diese war geschlossen, so wie auch die Eingangstür.

Hanna war sehr glücklich, wieder an dem Platz zu stehen, der ihr für einige Jahre verwehrt war. Er war ihr nicht fremd, obwohl in den letzten Jahren doch einige Veränderungen passiert waren. Der Geruch, die Stimmung, die Aura – das alles schien für Hanna irgendwie gleich, aber doch anders. Selbstbewusst ging sie die wenigen Stufen zur begrünten Terrasse mit Waschbetonplatten hinunter. Dort wollte sie sich ein wenig von den Strapazen ausruhen, bevor Paul nach Hause kam. Aber was war passiert? Keine Gemüse- und Kräuterbeete mehr. Und die schöne Statue von einem japanischen Künstler, deren Namen sie vergessen hatte, war verschwunden. Gestohlen? Sie war überrascht über die vorgenommenen Veränderungen auf der Terrasse und im Garten, hatte jedoch keine Kraft, sich darüber Gedanken zu machen. Sie wollte sich lediglich für ein paar Minuten erholen und der Gartenstuhl mit seiner weichen Schaumstoffpolsterung, der im schattigen Teil der Terrasse stand, lud sie ein, dies unverzüglich zu tun. Vorher nahm sie noch einen Apfel, der in einem kleinen Weidenkorb neben dem Sessel lag und von dem sie jeden Bissen genoss. Sie war hungrig und vor allem sehr müde. Mit einem leichten Stöhnen und dem Gefühl der Erleichterung ließ sie sich in den Gartenstuhl fallen und schlief in der Sekunde ein.

Angekommen?

Es war nicht nur der Sonnenstrahl in ihrem Gesicht, der sie aus ihrem tiefen, unendlich tiefen Schlaf aufwachen ließ. Vielmehr war es das laute Aufsperren der Terrassentür, neben der sie geschlafen hatte. Jetzt kam der Moment, auf den sie mehrere Jahre warten musste. Ihr Herz klopfte, als würde es in den nächsten Sekunden zerspringen. Sie fühlte sich nicht in der Lage, sich aus dem Stuhl zu erheben. Wie angewurzelt saß sie im Liegestuhl auf der Terrasse. Endlich war es so weit. Endlich. End-lich. Die Tür war zweimal zugesperrt und knarrte leise beim Öffnen. Paul müsste sie einölen, um dieses unangenehme Knarren zu beheben. Sie kannte sein fehlendes Engagement, wenn es um das Reparieren von defekten Dingen im Haus ging. Mit Leichtigkeit fand er stets eine Erklärung, ein handwerkliches Problem nicht selbst lösen zu können. Entweder fehlte es ihm am dafür notwendigen Gerät oder am Werkzeug oder der Zeitaufwand schien ihm einfach zu groß. Und so wurden manche lästigen Arbeiten im Haus auf die lange Bank geschoben.

„Was machen Sie auf meiner Terrasse? Verschwinden Sie sofort von hier!" Hanna erschrak. Ihr stand ein Mann gegenüber, den sie nicht kannte. Sie war starr vor Schrecken und brachte keinen Ton heraus. Augen und Mund blieben offen, und sie konnte sich keinen Millimeter bewegen.

„Ich habe gesagt, Sie sollen von hier verschwinden! Haben Sie mich nicht verstanden?", brüllte der schwer übergewichtige Herr mit kariertem Hemd und unangenehmem Körpergeruch, der aus dem Haus, aus ihrem Haus herauskam. Langsam näherte er sich seinem unerwünschten weiblichen Gast, der noch immer bewegungslos in seinem Gartenstuhl kauerte und keine Anstalten machte sich zu erheben.

„Ich wohne hier ...", antwortete Hanna, allerdings zögerlich und mit leiser, heiserer Stimme.

„Dass ich nicht lache, Sie wohnen hier ...! Das Haus gehört mir und sonst niemandem!", erwiderte der Mann mit dem derben Gesicht. Er machte dabei eine Handbewegung als würde er im nächsten Moment auf Hanna einschlagen wollen. Seine Hand bzw. sein Arm wirkten sehr kraftvoll. Er war aufbrausend und seine Augen schienen in Kürze aus den Augenhöhlen herausspringen zu wollen.

„Das ist das Haus von Paul Mandl ...", versuchte Hanna dem aufgebrachten, äußerst unsympathischen, cholerischen Mann zu erklären.

„Das war das Haus von Paul Mandl, aber jetzt gehört es mir", bekam Hanna unmissverständlich zu hören.

„Nein, das kann nicht sein ...", schrie die geschwächte Frau, in deren blassem Gesicht immer mehr rötliche Flecken auftauchten. Sie konnte nicht glauben, was sie nun hören musste. Es fühlte sich wie eine verbale Ohrfeige an, wie ein großer Verlust, ein Misserfolg. Sie hatte also ihr ehemaliges Haus verloren, das sie gemeinsam mit ihrem

Mann aufgebaut hatte. Viel Geld und Zeit steckten in diesem Projekt. Was hat sie nicht noch alles in den letzten Jahren verloren? Was hat sie zurücklassen oder hergeben müssen? Auf diese schwere, unerwartete Prüfung war sie nicht vorbereitet.

„Und wer sind Sie?“, erkundigte sich der Übergewichtige mit den Birkenstockpantoffeln.

„Seit wann wohnen Sie hier und ...?“, wollte Hanna, der Schrecken und Verzweiflung im Gesicht anzusehen waren, wissen. Sie war fassungslos, nicht in erster Linie über das unfreundliche Verhalten des grobschlächtigen Herrn, sondern mehr über die Entscheidung ihres Ehemannes, dieses wunderschöne, gemeinsam aufgebaute Haus verkauft haben zu können. Und noch dazu an jemanden, der zutiefst widerlich und ungehobelt war.

„Das hat sie nicht zu interessieren! Wer sind Sie?“, rief der unsympathische Mann laut dazwischen und kaute weiter an seinem Zahnstocher. Dann spuckte er Teile des hölzernen Zahnstochers aus. Es war richtig ekelig, ihm dabei zuzusehen.

„Und wo wohnt Herr Paul Mandl jetzt?“, versuchte Hanna aus dem neuen, unhöflichen Hausbesitzer herauszubekommen, der sich mit seinen fast zwei Metern Größe vor Hanna aufbäumte, um ihr Angst und Respekt einzujagen.

„Verdammt noch mal, wer sind Sie?“, bohrte der Unhold nach, der sich – wie hätte es anders sein sollen – nicht vorgestellt hatte.

„Ich bin die Ehefrau von Herrn Mandl", meinte Hanna stolz, die aufgrund ihrer Aufregung nicht auf seine Fragen eingehen konnte, was auch umgekehrt dem fremden Hausbesitzer nicht leichtfiel.

Zur Antwort erhielt sie zu allererst ein schallendes Lachen, gefolgt von den Worten: „Dass ich nicht lache, Sie sind die Frau von Herrn Mandl! Offensichtlich von den Toten wieder auferstanden ...!" Der Mann lachte weiter und schüttelte seinen Kopf, worauf ihm das ungepflegte, etwas zu lange Haar in die Stirn fiel und er die störenden, fettigen Strähnen energisch zur Seite strich. Beinahe wäre ihm dabei der Zahnstocher aus dem Mund gefallen. Einfach widerlich dieser Typ, der neue Hausbesitzer.

„Wo ist mein Mann, wo? Ich suche ihn, ich bin wieder da! Ich bin zurück! Helfen Sie mir, bitte!", sprudelte es aus der völlig verzweifelten Hanna heraus. Sie bekam jedoch weder eine Antwort auf ihre Fragen noch irgendeine Form von Mitleid zu spüren. Stattdessen wurde sie nochmals, aber diesmal unglaublich schroff von ihrer ehemaligen Terrasse verwiesen.

„Und außerdem haben Sie meine Äpfel gegessen. Das ist Diebstahl!" schrie ihr der verschwitzte, übelriechende Hausherr der Bergstraße 11 nach.

Wortlos und taumelnd verließ Hanna die Terrasse. Das war also einmal der Platz, wo sie sich sehr wohl gefühlt hatte. Der Platz, wo sie mit Paul, ihren Freunden und Familienmitgliedern Kaffee und Kuchen trank, wo sie sich zurückgezogen hatte, um Bücher zu lesen und wo sie sich an und ab ein Nachmittagsschläfchen gegönnt hatte. Das war jetzt endgültig vorbei. Sie war zurück, und er nicht mehr da. Wo war nur Paul? Wo wohnte er jetzt?

„Es ist vorbei. Es ist aus. Was soll ich tun? Wo soll ich hin?", schluchzte Hanna. Sie war außer sich. Sie war fassungslos. Sie konnte und wollte nicht glauben, was geschehen war und sie gerade auf ihrer ehemaligen Terrasse erleben musste. Hanna weinte und schrie zugleich: „Paul, wo bist du? Paul, Paul, Paul ..." Tränen rannen über ihre beiden roten Wangen. Sie zitterte am ganzen Körper – vor Verzweiflung, Erschöpfung, Hunger und Durst. Sie fühlte sich elendig. In diesem Moment war die Hoffnung auf ein weiteres schönes Leben, auf ein Leben in trauter Zweisamkeit mit ihrem Paul vollständig verloren gegangen. So schön hatte sie sich alles ausgemalt, noch bevor sie diese gewaltige Reise von mehreren Stunden auf sich genommen hatte. Viele Gedanken kamen ihr nun in den Sinn, viele unterschiedliche. Heftige Kopfschmerzen im ganzen Stirnbereich machten ihr zu schaffen. Sie fühlte sich benommen und hundeelend. Sie hätte doch nicht diese Reise zurück in dieses Leben machen sollen. Wäre sie doch lieber dort geblieben, wo sie herkam, wo sie die letzten sechs Jahre verbracht hatte, auch wenn es nicht die schönsten waren. Wie soll sie je erfahren, wo Paul auf sie wartete? Wartete er überhaupt auf sie? Plötzlich kamen die ersten Zweifel, die sie zu einem völlig anderen Denken brachten und sehr traurig stimmten.

Jeder geht seinen eigenen Weg
mit Höhen und Tiefen,
aber am Ende zählt nur das Ziel.

Langsam brach die Dämmerung herein. Für Hanna stellte sich nun die dringende Frage nach einem Schlafplatz. In diesem erschöpften Zustand könnte sie bestimmt überall schlafen, so mitgenommen, schlapp und todmüde fühlte sie sich. Sie hatte sich diese Nacht, diese erste Nacht in ihrer Heimatgemeinde, in ihrem ehemaligen Zuhause anders, völlig anders vorgestellt. In Liebe, umarmt von ihrem Ehemann, der jahrelange auf sie gewartet hatte. Das waren ihre schönen Bilder und Vorstellungen von ihrer Rückkehr. War das eine Illusion?

Langsam, schluchzend und immerfort murmelnd „Paul, Paul, wo bist du? Paul, wo bist du? Paul? Paul? Wo bist du? Paul? Paul? Wo bist du? Wo bist du, Paul?“, schlenderte sie die Bergstraße entlang. Wie in Trance, nicht wissend, was sie tat, bewegte sie sich vorwärts. Sie stand gedanklich neben sich. Sie schwebte und wollte am liebsten fliehen oder besser wegfliegen. Sie wollte zurück. Sie fühlte sich entwurzelt und wusste nicht, wohin ihre weitere Reise gehen würde. Wo war nun ihr Zuhause? Wo? Es war verloren, sie hatte verloren. Und genauso fühlte sich Hanna auch in diesem Moment.

„Hanna?!“, rief plötzlich eine Stimme und riss sie aus ihrem tranceartigen Zustand. „Hanna, bist du es wirklich?“, wiederholte die Person, die aufgrund der Dämmerung nicht erkennbar war. Die Stimme klang ihr vertraut und war angenehm.

„Ja, ich bin Hanna!“, entgegnete Hanna, die ihren Namen schon lange nicht mehr richtig ausgesprochen hörte und in der Sekunde ein Gefühl der Erleichterung spürte. Sie hatte ihren Namen gehört und war mit einem Schlag wieder im Hier und Jetzt.

„Nein, du bist es wirklich, Hanna!? Ich kann es nicht glauben!“, erkundigte sich die Frau mit freundlicher, fragender Stimme.

„Elfie, bist du‘s?“, hinterfragte Hanna.

„Komm‘ ans Licht, damit ich dich sehen kann! Komm, Hanna!“, schlug Elfie vor. Sie zog Hanna zur nächsten Straßenlaterne, um sich ihrer Identität zu vergewissern.

„Nein, ich kann‘s kaum fassen! Hanna, ach Hanna, wie oft haben wir an dich gedacht! Wie viel haben wir über dich gesprochen! Hanna!“, meinte Elfie mit Tränen der Freude, die kaum glauben konnte, was sie gerade erlebte. Sie nahm Hanna und drückte sie ganz fest an sich.

Noch bevor Hanna wieder zu Wort kommen konnte, schlug Elfie vor, zu ihr nach Hause zu gehen und mal ordentlich zu plaudern. Elfie wohnte fünf Häuser entfernt von der Familie Mandl und war gerade mit ihrem Hund Apollo spazieren. Hanna war unendlich glücklich darüber, ihre ehemalige Arbeitskollegin und Freundin zufällig in der Dämmerung gefunden bzw. gehört zu haben. Sie hatten viel Zeit neben dem Beruf miteinander verbracht. „Eine Vertraute, eine, die mich noch kennt“, dachte Hanna als sie etwas erleichtert das Haus von Elfie und ihrem Mann Moritz betrat.

„Lass dich mal anschauen, liebe Hanna! Ich kann kaum fassen, dass du es wirklich bist!“ Liebevoll legte sie ihren Arm um Hanna und bat sie in ihr Haus. Dort machte sie das Veranda-Licht an und ließ ihren kleinen, struppigen Hund herein. Dann fiel ihr Blick auf Hanna. Elfie war sprachlos. Sie spürte ein knödelähnliches Etwas im Hals, das ganz heftig ihre Kehle zuschnürte. Wortlos, aber unglaublich herzlich umarmte sie ihre langjährige Freundin und drückte sie noch einmal ganz fest an sich. Erfolglos versuchte sie ihre Tränen zu unterdrücken. Sie wollte tunlichst vermeiden, von Hanna als Weinende wahrgenommen zu werden. Wie leid sie ihr tat, wie mitgenommen sie aussah, um Jahre gealtert, nicht verbittert, aber verbraucht und ausgepumpt. Hanna brauchte auf jeden Fall Hilfe. Fürsorglich und freundschaftlich strich Elfie über Hannas sprödes Haar und massierte ihren Rücken, als würde sie Hannas Last, die sie mehrere Jahre lang zu tragen hatte, spüren und wegmassieren wollen. Die beiden Freundinnen blieben einige Minuten wortlos, sich nochmals inniglich umarmend im Vorzimmer stehen, bis sich Hanna aus der Umarmung löste und um ein Taschentuch bat. Die Umarmung und Zuwendung taten Hanna ausnehmend gut. Nach langer, langer Zeit konnte sie sich endlich wieder einmal fallen lassen und Wärme spüren. Sie hatte nun den Eindruck, fast angekommen zu sein.

Hanna fühlte sich wohl und geborgen in Elfies Haus. Bestimmt hatte das auch damit zu tun, dass in den letzten sechs Jahren nur wenige Änderungen am Interieur im Haus von Elfie und Moritz vorgenommen wurden. Die Einrichtung war schlicht und einfach, nicht elegant, aber äußerst gemütlich mit vielen verschiedenen Accessoires auf den hellbraunen Holzregalen und den Abstellflächen. Bei den Bildern an der Wand handelte es sich hauptsächlich um selbstgemalte Exponate, auf die Elfie stolz war und die sie mit Freude und Begeisterung jedem Besucher präsentierte.

„Tee oder Kaffee?", rief Elfie aus der Küche und wartete auf Hannas Antwort, die prompt kam. „Tee, bitte, und glaubst du ...?" Elfie unterbrach sie und meinte: „Du möchtest doch bestimmt mit uns zu Abend essen und hier übernachten, oder? Euer Haus ist ja bereits verkauft!"

Hanna fiel ein Stein von Herzen und mit einem Mal schien ihr sogar das Atmen leichter zu fallen. Essen und ein Schlafplatz. Auf einen Schlag waren ihre zwei wichtigsten Bedürfnisse derzeit befriedigt, was unweigerlich zu einer besseren physischen und psychischen Verfassung beitrug. Sie war erleichtert.

„Mach's dir mal bequem im Wohnzimmer. Ruhe dich ein wenig aus, während ich uns ein Essen zubereite", empfahl die groß gewachsene Elfie ihrer ziemlich abgemagerten Freundin.

Dankend nahm Hanna dieses Angebot an und begab sich, fürs erste zufrieden, ins hell erleuchtete Wohnzimmer. Da erschrak sie und schrie entsetzt auf. „Nein, das kann nicht sein!", gab Hanna in schrillem Ton von sich und hielt sich mit beiden Händen das Gesicht. Ihre Augen, die noch vor kurzem klein und müde waren, waren jetzt weit geöffnet, und ihr Mund blieb für einige Sekunden offen.

„Was ist passiert?", fragte Elfie, die reflexartig die Küche verließ, um nach ihrem lieben Gast wie nach einem kleinen Kind zu schauen, das kurzfristige Betreuung brauchte.

„Das bin ich!?", stammelte Hanna sich von allen Seiten im großen Wandspiegel betrachtend. Elfie verstand ihre Freundin und deren geschocktes Verhalten. Sie war wie

Hanna 56 Jahre alt und wirkte wesentlich jünger als diese. Sie färbte ihr Haar regelmäßig, um den grauen Ansatz nicht zu sehen. Seit vorigem Jahr befand sie sich, nach 35jähriger Tätigkeit als Volksschullehrerin, im Ruhestand. Seitdem lebte sie gesund, machte viel Bewegung, pflegte sich ausgiebig und ließ es sich an nichts fehlen. Sie fühlte sich rundum wohl und führte eine glückliche Ehe mit Moritz.

Bei dem zu grellen Licht im Wohnzimmer nahm Hanna mit Entsetzen ihren wahrlich erbärmlichen Zustand bewusst wahr. Es war schmerzlich für sie. Tiefe Ringe zierten ihr aschgraues Gesicht mit kleinen, grünen Augen und ihr braunes, kurz geschnittenes Haar hing ungepflegt und leblos am Kopf. Dieser wenig erfreuliche Anblick wurde ihr erst so richtig bewusst, als sie die lebensfrohe, gut gepflegte und im Vergleich dazu kaum gealterte Elfie im künstlichen Licht betrachtet hatte. Mit einem tiefen Seufzer ließ sie sich in den alten, bequemen Lehnstuhl neben dem Spiegel fallen. Sie sah Elfie mit fragender Miene an. „Ich denke, du brauchst dringend ein wenig Erholung und Ruhe. Vielleicht ist es am besten, du nimmst ein heißes Bad. Dann wirst du dich mit Sicherheit besser fühlen", schlug Elfie vor. Zärtlich streichelte sie die langjährige Freundin und versuchte sie zumindest ein wenig zu beruhigen. Hanna gab zu verstehen, dass sie das freundliche Angebot mit großer Dankbarkeit annehmen würde. Bevor sie das Badezimmer aufsuchte, trank sie noch den liebevoll zubereiteten Kräutertee und aß fürs erste ein paar Vollkornkekse. Mehr brachte sie bislang nicht hinunter. Ihr Magen war etwas beleidigt und musste sich erst von seinem Schock erholen.

„Lass dir ruhig Zeit im Badezimmer und nimm alles, was du brauchst! Shampoo, Cremen, Handtücher und dergleichen“, forderte Elfie ihrer Freundin auf und warf ihr einen freundschaftlichen Blick zu, den Hanna mit einem dankbaren Lächeln beantwortete.

Während Hanna entspannt im Schaumbad lag und über vergangene Erlebnisse mit Elfie nachdachte, arbeitete diese intensiv in der Küche. Bei der Zubereitung eines warmen Abendmahls mit Suppe und Hauptspeise dachte sie über ihre langjährige Freundin nach und vor allem, wie sie ihr helfen könnte.

Perfekt ist das Leben nie. Aber es gibt wunderbare
Momente, die es lebenswert machen.
Und es gibt Menschen, die diese
Momente perfekt machen.

Plötzlich war ein Quietschen der Badezimmertüre zu hören. Hanna zuckte kurz zusammen. Es musste jemand herinnen gewesen sein, als sie, in der Badewanne liegend, vor sich hindöste. Sie wusste nicht, wie lange sie bereits in der Wanne gelegen hatte. Fest stand nur, dass das Badewasser nur mehr lauwarm war. Nachdem sie sich abgetrocknet und eingecremt hatte, wollte sie zu ihrem Gewand greifen. Dieses war jedoch nicht mehr da. Stattdessen lag hier neue, frische Wäsche. Eine blau gestreifte Bluse und eine schwarze Hose von Elfie. Vor lauter Dankbarkeit, ihrer Freundin gegenüber, kamen ihr die Tränen. Sie war gerührt und fragte sich, wie sie sich bei Elfie erkenntlich zeigen könnte. Sie konnte nichts geben. Sie hatte ja nichts. Ihre paar Habseligkeiten waren in ihrem kleinen, roten Rucksack, mit dem sie auf die Reise gegangen war, untergebracht. Geld hatte sie nur wenig bei sich. Und Kredit- oder Bankomatkarte – nein, das hatte sie in den letzten Jahren nicht besessen.

Erfreut über das hübsche, etwas zu weite Gewand von Elfie verließ sie das Badezimmer. Im Wohnzimmer wartete bereits Elfie. Dort brannten ein paar Kerzen und beruhigende Musik tönte leise aus dem Lautsprecher.

„Geht es dir schon ein wenig besser, meine Liebe?", erkundigte sich Elfie besorgt um ihre Freundin. Hanna setzte sich mit einem dankbaren Lächeln und einem freundlichen Kopfnicken an den hübsch gedeckten Esstisch, an dem zwei Kerzen brannten.

„Und tausend Dank für dein schönes Gewand. Ich weiß gar nicht, wie ich mich bei dir ..."

„Du brauchst dich nicht zu bedanken und schon gar nicht zu revanchieren. Früher warst immer du diejenige, die mir geholfen hatte, wenn ich Hilfe gebraucht hatte. Jetzt bin ich mal dran, und ich mache es gerne, sehr gerne für dich. Komm, iss' deine heiße Suppe! Auf Moritz müssen wir nicht warten, er wird erst nach Mitternacht nach Hause kommen. Er lässt dich herzlich grüßen und freut sich über deine unerwartete Rückkehr."

Hanna verstand nicht, warum alle hier im Ort dermaßen überrascht über ihr Erscheinen, ihr Zurückkommen waren. Sehr bald aber wird sie es erfahren. Alles mit der Ruhe. Elfie wusste, dass sie Hanna Zeit geben musste. Nicht nur Zeit, um sich von den letzten Stunden, Tagen oder gar Wochen, vielleicht sogar Monaten zu regenerieren, sondern Zeit, um darüber sprechen zu können, was ihr in den vergangenen Jahren widerfahren war. Elfie hatte bislang keine Ahnung, was ihre Freundin erlebt hatte. Sie vermutete schicksalshafte Jahre, die sichtbare Spuren hinterlassen hatten.

Die zwei Freundinnen nahmen gemeinsam das Abendessen ein. Die selbst gemachten Speisen schmeckten einfach vorzüglich. Elfie war eine leidenschaftliche Köchin. Sie liebte es, wenn sich der Tisch mit vielen unterschiedlichen kulinarischen Köstlichkeiten bog, so wie heute. So bekam Hanna Appetit und zögerte nicht, von allem noch einmal nachzufassen. Es war wirklich eine Gaumenfreude und Hanna genoss jeden Bissen. Sie sprach wenig. Nachdem sie das Besteck auf ihrem Teller ordentlich zusammengelegt hatte, fragte sie neugierig mit einem Blick, der ins Unendliche ging: „Elfie, wo ist mein Paul? Was ist passiert?" Elfie sah in Hannas traurige Augen, die in zwei tiefen Höhlen umgebend von dunklem Schatten ruhten, und begann langsam zu erzählen.

„Dein Paul hat euer Haus verkauft. Ich denke, es war vor etwa zwei Jahren. In eurem ehemaligen Haus wohnt jetzt die Familie Schnetz. Herr Schnetz ist ein ganz ekeliger, unangenehmer Mann um die 45. Seine Frau hat, wie auch ihr Mann, keine besonders gewinnende Art und macht einen äußerst ungepflegten Eindruck. Die beiden Söhne sind schwer pubertierend und befinden sich zurzeit in einer Handwerkslehre."

Nach Elfies Ausführungen erzählte Hanna über ihre heutigen Erfahrungen mit Herrn Schnetz, dessen grimmige

Stimme sie nach wie vor im Ohr hatte und dessen fürchterlichen Anblick sie einfach nicht vergessen konnte. Zu wissen, dass nun eine unsympathische Familie in ihrem Haus lebte, tat ihr richtig weh. Wo waren all ihre Sachen, ihr Gewand, ihr edler Schmuck, ihre vielen Bücher, ihr ganzes Hab und Gut? Hatte Paul wohl alles mitgenommen in sein neues Zuhause, wo auch immer dieses sein mochte? Leider hatte Elfie keine Ahnung, was mit ihren persönlichen Dingen geschehen war. Der Kontakt zu Paul riss nämlich vor ein paar Jahren gänzlich ab. Bekannt war ihr lediglich, dass Paul in ein kleines Häuschen am Kammersee gezogen sein sollte. Aber der Kammersee ist lange und umgeben von mehreren kleineren und größeren Dörfern.

Enttäuscht und mit einem leisen Seufzer lehnte sich Hanna zurück. Leidvoll musste sie erfahren, dass auch ihre Freundin die neue Wohnadresse von Paul nicht kannte. Elfie gab zu verstehen, dass bestimmt irgendeiner der Nachbarn Pauls Adresse kannte. Gleich morgen früh würde sie sich für ihre Freundin erkundigen. Diese hatte nur das eine im Kopf. Nämlich möglichst bald bei ihrem Paul zu sein.

Wo wohnt Paul?

„Stell dir vor, Hanna ist wieder zurück! Sie lebt noch!" Es war der letzte Satz, der Hanna aus ihrem tiefen Schlaf weckte. Schneller als gewollt wurde sie zurück ins Hier und Jetzt geholt, in die Realität, die für sie unerfreulicherweise nicht wie ersehnt aussah. Die Nacht bei Elfie hatte ihr gut getan. Sie konnte wunderbar schlafen und sich ein wenig von den Strapazen der letzten Tage erholen. Das kleine Gästezimmer, in dem sie schlief, war leise und durch die blickdichten, grünen Vorhänge vollkommen abgedunkelt. Hanna knipste das Licht an ihrem Nachtkästchen an und erschrak beim Blick auf die Uhr. Es war bereits 12:30. Sie hatte den ganzen Vormittag verschlafen. Doch sie brauchte dringend diesen Schlaf. Am Vorabend wurde sehr lange bis in die frühen Morgenstunden hinein geplaudert.

Elfie hatte bereits am Vormittag einen telefonischen Rundruf in der Nachbarschaft gestartet und erzählte von ihrem überraschenden Besuch. Außerdem wurden Erkundigungen bezüglich Pauls neuer Wohnadresse eingezogen, die erstaunlicherweise sehr unterschiedlich waren. Die einen vermuteten Paul in Weyregg, die anderen in Steinbach. Linz war ebenfalls in diesem Zusammenhang gefallen. Die genaue Wohnadresse wusste leider niemand. Dass auch Pauls aktuelle Telefonnummer den kontaktierten Nachbarn nicht bekannt war, war ziemlich befremdlich und unerfreulich. Was konnte nur passiert sein, dass Paul nach so vielen Jahren in Kirchbergen, ohne Hinterlassung seiner aktuellen Kontaktdaten, Abschied von diesem Ort und dessen Bewohnern genommen hatte? Es fühlte sich so an, als hätte er sich aus dem Staub gemacht. Musste er flüchten? Was war ihm wohl zugestoßen? Ist daran zu denken, dass Paul ein größeres Schicksal als Hanna ertragen musste? Niemand hier in dieser Umgebung konnte diese Fragen beantworten, die Hanna auf der Zunge lagen.

„Guten Morgen, meine Liebe!", begrüßte Elfie ihre, trotz der Uhrzeit verschlafene Freundin. Diese erwiderte freundlich den Gruß und setzte sich in ihrem viel zu weiten Pyjama zu Elfie in die Küche. Elfie war bereits mit dem Kochen des Mittagessens beschäftigt. Es roch herrlich nach frischem Kaffee, Brot und nach verschiedenen Käsesorten, die für Hanna zum Frühstück vorbereitet wurden. Gerüche, die Hanna nicht fremd waren, sie aber seit Jahren nicht mehr in der Nase hatte. Sie erinnerten an ihr eigentliches Zuhause, an ihre Heimat. Hanna hatte das starke Bedürfnis, den Geruch bewusst aufzusaugen und mit ihm alles, was sie mit ihrer Heimat, ihrem Zuhause verbunden hatte. Sie hatte es geschafft, sie war zurück. Es fehlte nur noch ein kleines Stück. Das letzte kleine Stück, vermutete die mitgenommene Hanna.

Nicht alles,
was wir einmal für richtig
gehalten haben, ist auch heute noch richtig.

Die Welt hat sich verändert, und wir auch!

Hannas Gesichtsausdruck war am nächsten Tag wesentlich besser als noch am Abend davor. Eine weitere Erholung würde man ihr trotzdem dringend empfehlen. „Du kannst bei uns bleiben, solange du willst“, sagte Elfie, in der Meinung, ihr damit ein wenig ihrer emotionalen Anspannung nehmen zu können. „Das heißt, du ..., weißt du ..., hast du schon ..., wo wohnt er?“, stammelte Hanna, die plante, ihren Paul so schnell wie möglich zu finden. So sehr sie die Gastfreundschaft von Elfie und ihrem Mann schätzte, ihre Absicht sah definitiv anders aus. Solange sie nicht wieder ihren Mann gefunden hatte, war sie unruhig und angespannt. Der Schock, dass ihr gemeinsames Haus verkauft wurde, saß tief in ihren Knochen. Nicht nur, weil ihr Herz an diesem Domizil hing, sondern weil sie nicht verstehen konnte, warum sich Paul für diesen großen Schritt entschieden hatte. Er liebte doch dieses Haus, den wunderschönen, großen Garten und all seine Annehmlichkeiten. Noch mehr beschäftigte sie die Frage, wo es ihn hin verschlagen hatte und warum niemand hier im Dorf seine Kontaktadresse wusste. Paul war jedoch genauso wie sie in diesem kleinen Ort sehr verankert und durchaus angesehen. Fragen über Fragen, die sie noch in der Nacht nach dem ausführlichen Gespräch mit Elfie beschäftigt hatten.

„Lass uns doch nach dem Essen einen kleinen Spaziergang machen und dabei in Ruhe über deine derzeitige Situation sprechen“, empfahl Elfie, deren Vorschlag sofort angenommen wurde. Der Spaziergang führte die beiden

Damen quer durch die Siedlung, die sich aufgrund einiger neu gebauter Häuser etwas vergrößert hatte, dessen Straßen und Wege jedoch gleichgeblieben waren. Nicht nur einmal, sondern mehrmals fiel auf, wie einige Nachbarn neugierig aus ihren Fenstern herausschauten und den beiden freundlich zuwinkten. Manche Passanten blieben stehen und begrüßten Hanna überaus freundlich, wenn sie von ihnen als die tot geglaubte Hanna Mandl erkannt wurde. Interessiert erkundigten sich manche nach ihrem Befinden und danach, wo und wie sie die letzten Jahre verbracht hatte. Hannas Antworten fielen eher kurz und knapp aus. Ihr wurde bewusst, wie schwer es ihr fiel, über Vergangenes zu sprechen. Sie konnte es einfach nicht. Ihre schrecklichen Erlebnisse im Ausland waren noch nicht verarbeitet, und sie schienen für sie nach wie vor sehr belastend zu sein. Tatsächlich hatte sie bis dato niemanden darüber informiert. Wie auch?

„Hanna, du lebst noch!?“, wurde sie von manchen mit fragender Stimme begrüßt. Offensichtlich verbreitete sich die Nachricht über Hannas Rückkehr wie ein Lauffeuer. Elfie hatte lediglich drei Nachbarinnen ihres Vertrauens angerufen, die sofort ohne Zögern diese große Neuigkeit weitergeleitet haben mussten. Man musste zur Kenntnis nehmen, dass es sich in diesem kleinen Dorf um eine riesige Sensation handelte. Eine vermeintlich Tote lebte doch und war wieder zurück! Das grenzte fast an ein Wunder.

Nach dem ausgiebigen Spaziergang, bei dem das aktuelle Thema kaum diskutiert werden konnte, da zu viele neugierige Nachbarn mit Hanna ein paar Worte wechseln wollten, stellten sich für Hanna einige Fragen. Glaubte man hier, sie wäre tot? Hat man sie etwa gar nicht gesucht? Was wussten die Leute im Dorf über sie und ihre letzten sechs Jahre? Was wussten sie über Hanna? Diese und ähnliche Fragen stellte Hanna ihrer Elfie bei einer Tasse Kaffee, die sie gemeinsam in Elfies gemütlichem Wohnzimmer bei angenehmer Musik tranken.

„Man glaubte hier zu Lande, du wärst tot, Hanna!“, meinte Elfie mit ruhiger, leiser Stimme und wartete Hannas Reaktion ab.

„Tot …“, wiederholte Hanna mit fragendem Blick und holte sich sofort ihre Vergangenheit in Erinnerung.

„Bei eurem Urlaub, … damals in Thailand, der Urlaub mit deinem Paul …“, Elfie fiel es ebenfalls schwer darüber zu sprechen.

„Ja, der Tsunami …“, kam aus Hannas Mund. Dann waren beide für einige Minuten still und ganz in sich gekehrt. Im Hintergrund war angenehme, ruhig plätschernde Musik zu hören, Instrumentalmusik. Das Rauschen des Meeres. Das laute, wiederkehrende Rauschen des Meeres. Hanna brach bei diesem Geräusch in Tränen aus. Sie erinnerte sich an das laute Tosen des Meeres, an die Wellen, das Wasser, das viele Wasser, die Hilfeschreie, die verzweifelten Gesichter, die fliegenden Stühle, die schwimmenden Tische, die Verwüstung, die Bewegung. Und dann war alles aus, aus und vorbei.

Plötzlich wurde diese Stille, das Rauschen des Meeres aus dem Lautsprecher, unterbrochen, und beide wurden durch das Läuten eines Telefons wieder in die Gegenwart zurückgeholt.

„Elfie, ich weiß, wo Paul wohnt!", erklärte die Stimme aus dem Handy, die so laut war, dass sogar Hanna, die durch das Telefonläuten rasch aus ihrem tranceartigen Zustand erwacht war, die Anruferin verstehen konnte. „Und wo?", warf Hanna unverzüglich fragend ein, die sich in Kürze mit ihrem Mann wieder vereint sah. „Ja, sie sitzt gerade neben mir", antwortete Elfie. Wenige Sekunden später verließ sie fast reflexartig das Zimmer, suchte die Küche auf und hantierte dort lautstark mit dem Geschirr und den Kochtöpfen. Hanna blieb fragend im Wohnzimmer zurück. Nach Beendigung des Gesprächs blieb sie noch einige Minuten in der Küche, ehe sie wieder zurück zu Hanna ins Wohnzimmer kehrte. Dort lief noch immer die wunderschöne Instrumentalmusik.

„Was hast du über meinen Paul erfahren? Wo lebt er?", fragte Hanna neugierig vor Aufregung. Elfie wirkte überlegt und nachdenklich. Sie hatte eine Nachricht für Hanna erhalten, eine Nachricht, die nicht ganz erfreulich war. Eine Nachricht, mit der sie ihre Freundin in dieser Phase nicht belasten wollte. Eine Nachricht, die sie emotional aus dem Lot bringen würde. Alsdann ging Elfie zu Hanna und legte ihren Arm liebevoll um sie. „Paul lebt mit ..., Paul lebt am Kammersee, und zwar in Steinbach", sagte Elfie mit etwas gedämpfter Stimme. „In Steinbach am Kammersee?", meinte Hanna etwas verwundert. „Warum gerade dort, was hat ihn dorthin getrieben?", fügte Hanna ohne jegliches Verständnis hinzu. „Ich denke, ... ich denke, er liebt den See, und du weißt ja, er ging immer mit viel Begeisterung wandern", gab Elfie zu verstehen. „Wandern? Wandern ist doch auch von hier aus wunderbar möglich", sprach Hanna und erkundigte sich nach der genauen Adresse. Leider musste Elfie ihre Freundin diesbezüglich enttäuschen. Niemand hatte ihr die genaue Wohnadresse von Paul sagen können. Die Anruferin teilte ihr nur mit, dass er in Steinbach wohnte. Das war für sie nun gewiss, mehr konnte Elfie leider nicht in Erfahrung bringen.

Die bewusste Auseinandersetzung mit Rückschlägen ist der entscheidende Erfolgsfaktor.

Elfies Versuche, Paul Mandl über das Internet zu finden, scheiterten. Die neue Telefonnummer – man glaubte es kaum – war wirklich niemandem hier in Kirchbergen bekannt. Sie war einfach nicht zu bekommen. Es machte den Anschein, als hätte sich Paul von Kirchbergen vollkommen verabschiedet und somit seinen Lebensabschnitt hier beendet. Er pflegte zu keinem aus dem Dorf Kontakt und hatte niemanden über seinen neuen Wohnsitz informiert. Hanna war einerseits erstaunt über diese Neuigkeit, anderseits erfreut darüber. Paul in einem Ort zu wissen, der lediglich an die 70 km entfernt von hier lag, war halb so schlimm. Er hätte genauso in ein anderes Bundesland oder sogar ins Ausland übersiedeln können. In Gedanken sah sie sich bereits in Steinbach spazieren und die Bewohner dieses Ortes nach Paul Mandl fragen. Sie war nun plötzlich wieder positiv eingestimmt und voller Optimismus, ihren Mann bald, sehr bald wieder zu sehen. Das brachte ihr rasch neue Lebensenergien und zurück in eine optimistische Stimmung.

„Ich bringe dich nach Steinbach, wann immer du willst", bekundete Elfie, die nach wie vor nachdenklich und leicht irritiert wirkte.

„Morgen?", kam die prompte Frage von Elfie. Ja, morgen würde sie ihre Freundin nach Steinbach, einem kleinen Ort mit etwa 850 Einwohnern, bringen. Und morgen würde sie ihr noch mehr über Paul erzählen. Vielleicht sogar das, was sie gerade in dem Telefonat erfahren hatte. Aber erst morgen. Vorher musste sie noch überlegen, wie sie diese Nachricht verpacken und Hanna übermitteln sollte. Oder wäre es besser, doch lieber zu schweigen?

Der Tsunami

Schweißgebadet wachte Hanna mitten in der Nacht auf. Der Tsunami, das schreckliche Seebeben, war immer noch präsent. Es verfolgte sie in der Nacht, in ihren Träumen, ihren schrecklichen Alpträumen. Heute würde sie ihrer Freundin darüber berichten – über den Tsunami, den sie vor sechs Jahren in Khao Lak, Thailand hautnah erlebt hatte. Er hatte ihr Leben schlagartig und massiv verändert.

„Es war im Dezember, kurz nach Weihnachten", begann Hanna Elfie beim Frühstück zu erzählen, während sie in ihre Tasse Kaffee blickte. „Paul und ich verbrachten vor über sechs Jahren das Weihnachtsfest in Thailand, in einem Ort unweit von Phuket. Es war das erste Mal Weihnachten im Ausland für uns beide. Wir feierten dieses Fest bei 30 °C am Strand. Paul schlief noch am Morgen des 26. Dezembers, als ich sehr früh zum Strand ging. Er genoss unser hübsches, thailändisch eingerichtetes Zimmer im 1. Stock, vor allem, weil er im Bett liegend den Strand und das Meer sehen konnte. Das Rauschen des Meeres war für ihn wie beruhigende Musik zum Entspannen." Beim Gedanken an das Rauschen fiel Hanna ein Schauer über den Rücken. Unentwegt rührte sie ihren Kaffee in der blumigen Tasse um und starrte darauf.

„Es war ein prächtiger Tag mit strahlend blauem Himmel. Nur das Meer zeigte sich an diesem Morgen von einer ganz anderen Seite. Auch für Einheimische schien es fremd. Es hatte sich sehr weit zurückgezogen, sodass der Strand zu einem riesigen, breiten Feld wurde. Einige Menschen gingen diesen Strand entlang, manche bewegten sich in Richtung Meer. Ich machte einen kleinen Strandlauf und beobachtete beim Laufen das morgendliche Treiben in den benachbarten Hotelanlagen. Es waren lediglich sechs Hotels an diesem Strand. Danach folgte ein Strandteil ohne Hotelanlagen, nur Idylle, Strand, Meer und landeinwärts Bäume, Palmen und Sträucher." Elfie hörte Hanna aufmerksam zu. Sie unterließ es nachzufragen. Plötzlich beobachtete sie, wie sich auf Hannas Stirn ein paar Schweißperlen gebildet hatten, die sich rasch vermehrten. Man sah Hanna den gewaltigen psychischen Stress während dieser Erzählung aus ihrer Vergangenheit an. Sie sprach langsam und in kürzeren Sätzen.

Du bist der Schöpfer,
der Gestalter deines Lebens,
deiner Realität. Immer und jederzeit!
Auch in diesem Moment.

„Ich liebte diese einsamen Buchten. Dort waren keine oder nur wenige Menschen. Ich war eins mit der Natur, dem Meer und dem Strand. Ich hatte einen Platz gefunden, einen großen Stein, auf dem ich mich ausruhte, ehe ich zurück zu unserem Hotel laufen wollte. Es war einfach herrlich. Ich genoss diese Stille – bis zu diesem ganz speziellen Tag." Hanna musste kurz innehalten bevor sie weitererzählte. An ihrem Verhalten und ihrer Mimik war zu erkennen, wie sehr sie beim Reden mit den Tränen kämpfte. Ihr starrer Blick war entweder auf die Kaffeetasse oder in die Ferne gerichtet. Sie berichtete, an diesem Tag unglaubliche Lust verspürt zu haben, nach besonders hübschen Muscheln zu suchen. Der Strand lud wahrlich dazu ein, zumal das Meer ziemlich weit zurückgewichen war und der Strand dadurch eine unendliche Weite hatte. Aus diesem Grund kamen Muscheln zum Vorschein, die man sonst nie bei einem Strandspaziergang entdecken konnte. Der Strand war voll mit interessanten, teilweise großartig schillernden Muscheln, die Hanna mit Begeisterung in ihre lederne Hüfttasche gepackt hatte. Gedankenversunken ging sie stets mit Blick auf den Boden bzw. den Strand weiter, immer weiter meerwärts. Auch wenn sie lediglich auf der Suche nach den schönsten Muscheln war, fiel ihr instinktiv auf, dass das Zwitschern der Vögel an diesem Tag irgendwie anders war. Es kreisten erstaunlich wenige Vögel über dem Meer. Hanna machte sich jedoch keine weiteren Gedanken dazu.

„Plötzlich schrie jemand laut und schrill", berichtete Hanna selbst lautstark. „Es war ein Einheimischer, den ich nicht verstehen konnte. Er gab mir aber unmissverständlich zu verstehen, dass in Kürze etwas Furchtbares passieren würde. Als ich aufgeschaut hatte und meerwärts blickte, wusste ich in der Sekunde, was er meinte. Unverzüglich begann ich zu laufen, so schnell ich nur konnte. Ich lief und lief, zuerst landeinwärts, dann Richtung Hotelanlagen. Ich hatte Todesangst. Daher rannte ich so schnell mich meine Beine eben tragen konnten. Mit lautem Tosen kam das Meer, diese riesige Welle immer näher. Ich musste mich nicht umdrehen, ich hörte und fühlte, wie sie sich mit horrender Geschwindigkeit und tosendem Lärm näherte. Beinahe hätte sie mich eingeholt. Alles ging unheimlich schnell. Vor der ersten Welle konnte ich mich retten, indem ich auf einen Baum hinaufgeklettert war. Diese wahnsinnigen Wassermassen peitschten mir förmlich ins Gesicht. Es war wie ein heftiger Schlag aus kaltem, schäumendem Salzwasser. Ich wusste nicht genau, was hier vorging und erst recht nicht, was noch alles folgen würde. Auf dem Baum, es war eine Palme, fühlte ich mich irgendwie sicher. Zu mindestens die ersten paar Minuten. Mit klammen Händen und Fingern beschloss ich noch weiter hinaufzuklettern. Aus der Höhe hatte ich eine bessere Sicht und konnte so erkennen, was passiert war. Ich war froh, die Laufschuhe für die Muschelsuche nicht ausgezogen zu haben, da ich damit leichtfüßig hinaufklettern konnte. Das Meer entwickelte sich in Sekundenschnelle zu einem richtigen Ungeheuer. Viele Menschen rannten nur und schrien laut um Hilfe. Manche kletterten so wie ich auf Palmen, andere liefen landeinwärts und drehten sich – man glaubte es kaum – noch um, um Fotos mit ihren Mobiltelefonen zu machen, zur Erinnerung an dieses schreckliche Ereignis. Die Wassermassen stürzten wie Sturzbäche herein. Sie nahmen alles mit, was auf dem Weg lag oder stand. Liegestühle, Sonnenschirme, Tische, Gebäudetrümmer, und ich weiß nicht, was noch alles mit den riesigen Wellen und einer immensen Wucht landeinwärts geschleudert wurde. Die Zerstörungswirkung war groß, sehr groß. Für mich war es wie die Apokalypse. Man sah Menschen in den Wassermassen schwimmen. Menschen, manchmal sogar nur Körperteile. Es waren Bilder des Schreckens, die ich nie vergessen werde." Hanna rührte immer langsamer und langsamer ihren Kaffee um. Während ihrer Erzählungen hatte sie jedoch kein einziges Mal davon getrunken.

„Wie gesagt, ich fühlte mich irgendwie sicher auf dieser Palme", berichtete sie weiter „da ich auch die zweite große Flutwelle, die bestimmt eine Höhe von 5 bis 6 Metern hatte, also so groß war wie ein Einfamilienhaus, in dieser Position gut überstanden hatte. Doch plötzlich hörte ich ein Krachen. Es war der Baumstamm, mein Baumstamm, der knickte. Ich erschrak und verlor fast den Halt. Ich drohte runterzufallen, ich hatte furchtbare Angst. Meine Kräfte ließen immer mehr und mehr nach, und ich überlegte, hinunterzuspringen und so schnell ich konnte zu den Hotels zu laufen. Viele Gedanken gingen mir in dieser kurzen Zeit durch den Kopf, Gedanken, bei denen es ums Überleben ging. Da kam die nächste Welle. Sie war noch größer, noch ... Und dann war es aus, aus und vorbei ..." Hanna brach in Tränen aus. Mit der Fortsetzung ihrer Schilderungen war an diesem Tag nicht mehr zu rechnen.

Wege gehen

Nein, in diesem schlechten Zustand wollte Elfie ihre Freundin nicht nach Steinbach bringen. Sie vereinbarte mit ihr, diese Reise auf den nächsten Tag zu verschieben. Hanna willigte ein und freute sich darüber, eine weitere Nacht bei ihrer ehemaligen Arbeitskollegin bleiben zu dürfen. Die beiden nützten die Zeit, über ihre Vergangenheit, ihre gemeinsamen Projekte in der Schule, über die zahllosen Schulausflüge und die lustigen Erlebnisse mit den Ehemännern zu plaudern. Für Hanna war das eine gelungene Ablenkung und sie schätzte es in hohem Maße, keine bohrenden Fragen über ihre Vergangenheit beantworten zu müssen. War doch die gestrige, ausführliche Schilderung über das Erlebnis mit dem Tsunami erstaunlich anstrengend für sie gewesen. Es fühlte sich für sie so an, als hätte dieses Ereignis erst vor ein paar Tagen stattgefunden. Tatsächlich passierte dieses Unglück vor über sechs Jahren.

Ein Vollbad und ein ausgiebiger Nachmittagsschlaf trugen dazu bei, dass sich Hanna von der beinahe unvergesslichen Vergangenheit etwas distanzieren konnte. Sie wollte zu Kräften kommen und sich noch schick machen, bevor sie ihrem lieben Mann gegenüberstehen würde. Alleine der Gedanke daran gab ihr unglaubliche Energien, und so begann sie, immer wieder zwischendurch, über ihren geliebten Paul zu erzählen. Auf diese Art und

Weise holte sie ihn geistig in ihr Leben zurück. Er war ihr immer nahe. Sie war mit ihm gedanklich verbunden. Elfie verstand dieses Bedürfnis und schenkte ihr ihre geschätzte Aufmerksamkeit und Zuwendung.

Ständig erhielt Elfie Anrufe von Nachbarn, die sich nach dem Befinden von Hanna erkundigten und Fragen stellten, die Elfie nicht beantworten wollte. Sie konnte es auch gar nicht, weil sie bei weitem nicht alles über Hannas letzten sechs Jahre wusste. Sie wartete geduldig darauf, noch mehr darüber zu erfahren. Keinesfalls würde sie ihre mitgenommene und vom Leben gezeichnete Freundin Hanna mit Erlebnissen aus der Vergangenheit quälen. Empathie und emotionale Intelligenz zählten zu ihren ganz persönlichen Stärken. Diese wurden von vielen geschätzt, so auch von Hanna.

Elfie überlegte, inwieweit sie ihre Freundin über Paul und sein neues Leben in Steinbach informieren sollte. Sie sprach mit ihren Freundinnen aus der Umgebung und mit ihrem Mann Moritz darüber. Die Mehrheit empfahl ihr, zu schweigen, was sie letztendlich auch tat. Schweigen, um nicht mehr zu verletzen.

Auf der Fahrt zu Paul

Es war ein Montag. Glücklich, bestens ausgeschlafen und voller Tatendrang wachte Hanna an diesem sonnigen Tag auf. Heute werde sie Paul endlich wieder sehen. Nach dem gemeinsamen Frühstück setzten sich die beiden Damen ins Auto und fuhren nach Steinbach. Hanna wurde noch von Elfie mit frischem Gewand aus ihrer eigenen Garderobe beschenkt, was ihr auch sehr gut passte. Und obwohl es mindestens um etwa eine halbe Nummer zu weit war, fühlte sie sich wohl. Sie war ihrer Freundin unendlich dankbar und sprach bereits auf der Fahrt nach Steinbach eine Einladung an Elfie und ihren Mann aus. Eine Einladung bei Paul und ihr, in deren neuen Zuhause.

Je mehr sie sich dem Zielort näherten, umso unruhiger wurde Hanna. Sie konnte kaum mehr auf Elfies Fragen oder Erzählungen eingehen. Ihre Augen waren überall, überall auf der Suche nach Paul. Er könnte ja gerade auf der Straße gehen. Er könnte ja selbst gerade im Auto auf dem Weg nach Steinbach sein, dachte Hanna. Als sie nach einer etwa einstündigen Fahrt den gewünschten Ort erreicht hatten, einigten sich die beiden Freundinnen darauf, sich in einem Kaffeehaus bei einer Tasse Kaffee zu verabschieden.

Das Kaffeehaus war ziemlich gut, sowohl von jungen, als auch von älteren Menschen, besucht. Das Ambiente war sehr ansprechend mit gemütlicher Einrichtung, klassischen Beleuchtungen und vielen Spiegeln. Es wurde nur viel geraucht. Hanna und Elfie waren Nicht-Raucherinnen, sie fühlten sich aber durch den Rauch wenig gestört. Kaum etwas konnte Hanna in diesem Moment von ihrem Vorhaben abhalten. Ihre Blicke flogen von einem Eck zum anderen, am wenigsten Halt fanden sie bei Elfie, am häufigsten bei älteren Herren, die alters- und typ mäßig Paul ähnlich sahen. Hanna hatte ständig ihren Mann vor ihrem geistigen Auge, und das nicht nur in ihren Nacht- und Tagträumen. Interessanterweise entdeckte sie immer wieder Männer, die eine gewisse Ähnlichkeit mit ihrem Paul hatten. Seine Bewegungen, seine Mimik und Gestik waren ihr nach wie vor vertraut. Ihr Herz schlug ziemlich heftig. Sie war so aufgeregt wie eine Frischverliebte, die in Kürze wieder mit ihrem gerade erst erworbenen Partner zusammentreffen würde. So dachte sie und sah dabei gedanklich sein strahlendes Gesicht, wenn sie vor ihm stehen werde.

Es war nun Zeit, von Elfie Abschied zu nehmen. Sie wünschte ihrer lieben Freundin viel Glück und Erfolg bei ihren weiteren Schritten. Sie wusste, dass es nicht einfach für Hanna werden würde, einen relativ frisch Hinzugezogenen in einem Dorf mit ungefähr 500 Einwohnern zu finden. Und dann noch das zu erfahren, was Elfie seit wenigen Stunden über Paul wusste. Keinesfalls wollte sie Hanna demotivieren. Sie sprach ihr Mut zu und vermittelte ihr viel Zuversicht. Niemals hätte sie so viele Energien wie Hanna aufbringen können. Hanna hatte einen starken Willen, unglaubliches Durchhaltevermögen und war sehr zielstrebig.

„Viel Glück, meine liebe Hanna! Du wirst ihn bald finden. Ich denke an dich und wünsche dir alles, alles Gute!" Elfie klopfte ihrer Freundin auf die Schulter und drückte sie inniglich an ihre Brust. Hanna war gedanklich bereits in Aufbruchsstimmung und wollte sich rasch aus der liebevollen Umarmung von Elfie lösen, als würde sie damit nur unnötig Zeit verlieren. „Halte die Ohren steif, du schaffst das schon!" flüsterte Elfie der lange Verschollenen noch ins Ohr. Elfie hatte kein Bedürfnis, Hanna schnell loszulassen, stattdessen wollte sie ihre Freundin eher noch vor etwas warnen oder schützen. Doch Hanna ließ sich nicht abbringen, wo sie sich doch in wenigen Stunden – darüber war sie sich ziemlich sicher – in den Armen ihres liebenden Mannes befinden wird. Sie fragte sich, ob er sie ebenfalls bereits spüren könnte, wo sie nur wenige Kilometer, vielleicht nur wenige hundert Meter voneinander entfernt waren. Hatte er bereits eine Vorahnung? War er vielleicht auch schon unruhig? Was sie nicht ahnte, war, wie steinig und mühsam der Weg zu ihm, zu seinem Herzen noch werden würde.

„Nicht das Beginnen wird belohnt,
sondern einzig und alleine das Durchhalten."
Katharina von Siena

So ging Hanna mit ihrem nicht allzu schweren, roten Rucksack am Rücken tragend los. Sie war fröhlich und optimistisch. Ihre Wege waren nicht zielgerichtet. Sie ließ sich treiben und ging ausschließlich nach Gefühl als würde sie fühlen, wo Paul wohnte. Kreuz und quer, vorbei an Häusern, Geschäften, Straßenlaternen, kleinen Parkanlagen und Menschen. Die asphaltierten einspurigen Straßen waren wenig befahren und kaum von Fußgängern frequentiert. Also beschloss sie, die kleineren Straßen und engen Gassen aufzusuchen, wo sie mehreren Menschen begegnete.

„Entschuldigung, kennen Sie vielleicht Herrn Paul Mandl?", fragte Hanna einen älteren Herrn mit leicht gebückter Haltung, der ihr mit seinem kleinen Hund über den Weg lief. „Noch nie gehört", antwortete dieser etwas mürrisch und ging weiter.

„Kennen Sie vielleicht Herrn Paul Mandl?" wurde eine junge Frau vor ihrem Haus gefragt, das vom Stil her dem Haus in der Bergstraße ähnelte. „Nein, leider nicht", meinte diese nach kurzer Nachdenkpause, erkundigte sich aber interessiert nach seinem Aussehen. „Er ist 56 Jahre alt, zirka 1,75 Meter groß, eher schlank und hat graumeliertes, kurz geschnittenes Haar." So beschrieb Hanna ihren Mann, den sie über sechs Jahre nicht gesehen hatte. Die Befragte überlegte und gab dann zur Antwort, dass sie diesen Mann nicht kenne und sie ihr in dieser Angelegenheit leider nicht weiterhelfen könnte. Daraufhin sperrte sie ihr weiß gestrichenes Gartentor auf und verschwand im dicht bewachsenen Garten.

„Paul Mandl, wer soll das sein?", erkundigte sich der nächste Passant bei Hanna, die weiter Menschen ansprach. Diese stotterte etwas und meinte dann selbstsicher, dass es ein Bekannter wäre, den sie hier in diesem Ort besuchen wollte, aber die Adresse und Telefonnummer verloren hätte. Sie wollte niemandem erklären, wer sie war und wen sie hier suchte. Es war für sie unangenehm genug wahrzunehmen, wie sehr sich unzählige Nachbarn in ihrer Heimatgemeinde den Hals verdreht hatten, als sie mit Elfie in der Siedlung spazieren ging und wie neugierig viele Dorfbewohner bei Elfie anriefen, um mehr über die für einige Jahre Verschollene zu erfahren.

Hanna las jedes Türschild, in der Hoffnung, <Paul Mandl> zu lesen, sah in jeden Garten hinein und fragte unermüdlich Passanten nach Paul Mandl. Als sie bereits um die 30 Leute nach Paul gefragt hatte und an fast 100 Häusern vorübergegangen war, wurde sie müde. Sie fühlte sich fast wie erschlagen. Der Optimismus, Paul noch heute Abend zu finden, war mit einem Schlag verschwunden. Es schien fast aussichtslos für sie. Die Kirchenglocken begannen zu läuten. Einmal, zweimal, dreimal, viermal, fünfmal, sechsmal. Achtzehn Uhr. Sechs Stunden war Hanna nun schon in Steinbach unterwegs. Ihre Beine schmerzten und der Rucksack wurde mit der Zeit immer schwerer und schwerer. Dabei war sie ohnedies mit sehr leichtem Gepäck gereist.

Aufgrund des Einbruchs der Dämmerung tauchte eine neue, nicht unwichtige Frage auf. Sie zweifelte daran, heute noch im Haus ihres Mannes übernachten zu können. Folglich musste sie an diesem Tag genauso wieder eine Bleibe für die Nacht finden. Da sie ihr weniges Geld, das ihr zur Verfügung stand, nicht für ein Hotelzimmer oder ein Zimmer in einer Pension ausgeben wollte, musste sie nach einer günstigeren Lösung suchen.

„Was suchen Sie hier vor meinem Haus?" Es war ein junger Mann, der Hanna vor seinem Gartentor auf die Schulter klopfte. Hanna erschrak. „Ich, ich … ich habe nur Ihre schönen Blumen bewundert und würde diese Blumengattung gerne in meinem Garten anpflanzen wollen", teilte Hanna dem Besitzer des großartig gepflegten Gartens mit. „Brauchen diese viel Sonne?", informierte sich Hanna interessiert. „Meinen Sie die Astern oder die Hortensien?", wollte der Gartenfreund wissen, der Hanna in sein Gartenreich einlud. Es folgte ein Fachgespräch zum Thema Blumen und Sträucher, über deren Pflege und über die nicht gerade niedrigen Kosten, die im Zusammenhang mit diesem Hobby bestanden. Der junge Mann freute sich über Hannas großes Interesse an seinen Pflanzen und seiner Gartengestaltung, auf die er immens stolz war. Erhielt er doch viel zu wenig Anerkennung und Wertschätzung von seiner Familie für den Aufwand, den er in seinem Garten betrieb. Er liebte seine vielen verschiedenen Blumen, seine runden Beete mit roten und weißen Rosen und war besonders erfreut über seine dicht gewachsene Eibenhecke an der Straßenfront, die ganz gerade in einer Höhe von etwa 1,50 Metern geschnitten war und keine dürren Zweige hatte. Hanna, die als große Gartenliebhaberin bekannt war, genoss während des Gesprächs die verschiedenen, wunderbaren Düfte und dachte dabei an ihren ehemaligen Garten, den sie selbst angelegt hatte.

„Haben Sie in Ihrem Garten Eiben oder Thujen?", fragte der Mann und blickte dabei in Hannas Gesicht. Rote, hektische Flecken verbreiteten sich in Sekundenschnelle über deren Hals und Dekolleté. Hanna hatte Stress mit dieser Frage und meinte total irritiert. „Nein, ich brauche keinen Zaun." Dann folgte die Frage nach ihrem Wohnsitz.

„Schatz, kommst du rein! Das Essen steht bereits auf dem Tisch!“, rief eine helle, freundliche Stimme aus dem Haus. Es war seine Ehefrau, die ihren Mann zum Abendessen rief. Der junge Gartenliebhaber verabschiedete sich freundlich von Hanna, begleitete sie noch zum Gartentor und wünschte ihr einen angenehmen Abend.

Da stand sie nun. Hungrig, müde und ohne Nachtquartier. Sie überlegte, ob sie an der Türglocke anläuten und um ein Nachtlager bitten sollte. Still und bewegungslos stand sie vor dem Zaun, starrte in den liebevoll angelegten Garten und sehnte sich nach einem Nachtlager. Plötzlich ging das Licht in dem Raum an, aus dem man zum Gartentor sehen konnte. Sie sah Bewegung hinter dem Vorhang und dann ihren Gesprächspartner, der ihr freundlich zuwinkte. Sie winkte zurück.

Die Kirchenuhr zeigte 19:30, und die Sonne war schon längst untergegangen. Immer weniger Passanten kamen ihr entgegen, auch der Autoverkehr ließ allmählich nach. Die Menschen saßen beim Abendessen oder sahen fern. Das konnte Hanna bei ihrem Spaziergang durch den Ort erkennen, sofern die Vorhänge nicht zugezogen waren. Sie hatte Hunger und großen Durst. Da fiel ihr ein, dass sie von Elfie ein Lunchpaket mitbekommen hatte, das sie eingangs abgelehnt, dann doch dankend angenommen hatte. Eine öffentliche Sitzbank unter einer alten Linde lud sie zum Rasten und Essen ein. Hanna aß ihre Brote, trank den Fruchtsaft und wollte am liebsten gleich auf der harten Bank schlafen. So müde war sie von der langen, erfolglosen Wanderung durch den Ort, in dem Paul leben sollte. Wo wohnte er bloß? Sie wusste es noch immer nicht und niemand konnte ihr helfen. Sie war stur und ließ sich auch nicht helfen. Am einfachsten wäre der

Weg ins Standesamt gewesen, um dort nach dem Wohnsitz von Peter Mandl zu fragen. Doch das wollte Hanna nicht, zu sehr lebte sie in ihrer Vergangenheit in Thailand, wo alles unstrukturiert und chaotisch ablief, aber

auch funktionierte.

Fremder Gast am Bauernhof

„Hey, hier können Sie nicht schlafen! Die Bank ist doch viel zu hart!“ Eine ältere Frau mit Gehstock weckte Hanna unsanft aus ihrem Schlaf. Fast bösartig fügte sie hinzu: „Haben Sie kein Zuhause?“ – „Nein, habe ich nicht!“, antwortete Hanna reflexartig. Ihre Antwort wurde jedoch nicht ernst genommen und die Passantin meinte lachend im Vorbeigehen: „Na, dann schlafen Sie doch im Heustall! Da ist es sicher weicher und wärmer!“ Was für eine gute Idee, dachte Hanna und war sofort hellwach. Unkompliziert wie sie war, machte sie sich auf die Suche nach einem Bauernhof mit einem Heustall.

Der nächste Bauernhof war nur unweit von ihrem harten Liegeplatz entfernt. Die gesamte Wirbelsäule und die Beine taten ihr furchtbar weh, und sie sehnte sich nach einem etwas komfortableren Liegeplatz, ohne unverschämt hohe Ansprüche stellen zu wollen. Sie war wirklich zum Umfallen müde.

Die Straßenbeleuchtung im Ort war sehr dunkel eingestellt, dennoch konnte sie den nächstgelegenen Bauernhof aus der Entfernung gut erkennen. Da sie lange Fußmärsche gewöhnt war, hatte sie damit keine Probleme. Nur die psychische Belastung machte ihr immer mehr und mehr zu schaffen. Sie stöhnte, holte tief Luft und ging leicht apathisch den steinigen Weg entlang, der zu einem mittelgroßen Gehöft führte.

Wenige Minuten später stand sie vor einem alten Bauernhof. Er war lediglich an einigen wenigen Stellen beleuchtet, und das nur mit sehr geringer Wattleistung. Sie wollte unentdeckt bleiben und warf einen Blick in den Innenhof. Der Geruch verriet ihr, dass hier Schweine, Kühe und Pferde gehalten wurden. Zwei grau-weiß gestreifte Katzen liefen quer über den Innenhof und verschwanden leicht kreischend im dunklen Nichts. Hanna hoffte, von keinem Hund aufgespürt zu werden, um ein unbemerkter Übernachtungsgast bleiben zu können. Sie hörte Stimmen aus dem Gehöft. Es waren teilweise weibliche, teilweise männliche Stimmen, und es waren Stimmen aus dem Fernseher. Die Uhr zeigte bereits 21 Uhr. Die Landwirte hatten ihre täglichen Feld- und Stallarbeiten schon lange abgeschlossen und saßen oder schliefen bereits vor dem Fernseher.

Und was entdeckte Hanna dort? Eher wenig, da der Hof mit keiner Festtagsbeleuchtung ausgestattet war und obendrein die Glühbirnen leicht verschmutzt waren. Langsam und behutsam setzte sie einen Schritt nach dem anderen. Sie hatte keine Lust, in einem unerfreulichen Etwas zu landen. Ihre Augen mussten sich noch an die Dunkelheit bzw. an die geringe Beleuchtung gewöhnen, ehe sie mehr als nur die Umrisse in den einzelnen Ställen erkennen konnte.

Dann hatte sie den richtigen Platz für diese Nacht gefunden. Einen Heuschober. Die Holztür zum Heuschober war glücklicherweise nur angelehnt, und schon war sie auch drinnen. Sie war erfreut, denn der Geruch von frischem Heu war noch immer leicht in der Nase zu erkennen. Herrlich, dachte sie und ließ sich entspannt und erleichtert fallen. Kurz reflektierte sie noch über den vergangenen Tag und war im Begriff, ein neues Konzept für ihre weitere Suche zu erstellen. Sie kam zu dem Entschluss, etwas systematischer in dieser Angelegenheit vorzugehen. Was sie brauchte war eine klare Strategie, mit der sie möglichst schnell ihren Gemahl in diesem Ort finden konnte. Eigentlich hätte sie sich diese Suche wesentlich leichter vorgestellt. Dadurch dass hier niemand ihren Paul kannte, wurde diese Suche zu einem sehr zeitaufwendigen, schwierigen Unterfangen. Ein neuer Plan musste entwickelt werden.

Nimm dir Zeit für deine Träume bevor dir die Zeit deine Träume nimmt.

„Jetzt verschwinde, du schreckliches Biest!" schrie eine Stimme. Es war noch Dämmerstimmung. Hanna erschrak, und ihr Herz pochte laut und schnell. Bewegungslos lag sie in Rückenlage auf dem riesigen Heuhaufen. Durch den Türspalt sah sie helles, künstliches Licht hereinleuchten. Mit einem lauten Miauen rannte die Hauskatze, das Biest, wie der Blitz davon. Die Aufforderung, zu verschwinden, galt nicht Hanna. Erleichtert atmete Hanna auf. Es war 4:45, und die Arbeit der Landwirte war bereits voll im Gange. Doch plötzlich kam ihr ein Gedanke, der sie sofort hellwach werden ließ. Es war ihr Rucksack, den sie gestern Abend hinter der Tür zum Heuschober abgestellt und vergessen hatte, zu sich zu nehmen. Sie erschrak bei der Vorstellung, er könnte nicht mehr dort stehen. Sofort wollte sie aufstehen, doch da spürte sie etwas Weiches neben ihren Beinen. Was könnte das wohl sein? Oh Gott! Sie musste mucksmäuschenstill sein, was ihr bei dem Gedanken an Tierexkremente oder Ähnlichem ziemlich schwerfiel. Es war ein Schnurren, das sie in der Sekunde erleichtert weiteratmen ließ. Hanna glitt langsam von ihrem hohen Heubett hinunter und war beruhigt, ihren Rucksack noch hinter der angelehnten Türe vorgefunden zu haben. Schnell schnappte sie ihn und spähte durch den kleinen Türspalt. Die Luft war rein, und sie verließ blitzartig ihr Nachtquartier.

Da stand sie nun, erleichtert, nicht erwischt worden zu sein, aber noch müde. Die Nacht war für sie viel zu kurz. Und dazu kam noch das Problem, das sie seit einigen Tagen unentwegt beschäftigt hatte, nämlich: Wo wohnt Paul? Und wer könnte ihr bei der Suche helfen?

Immer in Gedanken

Gedankenverloren ging sie die schmale Straße entlang, die ins Zentrum des Ortes führte. Es war kurz nach 5 Uhr und die Bäckerei ums Eck war bereits geöffnet. Sie verlangte nach einer Brioche und einer Tasse Kaffee. Verschlafen suchte sie in ihrem Rucksack nach ihrem Portemonnaie. Der Kassier war schon etwas ungeduldig und hatte bereits den Verdacht, seine Kundin könnte oder wollte nicht zahlen. Noch dazu war Hanna noch immer in einen übelriechenden Bauernhofduft eingehüllt, wirkte ungewaschen und ungepflegt. Peinlich berührt zog sie etwas Stroh aus ihren verfilzten Haaren und aus der Wolljacke, in der es besonders gut haftete. Da war sie endlich, ihre alte schwarze Ledergeldtasche. Sie öffnete sie und staunte, als sie einen Blick auf ihr Papiergeld warf. In der Hand hatte sie nicht weniger als gedacht, sondern sogar um einiges mehr. Wie war das möglich? Erleichtert gab sie dem jungen Mann in der Bäckerei den gewünschten Betrag und ein paar Cent dazu, womit sie ein strahlendes Lächeln in sein Gesicht zaubern konnte. Es kam wohl äußerst selten vor, dass dieser junge Mann in der Bäckerei von einem Kunden Trinkgeld bekam. Freundlich deutete er ihr, sie könnte an der Theke um die Ecke Platz nehmen und in Ruhe ihr Frühstück einnehmen. Sie folgte seinem Rat und frühstückte müde und ziemlich verschlafen.

Wie kam es nur, dass sie plötzlich mehr Geld in ihrem Portemonnaie hatte? Da wusste sie es. Es war bestimmt Elfie, die vor ihrer Abreise zwei 100€-Scheine in ihre Geldbörse steckte. Sie packte ja auch die Jause, die Hanna anfangs abgelehnt hatte, in ihren roten Rucksack. Wie unglaublich lieb und aufmerksam von ihr, dachte Hanna und trank ihren Kaffee, der nicht nur wunderbar roch, sondern wirklich gut schmeckte.

„Hallo Paul!", vernahm Hanna hinter ihrem Rücken und riss sie in Sekundenschnelle aus ihrer Lethargie. Erschrocken sah sie auf und blickte neugierig um sich. Hier war jedoch kein Paul zu sehen, zumindest nicht ihr Paul. Es war der Herr, der neben ihr Zeitung las. Er bekam einen Anruf von einem Paul. Ob es wohl „Paul Mandl" war? Sie wagte den Herren nicht zu fragen, da sie es für unhöflich fand, lauschte aber neugierig dem Gespräch, um herauszufinden, ob es nicht doch ihr Mann sein könnte, der an der anderen Leitung war.

Hanna ließ sich Zeit beim Frühstücken und überlegte, wie sie bei ihrer Suche weiter vorgehen sollte. Sie musste ein System hineinbringen, das die Suche erleichtern und sie schneller zum Ziel bringen würde. Also kaufte sie einen Stadtplan und zeichnete die Straßen ein, die sie heute zu gehen beabsichtigte. Einfach mal von der Kirche Richtung Westen, dann die nächste Parallelstraße nach Osten zurück zur Kirche und dann wieder in den Westen. Die zentrale Stelle war also die Kirche, von der sie sternförmig wegzugehen beabsichtigte, west-ostwärts beginnend. Überzeugt von der neuen Strategie verließ Hanna die Bäckerei und machte sich auf den Weg. Mit der Frage an den Angestellten, ob er zufällig Herrn Paul Mandl kennen würde, verabschiedete sie sich von ihrem gemütlichen Frühstücksplatz. Zur Antwort bekam sie lediglich ein Kopfschütteln. Mehr hat sie sich ohnedies nicht erwartet.

Du bist nie zu alt, um das zu tun,
was dich glücklich macht. Am Ende deines
Lebens bedankt sich keiner bei dir.
Mache es daher nur einer einzigen Person recht:
Dir selbst!

Es war ein schöner, sonniger Tag, nicht zu heiß, herrlich, und es wehte ein angenehmer, frühsommerlicher Wind. Hanna las jedes Türschild, an dem sie vorbeiging. Teilweise waren diese zwar schlecht zu finden, weil bewachsen oder von Efeu oder ähnlichen Kletterpflanzen bedeckt, und nicht immer leicht lesbar, weil entweder bereits Buchstaben fehlten oder die Namen undeutlich geschrieben waren. Ganz unerfreulich war es, wenn das Namensschild oder der Namen gänzlich fehlte. In solchen Fällen warf sie einen Blick in den Garten und hoffte an der Gartengestaltung, den Pflanzen und Sträuchern oder den Gartenmöbeln zu erkennen, ob eventuell Paul der Besitzer sein könnte. Seinen Stil bzw. seine Vorlieben wird er wohl nicht geändert haben, nicht mehr in diesem Alter, dachte Hanna und war sicher, Pauls neues Zuhause mit einem einzigen Blick erkennen zu werden. Sie kannte ihn seit über 30 Jahren, und die letzten gemeinsamen Jahre blieb er seinem einfachen, schlichten Stil auf allen Ebenen treu. Und diesen wird er doch sicher behalten haben. Diese Sicherheit half auch Hanna beim Aufsuchen des neuen Zuhauses ihres Mannes. An einigen Häusern ging sie selbstbewusst und zielstrebig. ohne das Türschild lesen zu müssen. vorbei, wenn deren Gartengestaltung nicht nach dem Geschmack ihres Mannes zu sein schien. Sah sie beispielsweise Eibenhecken, so vergeudete sie keine Zeit mit dem Lesen des Türschildes, in der Meinung, er würde sich keine Eiben leisten wollen, weil sie schlichtweg zu teuer waren. Oder Rosenbeete – die mied er tunlichst, weil Rosen intensive Pflege benötigen, leicht Läuse bekommen und er grundsätzlich gegen Schädlingsbekämpfung war. Er hasste den bestialischen Geruch dieser Mittel, die sämtliche Ungeziefer auf den Rosen vernichten sollten. Und einen Kräutergarten hatte er bestimmt auch nicht angelegt, denn das würde nur Sinn machen, wenn er selber kochen würde. Und das schloss sie gänzlich aus.

Und so verging Stunde um Stunde. Eine erfolglose Zeit, dachte Hanna, und holte sich Energien beim längeren Betrachten von besonders schönen, herrlich duftenden Rosensträuchern. Sie liebte Rosen in allen Farben, in allen Variationen. Sie akzeptierte das regelmäßige Spritzen ihrer Lieblingsblumen, wenn sie von Ungeziefer befallen waren. An und ab kamen ihr die schönen Erinnerungen an die vergangenen Zeiten mit Paul. Wie sehr sehnte sie sich nach ihm. Noch gab sie die Hoffnung, ihn zu finden, nicht auf. Sie behielt ihre Strategie, auch wenn sie anderen völlig sinnlos erschien und es wesentlich einfachere Wege gegeben hätte. Hanna lebte noch in ihrer Vergangenheit, in einer Welt, die noch nicht sehr fortgeschritten war, die viele Jahre hinten war. Wenn man diese Welt kennt, versteht man auch Hannas Verhalten und ihr Vorgehen. So gibt es eben Menschen, die Umwege in ihrem

Leben machen müssen, weil sie nicht den direkten Weg kennen, ihn nicht sehen können oder stur nach ihrem alten Muster vorgehen und sich vielleicht wundern, dass sie nicht vorankommen bzw. noch immer nicht dort sind, wo sie hinwollten. Doch manche Wege sind uns vorgegeben und diese müssen wir beschreiten, um Erfahrungen zu machen, die wir für unsere Persönlichkeitsentwicklung brauchen.

Hanna fragte immer seltener Passanten nach Paul Mandl, da ihn ohnehin niemand hier kannte. Sie fragte sich, ob er vielleicht doch in einer Wohnung und nicht in einem Haus leben würde? Nein, Elfie hatte ihr mitgeteilt, dass er in einem Haus wohnen würde, beruhigte sie sich. Möge sie recht haben, dachte Hanna und setzte ihren Weg Richtung Kirche fort.

Gefunden?

Als Hanna zum dritten Mal wieder bei der Kirche und deren riesigen Kirchenplatz ankam, brauchte sie dringend eine kleine Erholungspause. Da kam ihr der Gedanke, in die Kirche zu gehen und um Hilfe für ihr Vorhaben zu beten. Hanna war eine äußerst religiöse Frau, sie ging vor ihrer großen Veränderung regelmäßig zu den sonntäglichen Gottesdiensten und war aktiv in der Kirchengemeinschaft tätig. Sie war nicht nur religiös, sondern auch eine sehr liebenswürdige, warmherzige, verständnisvolle Frau mit eisernem Willen und Durchsetzungsvermögen. Sie hatte viel Kraft und Lebensenergien, obwohl diese langsam, aufgrund der belastenden Umstände, zu verschwinden drohten. Diese Momente oder Phasen in ihrem Leben, in denen sie sowohl physisch als auch psychisch zusammenzubrechen schien, waren ihr nicht fremd. Doch diese dauerten immer nur eine kurze Zeit. Rasch gelang es ihr, sich selbst wieder aus dem emotionalen Tief herauszuholen und positiv dem Leben entgegenzublicken.

Hanna war nicht alleine in der Kirche. Ein paar ältere Frauen und ein Herr mit Krücken, Mitte sechzig, hielten sich derzeit darin auf. Es war still und roch angenehm nach Weihrauch und brennenden Kerzen. Eine schlanke Frau mit Kopftuch zündete mit Tränen in den Augen eine kleine Kerze an. Eine andere hielt einen Rosenkranz in ihren gefalteten Händen und betete andächtig und leise vor sich hin. Hanna saß still und besinnlich in der vorletzten Bank und bat um Hilfe bei der Suche nach ihrem Mann. Lange, sehr lange blickte sie in die brennenden Kerzen, die auf dem kleinen Seitenaltar vor ihr standen und deren Flammen ständig in Bewegung waren und keine Ruhe fanden. Genauso fühlte sich Hanna. Bewegt, unruhig, aber doch lodernd. Hanna schaute in dieses Kerzenlicht. Es war ein starrer Blick, ein Blick in die Zukunft oder ein Blick ins Nichts.

„Der verlässlichste Wegweiser für die
Zukunft ist die Vergangenheit."

Sie dürfte sich eine gute Stunde in der Kirche aufgehalten haben, als sie spürte, dass es ihr plötzlich furchtbar kalt wurde. Sie beschloss, eine kleine rote Kerze auf dem Ständer, wo sehr viele Kerzen brannten, anzuzünden. Einige waren schon bis zum Boden abgebrannt und die Behälter waren leer. Die Flamme ihrer Kerze blieb lange klein und man war nicht sicher, ob sie bestehen bzw. überleben könnte. Hanna atmete tief ein. Sie schloss ihre Augen und wünschte sich aus ganzem Herzen eine starke Flamme, eine Flamme, die ganz hell leuchten würde, die ihr Leben wieder zum Strahlen bringen konnte. Aus ihren geschlossenen Augen quollen Tränen hervor und rannen über ihre Wangen. Es rann wie Bäche aus ihren Augen. Sie war am Rande der Verzweiflung. Erschöpft, kraftlos und müde. Und wenn sie Paul doch nicht finden sollte? Wenn er in einer neuen Beziehung ...?

Nein, daran wollte sie nicht denken. Das schloss sie gänzlich aus. Dafür kannte sie ihn viel zu gut. Paul war ihr immer treu, genauso wie sie ihm immer, und so auch in den letzten getrennten Jahren, treu geblieben war.

Sodann verließ sie mit verschwollenen Augen die Kirche und suchte einen sonnigen Platz zum Ausruhen und Aufwärmen auf. Die grüne Parkbank direkt vor dem Eingangstor zwischen zwei prächtigen Nussbäumen war frei und lud zum Sitzen und Nachdenken ein.

„Ich habe Sie noch nie hier in der Kirche gesehen", meinte eine Dame, die plötzlich wie aus dem Nichts erschien und neben Hanna Platz nahm. „Wohnen Sie hier?", fügte die neugierige Dame hinzu. Hanna war leicht erschrocken, da sie nicht damit rechnete, hier von Einheimischen angesprochen zu werden. Sie blickte auf und erkannte die Dame. Es war die Dame mit dem Rosenkranz in der letzten Reihe in der Kirche. Sie fiel auf durch ihre mehrfärbige Seidenbluse, die ihr viel zu groß war. „Nein, ich wohne nicht hier, bin nur auf der Durchreise. Ich suche seit zwei Tagen einen Bekannten hier in Steinbach", erwiderte Hanna nachdenklich. Die interessierte Dame fragte genauer nach und erhielt als Antwort: „Paul Mandl." Sie wiederholte den Namen. „Natürlich kenne ich ihn. Ein sehr netter Herr etwa in Ihrem Alter." Hanna war sofort wieder bei klarem Bewusstsein. Nein, sie konnte es kaum glauben! Die Rettung, jetzt ist sie kurz vor ihrem Ziel! Die Unbekannte wusste auch die Wohnadresse von Paul. Welch ein Zufall! Hanna nahm den Stadtplan von Steinbach aus dem Rucksack und ließ sich erklären, wo Paul wohnte. Es war erstaunlich weit von der Kirche entfernt, eigentlich am anderen Ende des Dorfes. Für Hanna aber kein Problem. Jetzt fühlte sie sich ganz nahe am Ziel. Und heute Abend wird sie mit Paul mit einem Glas Sekt auf ihre Rückkehr anstoßen können und nicht nach einem weiteren Nachtquartier suchen müssen. Endlich. Einerseits war sie erleichtert, andererseits gerührt, wie schnell sie Hilfe, die sie dringend benötigte, erhalten hatte. „Unglaublich, wie wichtig es immer ist, zur richtigen Zeit am richtigen Ort zu sein", dachte sie und machte der Dame mehr Platz auf der Parkbank.

„Er lebt zusammen mit einer älteren Frau", gab die alte Dame nach einer Weile zu verstehen. Hanna zuckte sofort zusammen. Er lebte nicht alleine? Die Dame bemerkte, wie Hanna erschrak und fügte erklärend hinzu „... zusammen mit seiner Mutter, die ein Pflegefall geworden ist." Hanna fiel ein Stein vom Herzen. „Seine Mutter leidet unter beginnender Demenz und seit ein paar Jahren nimmt diese Krankheit rapide zu. Ihr Sohn kümmert sich rührend um sie. Er ist ein wunderbarer Mann." Ja, dachte Hanna, nachdem sie einen tiefen Atemzug gemacht hatte, Paul ist wahrlich ein großartiger Mensch, und es würde sie sehr erstaunen, würde er mit einer anderen Frau zusammenleben. Immerhin sind sie ja noch immer verheiratet. Sie selbst war ihrem Paul, solange sie zusammenlebten, treu geblieben. Eigentlich. Auf manche Dinge, die in den letzten Jahren vorgefallen sind, hatte sie jedoch keinen Einfluss.

Hanna hörte gespannt zu und stellte fortan neue Fragen, um so viel wie nur möglich über ihren Paul zu erfahren. Manches überraschte sie, manches war ihr wirklich unerklärlich, doch vieles klang plausibel. Aus dem Gespräch ging klar hervor, dass Paul keine Frau hatte. Er wohnte mit seiner Mutter, die ein Pflegefall geworden war, in einem Haus zusammen. Die arme Schwiegermutter, dachte Hanna. Sie mochte Pauls Mutter, auch wenn sie nicht gerade einfach und pflegeleicht war und sich gerne in ihre Ehe eingemischt hatte. Es sei ihr verziehen. Jetzt war sie alt und krank, und Paul kümmerte sich offensichtlich rührend um sie. Sie fragte sich nun, warum er das Haus in Kirchbergen verkauft hatte. Und warum dann Steinbach? Seine Mutter war doch nicht aus dieser Gegend! Bald würde sie es erfahren. Also warum sich den Kopf darüber zerbrechen.

Die alte Dame verabschiedete sich, nachdem sie alle für Hanna wichtigen Informationen hinterlassen hatte. Hanna blieb noch eine Weile auf der Bank sitzen, die Bank, auf der ihr die entscheidende Nachricht übermittelt wurde und das neue Leben begonnen hatte. Es war ein sonniger Tag, und diese erfreuliche Botschaft ließ Hanna innerlich und äußerlich strahlen.

Die Kirchenglocken läuteten und teilten Hanna mit, dass es 14 Uhr war. Sie war den ganzen Tag seit etwa 5 Uhr früh auf den Beinen. Erleichtert aufgrund der guten Nachricht warf sie noch einen Blick auf den Stadtplan und versuchte sich die Route bis zu Pauls Haus einzuprägen. Es war mit etwa einer Stunde Gehzeit zu rechnen. Hoffnungsfroh verließ Hanna die grüne Parkbank vor der Kirche und marschierte Richtung Süden. Die Sonne schien ihr ins Gesicht und blendete sie. Aber sie tat ihrer Seele unglaublich gut.

Drei Häuserblöcke noch, dann hatte sie ihr Ziel erreicht, Pauls neues Zuhause. Ihr Herz pochte zunehmend stärker, und es kam die Frage auf, ob sie ihrem Mann wohl noch gefallen würde. Sie hatte in den letzten Jahren aufgrund ihrer Krankheit ziemlich abgenommen und sehr an Attraktivität verloren. Frisch und gepflegt wirkte sie in diesem Zustand bestimmt nicht. Sie tat, was sie konnte, bürstete ihr Haar und legte hinter einem großen Busch frisches Gewand an, nämlich das von Elfie eingepackte. Sie fühlte sich nun etwas wohler in ihrem neuen Outfit, obwohl es ihr nicht wie angegossen passte.

Nur noch wenige Meter bis zu Paul, dachte Hanna und war sichtlich vergnügt. Alle Häuser in seiner Umgebung waren sehr gepflegt, so auch seines, vor dem sie nun stand, still und leise. Er hatte kein Türschild, keine Eibenhecken, keine Rosen und keinen Kräutergarten. Der Vorgarten war bestens gepflegt, schlicht, klassisch und nicht verspielt. Hanna fühlte sich zuhause angekommen. „Das ist genau Pauls Stil, was seine Vorstellung von einem Garten betrifft. Passt!", dachte Hanna und läutete mit starkem Herzklopfen an der Glocke. Da erinnerte sie sich an die Situation vor wenigen Tagen, als sie vor ihrem vermeintlichen Haus stand und anläutete. Sie hörte Schritte im Haus, keine Stimmen. Die Türe wurde von innen aufgesperrt, einmal, zweimal und dann ging die Tür auf. Allerdings ohne Knarren.

„Paul ...!" stammelte Hanna und blieb sofort wie angewurzelt stehen. „Paulmandl, Otto Paulmandl, Grüß Gott!", meinte der große, kräftige Herr mit sympathischem Gesichtsausdruck. „Oh nein, das kann nicht sein!" Blitzartig verlor Hanna ihre Lebenskraft und fiel Herrn Paulmandl ohnmächtig in die Arme. Als sie wenige Sekunden später wieder zu sich kam, starrte sie in das freundliche Gesicht des fremden Herrn und brachte kein Wort, sondern nur Tränen heraus, die über beide Wangen rannen. Sie musste sich sofort auf die kleine Sitzbank vor Herrn Paulmandls Haus setzen. „Was kann ich für Sie tun?", fragte dieser etwas erstaunt über das Verhalten der unerwarteten Besucherin, die bei seinem Anblick gleich zusammengebrochen war und unverzüglich zu weinen begonnen hatte.

„Brauchen Sie Hilfe?", fragte er besorgt und wandte sich Hanna zu, die nach wie vor sprachlos war. Sie schluchzte nicht, sondern sie weinte bitterlich, bitterlichst. „Das kann nicht sein", dachte sie, die mit so viel Freude und Hoffnung hierherkam, ans andere Ende von Steinbach. Herr Paulmandl brachte seinem Gast unaufgefordert ein Glas Wasser. Sie nahm das Glas in ihre zittrigen Hände und trank. Als sie sich einigermaßen beruhigt hatte, bat er sie in sein Haus und machte Kaffee. Es dauerte lange, sehr lange bis Hanna wieder sprechen konnte. Allerdings nicht so lange, wie damals, nach dem furchtbaren Erlebnis in Thailand. Da kam die Mutter von Herrn Paulmandl und setzte sich, interessiert am Gast, an den Tisch. Bevor noch Hanna ein Wort von sich gab, nahm sie einen Schluck Kaffee und trank ein halbes Glas Wasser.

„Danke, vielen Dank!", waren Hannas erste Worte in Herrn Paulmandls Haus. „Danke für Ihre Hilfe!", fügte sie noch mit einem Lächeln hinzu und neigte betreten, verstört und energielos den Kopf. Sie wurde von Herrn Paulmandl genau beobachtet. Dieser versuchte, sich aus dem Verhalten, der Mimik und Gestik sowie aus der Kleidung seines unerwarteten Gasts ein Bild zu machen.

Der Blick von außen macht oft Dinge sichtbar,
die einem vielleicht gar nicht aufgefallen wären.

„Was kann ich für Sie tun?", fragte er nun zum zweiten Mal und warf Hanna einen freundlichen, aber doch fragenden Blick zu. Bevor Hanna zu sprechen begann, überlegte sie. Sie war der Meinung, dass ihr Mann der erste sein sollte, der die ganze wahre Geschichte über ihre traurigen sechs Jahre erfahren sollte. So sympathisch ihr Herr Paulmandl auch war, aber er hatte ihrer Meinung nach nicht das Recht, all diese Informationen aus erster Hand zu bekommen, die doch zu allererst ihrem Mann zustanden.

„Ich bin hier, um meine langjährige Liebe wieder zu finden. Ich weiß, Paul Mandl, so heißt meine große Liebe, wohnt hier in Steinbach. Leider habe ich seine Adresse nicht. Eine Bewohnerin des Ortes hat mir heute mitgeteilt, dass er hier in diesem Haus wohne. Aber wie ich jetzt vernommen habe, nennen Sie sich mit Familiennamen „Paulmandl" und nicht „Mandl". Ich bin aus dem Ausland gekommen und suche ihn schon seit ein paar Tagen. Ich habe gehofft, dass ich ihn gleich hier finden würde. Ich habe ihn schon in einem anderen Ort gesucht, wo er noch vor wenigen Jahren gewohnt hatte. Seit kurzem, so habe ich erfahren, lebt er hier in Steinbach. Leider kennt ihn hier niemand. So irre ich herum und lese jedes Türschild. Ich bin den ganzen Tag auf den Beinen und suche und suche und frage nach ihm. Ich bin ...", dann brach sie wieder in Tränen aus. „... erschöpft und müde", vervollständigte der freundlich gesinnte Mann den letzten Satz und Hanna bestätigte ihn mit einem Nicken.

„Ich kenne Ihren Freund nicht, aber es sollte nicht allzu schwierig sein, seine Adresse herauszufinden. Heute ist es leider schon zu spät, am Gemeindeamt anzurufen, aber ich werde das morgen Vormittag für Sie tun, wenn

Sie das wollen." Hanna nickte. „Und wie heißen Sie?", erkundigte sich der weißhaarige Mann mit angenehmer, tiefer Stimme. „Nennen Sie mich einfach HANNA." Herr Paulmandl akzeptierte dies mit einem Lächeln und schenkte seinem Gast etwas Kaffee nach.

Draußen begann es zu regnen und ein furchtbares Gewitter kündigte sich an. Die Wolken waren dunkelblau bis schwarz und hingen tief. Herr Paulmandl schloss das Wohnzimmerfenster und erklärte Hanna: „Bei dem Wetter lass ich Sie nicht mehr hinaus!" Diese Aussage tat Hanna besonders gut. Sie fühlte sich bereits wohl in seinem Haus, das teilweise mit modernen Möbeln, teilweise mit alten Biedermeiermöbeln eingerichtet war. Bei ihren Erzählungen starrte sie immer wieder auf Rosen in einer bauchigen Vase, die auf dem Wohnzimmertisch stand. Sie waren aus dem Garten und blühten gelb. Zudem rochen sie äußerst intensiv, intensiver als der Kaffee. Plötzlich ging die Kuckucksuhr an, sieben Mal kam der Kuckuck aus seinem Häuschen, und Herr Paulmandl meinte: „Sieben Uhr, es wird Zeit, Abendbrot zu essen. Sie bleiben doch bei uns zum Essen, oder?" „Sehr gerne, sehr, sehr gerne", erwiderte Hanna anfangs etwas zögerlich, aber sichtbar dankbar. Vielleicht nur mehr eine letzte Nacht, und dann wird wieder alles so wie früher und anders sein. Ganz anders.

Es gab reichlich Käse, Wurst und rohes Gemüse. Das selbstgebackene Brot duftete nicht nur wunderbar, sondern schmeckte wirklich herrlich. Die drei verbrachten gemeinsam einen unterhaltsamen, entspannten Abend, und als es spät wurde, brachte Herr Paulmandl seinen Gast in das kleine, liebevoll eingerichtete Gästezimmer.

Endlich angekommen.

Es war Mittwoch. Die Straßen waren fast trocken nach den gestrigen, heftigen Regenfällen, und die Sonne zeigte sich wieder. Auch wenn es nur kurze, sonnige Gastspiele waren, so waren sie doch überaus erfreulich und wohltuend. Paulmandls Gast schlief lange. Es war wohl der Wein, der Hanna ein wenig zu schaffen machte, jedoch ein gutes Mittel für sie war, um Sorgen, Kummer und Traurigkeit für kurze Zeit zu vergessen.

Nach dem gemeinsamen Frühstück rief Herr Paulmandl, wie am Vortag angekündigt, beim Gemeindeamt an und erkundigte sich nach der Adresse von Hannas angeblichem Freund – „Paul Mandl". Hanna saß daneben und wohnte dem Telefonat aktiv und ziemlich angespannt bei. Die Zeit, die der Gemeindebedienstete an der anderen Leitung brauchte, um in seinem Computer nach der gewünschten Person zu suchen, erschien Hanna fast wie eine Ewigkeit, sodass sie schon die Vermutung hatte, Paul hier doch nicht finden zu werden. Herr Paulmandl ließ dem freundlichen Angestellten am Telefon genug Zeit und warf Hanna, die schon nach wenigen Sekunden anfing, unruhig mit einer Hand auf den Tisch zu klopfen, als würde sie damit etwas beschleunigen können, einen beruhigenden Blick zu.

„Und wer sind Sie?“, fragte der Angestellte Otto Paulmandl, welcher unverzüglich seinen Namen nannte. Kurz danach notierte Otto etwas auf einem Stück Papier, was Hanna nicht lesen konnte und beendete alsdann höflich und mit freundlicher Stimme das Gespräch. „Na, das war ja ganz einfach. Hier ist die Adresse, Seidengasse 9. Ich werde Ihnen gleich erklären, wo Sie diese Gasse finden.“ Otto Paulmandl wollte einen Plan holen, doch Hanna war schneller. Sie zog ihren etwas zerrissenen Stadtplan von Steinbach aus ihrer Jackentasche und breitete ihn flink und etwas ungeduldig am Esstisch aus. Selbstbewusst zeigte sie auf die Stelle, wo sie sich derzeit befanden und suchte gemeinsam mit ihrem freundlichen Helfer die Seidengasse 9, das neue Zuhause von Paul Mandl. Erstaunlicherweise kannte Hanna bereits diese Gegend rund um den Seidenweg. Sie erinnerte sich an den kleinen Teich in der Nähe dieser Gasse, der am Stadtplan eingezeichnet war. Es war eine schöne, liebliche Gegend mit hübschen, eher neueren Häusern, glaubte sie sich zu erinnern. Jetzt war sie tatsächlich nicht mehr weit entfernt von ihrem Mann, hoffte sie und nahm den letzten Schluck Kaffee. Sorgfältig faltete sie den Stadtplan zusammen, ohne ihn noch mehr zu zerreißen und fühlte sich ihrem Ehemann gefühlsmäßig etwas näher. Was für ein schönes Gefühl! Wie oft schon hatte sie dieses Gefühl, endlich am Ziel zu sein. Wie knapp davor war sie schon, und es entpuppte sich immer wieder als Pleite. Wie viele Niederlagen musste sie noch ertragen, um endlich ihren Erfolg feiern zu können? War sie nun wirklich auf dem richtigen Weg, oder wird sie wieder einen Misserfolg hinnehmen müssen? Nein, dieses Mal hatte sie definitiv ein anderes Gefühl. Warum sollte die Adresse nicht stimmen, die Otto Paulmandl vom Gemeindebediensteten erhalten hatte? Um ganz sicher zu gehen, fragte sie noch ein letztes Mal nach, ob er wohl den Namen ihres Bekannten richtig buchstabiert hätte. Otto versicherte ihr freundlich und verständnisvoll zum dritten Mal, dass Herr Paul Mandl in der Seidengasse 9 gemeldet wäre. Sie bedauerte, dass sie keine Telefonnummer von ihm bekommen hatte, sonst hätte sie vorher noch angerufen, um wirklich vollkommen sicher zu sein, dass er tatsächlich dort lebte.

Die beiden verabschiedeten sich herzlich und bereits unglaublich vertraut voneinander, als würden sie einander schon länger kennen, und Herr Paulmandl rief ihr noch nach: „Das Gästezimmer hier bei mir ist immer für Sie frei!“ Sie antwortete mit einer dankenden Geste und einem Lächeln und hoffte, dieses Angebot nicht in Anspruch nehmen zu müssen. Dennoch fand sie es äußerst liebenswürdig von diesem Herrn, der Paul rein äußerlich überhaupt nicht ähnelte, außer, dass er auch auf seiner rechten Wange ein kleines, helles Muttermal hatte. Dankbar für die Gastfreundschaft und Unterstützung verließ Hanna das Haus von Herrn Paulmandl, der sie noch lange beobachtet hatte, bis sie nach links in die übernächste Seitengasse einbog und verschwunden war.

Eigentlich glaubte sie nicht wirklich an das heutige Wiedersehen mit Paul. Nach den letzten Erfahrungen, die sie in ihrer Heimat machen musste, wurde sie skeptisch, und so positiv und optimistisch sie von ihrer Persönlichkeit her war, ihre Zweifel waren nicht ganz weg zu kriegen. Einerseits hatte sie ein gutes Gefühl, Paul tatsächlich heute wieder zu begegnen, anderseits hatte sie ein eigenartiges, unbeschreibliches Empfinden, dass sich wieder wie eine Niederlage anfühlte, ohne zu wissen, warum.

Was musste sie noch alles mitmachen? Welches Schicksal hatte sie noch zu erwarten?

Entsprechend ihrer Stimmung und emotionalen Verfassung wanderte sie langsam und bedächtig die asphaltierte Straße entlang, mit leicht vorgeneigtem Kopf, als würde sie sich für etwas schämen. Die Menschen auf der Straße nahm sie an diesem Tag kaum wahr. Sie war fast menschenscheu und nicht unglücklich darüber, alleine und in sich gekehrt einen Schritt nach dem anderen setzen zu können. Heute würde sie niemanden nach der Adresse von Paul Mandl fragen können. Sie war müde und erschöpft von den letzten Tagen. Seidenweg 9 war ihr heutiges Ziel, dachte sie im Geheimen und schlenderte vor sich hin. Der Weg von Otto Paulmandl zu Paul Mandl war nicht besonders weit. Herr Paulmandl bot ihr sogar an, sie mit dem Auto dorthin zu bringen. Entschieden lehnte sie ab, auch wenn ihre Beine und Füße noch vom Vortag furchtbar schmerzten. Sie hatte in den letzten Jahren gelernt, Leid und Schmerzen wortlos und tapfer zu ertragen.

Schneller als sie dachte, war sie am Ziel, am richtigen Ziel? Auf jeden Fall stand sie nun vor dem Haus in der Seidengasse 9. Das Haus kannte sie, denn sie war hier bereits am ersten Tag vorbeigegangen. Hatte sie das Türschild schlecht gelesen? Hatte sie das Haus übersehen? Sie stand nun direkt vor dem grauen Türschild. Auf dem stand jedoch nicht „Mandl“, sondern „Kellner“, was sie ein wenig verwunderte. Dieser Name entschuldigte ihr vermeintlich nachlässiges Verhalten, obwohl sie sich fragte, ob wirklich Paul Mandl hier wohnen würde. Vielleicht wurde das Namensschild noch nicht erneuert, oder vielleicht hatte er …? Sie ließ sich durch ihre negativen Gedanken nicht beirren und warf einen ersten Blick in dessen Vorgarten. Dieser war hübsch angelegt, möglicherweise sogar von einem Gartenarchitekten geplant, denn er war äußerst professionell gestaltet, und das Gesamtbild war harmonisch. Er war stilistisch ausgewogen, und Hanna gefiel er ausgesprochen gut. War das tatsächlich der Stil ihres Mannes? Seit wann legte er so großen Wert auf einen modernen, so liebevoll gepflegten Garten? Sie war etwas verwundert und gleichzeitig gespannt, was sie hier noch Interessantes, Aufschlussreiches entdecken würde. Es war erst 11 Uhr. Der Garten war menschenleer, dachte Hanna und ging neugierig und langsam um das Haus mit der dunkelgelben Fassade. Mehr noch, sie suchte nach einer Person, nach einer einzigen Person, nach Paul. Dieser könnte sich ja zufällig gerade im Garten aufhalten und nicht im Haus sitzen, dachte sie insgeheim. Leise ging sie die dichte Thujenhecke entlang und blickte interessiert von allen Seiten in den Garten.

Und da saß er auch. „Paul …!", rief Hanna halblaut aus und legte sofort reflexartig ihre Hand auf ihren leicht geöffneten Mund. Ja, es war tatsächlich Paul. Paul Mandl, ihr Ehemann, den sie vor über sechs Jahren das letzte Mal gesehen hatte. Sie konnte es kaum glauben, es war ganz ohne Zweifel er. Ja, da saß ihr Paul. Er war etwas gealtert, sein Haar hatte noch mehr graue Strähnen bekommen, wurde deutlich weniger, und er trug nun eine Brille. Ruhig und entspannt saß er auf einer Holzbank und las die Tageszeitung. Hanna stand ihm jetzt genau gegenüber, allerdings ein paar Meter entfernt, außerhalb des Grundstückes, hinter der dichten Thuijenhecke. Sie sah in sein gealtertes Gesicht, er in seine Zeitung. Er hatte noch keine Ahnung, was ihm in den nächsten Minuten zustoßen würde und war auf nichts vorbereitet. Diesbezüglich war sie ihm einiges voraus. Die Sonne schien ihm leicht in sein Gesicht. Er neigte den Kopf nach vorne und konzentrierte sich fortan auf das Lesen der Zeitung. Neben ihm, auf dem Holztisch, stand eine blaue Tasse. Er könnte Kaffee oder Tee getrunken haben. Hannas Herz klopfte so laut, dass sie schon Angst hatte, Paul könnte ihren Herzschlag hören. Ihre Atmung wurde intensiver, und ihr Mund fühlte sich plötzlich sehr trocken an. Da läutete plötzlich das Telefon, Pauls mobiles Telefon. „Trrrrr, trrrr, trrrr!“ Nach dreimaligem Läuten und einem kurzen Blick auf das Display, um den Namen des Anrufers zu eruieren, antwortete er mit dem Namen „Paul Mandl“. Es war also ohne Zweifel Paul Mandl, Hannas Ehemann, und sie, seine Ehefrau befand sich nur wenige Meter entfernt von ihm. Dem Telefonat konnte sie kaum Informationen entnehmen, weil Paul viel zu leise sprach. So kannte sie ihn auch. Dieses Flüstern am Telefon hatte er beibehalten. Hanna war im Vergleich zu ihrem Mann eher extravertiert und sehr kommunikativ, und vielleicht manchmal etwas laut, lauter als Paul. Ihr um ein Jahr älterer Paul war bekannt als eher ruhiger, in sich gekehrter und wenig spontaner Mensch. Er war gutmütig, eher träge, leicht beeinflussbar und wenig entscheidungsfreudig. Hanna wurde von ihren Freunden und Bekannten aufgrund ihrer Gastfreundschaftlichkeit, ihrer Spontanität und Kreativität sehr geschätzt. Es bereitete ihr große Freude, Freunde einzuladen, für sie zu kochen, mit ihnen über dies und das zu diskutieren und gemeinsam lange und oft zu feiern. Man konnte nicht sagen, dass Hanna der dominantere Teil in der Beziehung war, nur weil Paul ruhiger war und sich gerne zurückzog, um für eine

Weile mit niemandem sprechen zu müssen. Nein, schüchtern war er nicht, er wirkte jedoch vielleicht etwas distanziert und nicht unbedingt gleich offen.

Paul hatte schon lange sein Telefonat beendet, aber Hanna stand ihm noch immer wie angewurzelt gegenüber. War sie jetzt plötzlich gehemmt und schüchtern? Was ging in ihr vor, so nahe am Ziel? Sie war in der Tat blockiert. Sie wusste selbst nicht, was sie davon abhielt, zu Paul zu gehen und ihn in die Arme zu nehmen. Genau danach hatte sie sich doch tagelang, ja sogar jahrelange gesehnt. Nein, sie wollte jetzt keinesfalls umdrehen und wieder zurück gehen. Unentwegt starrte sie Paul an, nachdenklich, traurig und fragend. Es war wie ein Film, ein Film über die gemeinsamen Jahre, der nun vor ihren weit geöffneten Augen ablief und sie zu Tränen rührte. Ganz klar sah sie Bilder aus ihrer gemeinsamen schönen Vergangenheit. Es waren Bilder, die Hanna von ihrem Charakter her emotional und sentimental zu tiefst berührt hatten. Die Vergangenheit war so präsent, dass sie beinahe vergessen hatte, wo sie sich gerade befand. Das Bellen eines Hundes ließ sie aus ihrem tranceähnlichen Zustand erwachen und holte sie mit einem Schlag in die Gegenwart zurück. Da stand sie nun, als würde sie etwas sehen oder suchen. Paul saß nach wie vor auf seiner Bank, nur die Zeitung lag bereits zusammengefaltet auf dem Holztisch, und er genoss mit geschlossenen Augen die warmen Sonnenstrahlen.

Plötzlich läutete es an seiner Tür. Er konnte das Läuten, auch im Garten sitzend, hören, nur der Blick zum Gartentor war von seiner Sitzposition aus nicht möglich. Irritiert sah er auf seine Uhr. Normalerweise erwartete er um diese Uhrzeit niemanden. Er hörte auch kein Auto zufahren. Zudem lag die heutige Post bereits auf dem Gartentisch. Langsam und eher widerwillig erhob er sich und ging, den Kopf leicht schüttelnd, zum Gartentor. Vor dem stand eine Frau, eine schlanke Frau mit grau meliertem kürzerem Haar und rotem Rucksack. Mehr konnte er aus der Entfernung nicht erkennen. Als er sich nur mehr wenige Meter vor dem Gartentor befand, wurden seine Schritte schneller. Beinahe wäre er über einen Stein gestolpert, der neben dem Rosenbeet im Vorgarten lag. Mit offenem Mund und stark verändertem Gesichtsausdruck näherte er sich dem unangekündigten Gast, den er nun zu kennen schien. Nein, er konnte es fast nicht glauben. Vor ihm stand seine Hanna, die er seit über sechs Jahren unter der Erde vermutet hatte.

„Hanna, meine Hanna!“, rief er sichtlich überrascht und nahm sie sofort fest und inniglich in seine Arme. Es war ein Moment der Freude, der Liebe, des unglaublichen Glücks. Nur ein paar Vögel zwitscherten, sonst war es still rund um sie. Kein Hundegebell, kein Rasenmäher und kein Kindergeschrei waren zu hören. Da standen die beiden, ganz eng und inniglich umschlungen, als würden sie sich nie mehr trennen können. Man hörte beide atmen, man hörte beide fühlen, man sah und spürte Gefühle, unglaubliche Gefühle. Es war ein berührender Moment, ein Moment der unendlichen Liebe und Freude. Hanna und Paul waren wieder vereint, und das nach sechs Jahren. Lange, sehr lange blieben sie umarmt im Garten zwischen den Rosensträuchern stehen und drückten sich wortlos aneinander. Beide konnten den Herzschlag des anderen spüren oder wars doch der eigene? Hanna war überglücklich und fühlte, nichts und niemand konnte ihr Glück wieder zerstören. Dieser wunderbare Moment der endlosen, immerwährenden Liebe, brachte ihr Herz fast zum Springen. Es war fast magisch. Jetzt war sie am Ziel. Sie war angekommen. Ja, sie hatte ihren geliebten Ehemann doch noch gefunden.

Es dauerte bestimmt mehrere Minuten, bis sie sich aus der Umarmung gelöst hatten und sich direkt ins Gesicht sahen. Es war für Hanna, als würde die Welt kurzfristig stillstehen. Alle Geräusche um sie herum waren plötzlich nicht mehr präsent. Auch Paul war voll und ganz bei seiner Frau, die er nach einiger Zeit wortlos mit einer netten, liebevollen Geste in sein kleines Haus bat. Es wurde Sekt aus dem Kühlschrank geholt und auf das Wiedersehen, auf Hannas Rückkehr angestoßen.

Hanna sah ausschließlich Paul und nahm wenig von der Umgebung bewusst wahr. Ihr war nur wichtig, ihn endlich, nach langen und schwierigen Stunden und Tagen des Suchens, gefunden zu haben.

„Wo warst du all die Jahre, Hanna?“, war Pauls erste Frage an Hanna, der sich kräftig die Augen rieb, als würde er unscharf und unklar sehen. Nach kurzer Zeit antwortete seine strahlende Hanna mit Tränen des Glücks in ihren Augen mit folgenden Worten:

„Das ist eine lange Geschichte, eine sehr lange Geschichte, die ich dir in Ruhe erzählen werde, aber noch nicht heute. Ich bin überglücklich, wieder bei dir zu sein. Ich habe dich immer vermisst. Ich hatte solche Sehnsucht nach dir, aber ich konnte nicht weg ...“ Sie weinte und bat nach einem Taschentuch. Er hatte absolut keine Ahnung, wo und wie sie die letzten Jahre verbracht hatte. Für ihn war sie seit sechs Jahren tot und dass sie, seine Hanna, jetzt tatsächlich vor ihm stand, konnte er ganz und gar nicht fassen. Er musste sie immer wieder berühren und riechen, um die Bestätigung zu haben, dass er sich doch nicht irrte.

Wer nicht zeigt, was er fühlt,
läuft Gefahr zu verlieren, was er liebt.

„Endlich angekommen!", dachte sie und war überglücklich. Eng aneinander gekuschelt saßen sie auf der Wohnzimmerbank mit Blick auf den wunderschönen Garten. Phasenweise blickte sie in die gemeinsame Vergangenheit, phasenweise in die gemeinsame Zukunft. Sie fühlte nur ihn und atmete gierig seinen Körpergeruch ein, als würde sie das aufsaugen wollen, was ihr jahrelang gefehlt hatte. Sie möchte dort mit ihm weiter machen, wo sie vor sechs Jahren aufgehört hatten. In ihrer Partnerschaft wurde viel gesprochen und diskutiert, und sie schätzten einander trotz der unterschiedlichen Charaktere sehr. Jeder bekam den Freiraum, den er brauchte, und man vertraute einander vollkommen. Vertrauen wurde in dieser Beziehung großgeschrieben und schien beiden immer sehr wichtig gewesen zu sein. Untreue war für beide ein Fremdwort in dieser Beziehung.

„Ich habe mir damals große Sorgen um dich gemacht, ...", unterbrach Paul nach etwa einer halben Stunde die Stille, in der beide in der Vergangenheit und gemeinsamen Zukunft badeten. Paul kamen viele Bilder und Gedanken aus ihren letzten gemeinsamen Stunden, und er dachte laut weiter. „... als der Tsunami auf Khao Lak, wo wir einen wunderbaren Urlaub verbracht hatten, ausbrach. Ich lag noch im Bett, schaute vom Bett aus auf das weite Meer, und plötzlich kamen diese riesigen Wellen. Unser Zimmer war so gut wie unzerstört, da es im 1. Stock war. Die Wellen erreichten kaum den 1. Stock und in unserem Zimmer hatten wir nur eine leichte Überschwemmung. Ich wusste nicht, wo du warst und wo ich dich suchen sollte." Seine Stimme klang sicher, nur sein Blick war starr. Er sprach als würde er einen Film, der gerade vor ihm ablief, beschreiben.

„Nachdem der Tsunami vorbei war, nach nur wenigen Minuten, sah man die totale Verwüstung. In Sekundenschnelle hatten sich die Straßen in den bebauten Gebieten zu Wasserkanälen, in denen Autos und Gebäudetrümmer erst landeinwärts, dann Richtung Meer zurückflossen, verwandelt. Menschen schrien und wimmerten. Manche waren jedoch dazu nicht mehr fähig, da dessen Leichname bereits in den Wassermassen trieben. Auch Stühle, Strandmöbel, Kinderspielsachen und dergleichen schwammen im schmutzigen, aufgeschäumten Wasser. Es war ein Bild des Schreckens, das ich nicht aus meinem Gedächtnis streichen kann." Jetzt geriet Paul ins Stocken und nahm einen Schluck Wasser. Dann sprach er weiter, Hannas Hand haltend, aber ohne sie anzusehen.

„Oft wache ich schweißgebadet in der Nacht auf und sehe abgetrennte Gliedmaßen vor mir schwimmen. Ich höre Schreie, diese entsetzlichen Schreie und Hilferufe, die durch Mark und Bein gingen. Auch ich rief immer wieder nach dir und fragte mit einem Bild von dir in meinen Händen, ob man dich irgendwo gesehen hätte. Niemand konnte mir helfen. Ich war ratlos und machte mich selbst auf die Suche nach dir. Jeden Fleck um unser Hotelressort suchte ich ab, selbst wenn es nach dem schrecklichen Seebeben schwer war, da der Strand nicht geräumt war, sondern mit verschiedenen zerbrochenen und zerborstenen Utensilien überseht war. Ich schrie nach dir und glaubte, dich immer wieder zu sehen. Es blieb jedoch nur beim Wunsch ..."

Paul musste kurz unterbrechen. Die Erinnerung an den Tsunami und an die endlose Phase des Suchens nach seiner Frau machten es ihm schwer, emotionslos zu bleiben. Hanna brach in Tränen aus und blickte in die weite Leere. Ihr fiel es ebenso schwer, über dieses Ereignis zu sprechen, und auch das Zuhören verschaffte ihr Unbehagen. Hanna blieb während Pauls Schilderungen eine stille, interessierte Zuhörerin, die gedanklich ebenfalls dort war, wo das Unglück begonnen hatte, beim Tsunami in Khao Lak, den sie hautnah miterlebt hatte.

„Du musst jetzt gehen, Hanna!" meinte Paul plötzlich und völlig unerwartet. „Lass uns morgen weiter darüber sprechen. Komm bitte um 9 Uhr zu mir!", fügte er leise, aber direkt hinzu. „Gehen? Wohin gehen?", dachte Hanna. Sie war zurück, sie war wieder angekommen. Und jetzt sollte sie wieder gehen? Hanna war überrascht über diese abrupte Aufforderung. Total verstört und fassungslos verließ sie wie in Trance Pauls Haus. Der Gartenplatz, auf dem Paul am Vormittag die Zeitung las, lag nun im Schatten. Die Zeitung und die leere Kaffeetasse befanden sich noch immer am gleichen Platz wie kurz nach 11 Uhr. Die Sonne war weitergewandert und beleuchtete jetzt nur noch einen kleinen Bereich im Garten. Mit einem lauten Geräusch fiel das schwarz gestrichene, schwere Gartentor hinter Hanna ins Schloss. Dann war es zu, und Hanna stand wieder vor dem Zaun.

Warten

„Bitte, sei mir nicht böse, Hanna! Ich habe dich von Herzen gerne. Aber du musst jetzt gehen ..." – „Wohin soll ich gehen? Wohin? Wohin? Wohin ...?" Diese Frage hörte sich wie ein Echo an, wie das Echo einer verzweifelten Frau, deren Stimme schwach und energielos klang. Fieberhaft versuchte sie in seinem Gesicht zu lesen, seinen Blick zu verstehen. Es fiel ihr schwer. Seine Augen waren offen, aber leer und enthielten keine Informationen. Sein Mund war verschlossen, und seine Lippen waren aneinander gepresste, vor lauter Angst, er könnte etwas aussprechen, was er letztendlich bereuen würde. Was nur bewegte ihn? Was lag im Verborgenen? Wo ist sie nur angekommen?

„Kann ich Ihnen helfen?" Hanna sah in das Gesicht einer Frau mit freundlichen Augen und leicht geöffnetem Mund. Mit einem leichten, zärtlichen Rütteln wurde sie aus ihrem tiefen Schlaf geweckt. Ihr linkes Bein war eingeschlafen und fühlte sich wie tot an. Sie hätte im derzeitigen Zustand keinen Schritt nach vorne machen können, da sie auf der Stelle zusammengebrochen wäre. Das linke Bein fühlte sich schwammig und kraftlos an. „Soll ich Sie nach Hause bringen? Haben Sie sich verletzt?" Die freundliche Dame mit der großen Einkaufstasche war besorgt um Hanna, die noch immer nicht im Hier und

Jetzt angekommen war, sondern leicht verhaftet in ihrem Traum blieb. War es ein Traum, oder hatte sie das tatsächlich erlebt?

„Wo bin ich?" erkundigte sich Hanna und sah in die Ferne, wo sie eine Leere zu erkennen schien. „Sie befinden sich im schönsten Teil von Steinbach, am Seidenteich, in der Seidengasse." Mit einem Schlag wusste sie, dass das, was sie geträumt hatte, eine Erinnerung dessen ist, was sie vor kurzem tatsächlich erlebt hatte. Nur wenige Meter vor dem Haus ihres Ehemannes, an einem wunderschönen Platz am Seidenteich war sie entmutigt und völlig kraftlos zusammengebrochen. Sie schlief angelehnt an eine alte Eiche auf bemoostem Boden ein. Und da waren wieder ihre vielen Fragen und Zweifel. Welche Veränderung hatte Paul durchgemacht? Was ging in ihm vor? Hanna konnte sein Verhalten nicht verstehen. Warum musste sie wieder gehen, wo sie doch erst gekommen war? Ist es für ihn emotional so belastend, darüber zu sprechen? Erwartete er noch Besuch, oder wollte er einfach nur alleine sein? Fragen über Fragen, die Hanna durch den Kopf gingen, als sie zu sich gekommen war. Da war sie wieder alleine mit ihrem bekannten Problem und wusste nicht, wie ihr geschehen war. Nein, sie war nicht alleine. Die freundliche Dame mit den braunen, halblangen Haaren hockte noch immer vor ihr und wartete auf Hannas Antwort, ob sie sie nicht doch nach Hause führen sollte. „Wohin?" Hanna blickte ihr Gegenüber fragend an, welches unverzüglich und in der Absicht, der niedergeschlagenen Hanna zu helfen, zur Antwort gab: „Wohin Sie wollen …!" Dieser Satz zauberte unverzüglich ein zaghaftes Lächeln in Hannas Gesicht, welches bestimmt nicht verstanden wurde. „Sofern Ihr Zuhause hier in der Nähe und nicht tausende Kilometer entfernt, irgendwo im Ausland ist …", fügte die jüngere Dame mit einem Lächeln hinzu. „Von dort komme ich gerade, und ich will nicht mehr zurück. Nein, nicht mehr zurück …"

Es war kurz nach 17 Uhr. Der Teich lag still und geheimnisvoll mit glitzernder Oberfläche vor ihr. Die Sonne schien direkt auf die Wasseroberfläche, und man könnte glauben, viele tausende Sterne würden hell und goldgelb auf der Oberfläche funkeln. Sie waren zum Greifen nahe und doch so weit entfernt. Hanna wurde melancholisch und hatte das dringende Bedürfnis, an diesem Ort noch ein paar Minuten alleine zu bleiben und nachzudenken. Eigentlich war es kein Nachdenken, es war ein Sich-hinein-Fühlen, ein Hineinhören, ein Lauschen. Klares Denken war in diesem Moment nicht möglich. Mit nonverbaler, freundlicher Geste gab sie ihrem Gegenüber zu verstehen, keine Unterstützung zu brauchen und alleine sein zu wollen. Die liebenswürdige, gefällige Dame nahm dies zur Kenntnis, strich Hanna verständnisvoll und ein wenig besorgt über die rechte Schulter und ließ sie unter Zurücklassung eines kleinen Kärtchens am Ort der Stille und Melancholie zurück.

Die emotionale Distanz ist oft wichtig,
um einen klaren Kopf zu haben und um die Situation
möglichst rational analysieren zu können.

Hanna blickte lange und intensiv auf den stillen, glitzernden Teich, als würde sie dadurch Balsam für ihre Seele empfangen und unendlich Kraft tanken können. Es dauerte lange, bis sie wieder vollkommen zu sich gefunden hatte und sich ihres persönlichen Schicksals bewusst wurde.

Es wurde immer später. Die Sterne waren kurz davor, an einen anderen Ort, nämlich weit weg zu wandern, und sie spürte ein starkes Hungergefühl. Seit dem Frühstück bei Otto bekam sie nichts mehr in den Magen. Paul bot ihr zwar ein Stück Kuchen an, doch danach hatte sie noch kein Verlangen. Sie wollte nur seine Nähe, seine wärmenden Hände, seinen Körpergeruch und seine Stimme aufnehmen. Sie lehnte also dankend ab. Jetzt aber hatte sie weder etwas zu essen noch seine Nähe. Sie war alleine und hatte nichts, nicht einmal ein Zuhause. Sie kam zurück und stand vor dem Nichts. Vor ihr lag dieses weiße Kärtchen, das die sympathische Dame hinterließ. Hanna nahm es zur Hand und las es. Handschriftlich geschrieben stand auf der einen Seite „Alles Gute für Ihre Zukunft. Nicht verzagen!" Die Schrift war harmonisch und ausgewogen, und diese paar Worte übten auf Hanna eine eigenartige Schwingung aus. Ihre Zukunft, wo führte die hin? Ja, sie hatte recht, sie durfte nicht aufgeben und sollte jetzt keinesfalls verzagen. Sie befand sich so knapp vor dem Ziel, und immer wieder bekam sie zum rechten Zeitpunkt Hilfe und Unterstützung. Zum Beispiel von der Frau in der Kirche, die ihr die vermeintlich richtige Adresse von Paul gab, und dann war es Otto, der für sie ein ganz wertvoller Mensch wurde. Auch diese Dame, von der sie jedoch nicht viel wusste, außer dass sie eine angenehme Ausstrahlung hatte und ihr Mut zusprach, war für sie hilfreich. Wer war sie? Hanna drehte die weiße Visitenkarte um und las „Dr. Sandra Supporter, Klinische Psychologin." Sie hätte doch ihre Hilfe annehmen sollen, dachte Hanna, in der Meinung, Frau Dr. Supporter hätte ihr sofort eine Antwort auf ihre vielen offenen Fragen, ihre Beziehung zu Paul betreffend, geben können. Sie seufzte und bereute zutiefst ihr unkluges Verhalten. Suchend blickte sie um sich, hoffend, sie vielleicht doch noch finden zu können. Doch, da die Sterne schon lange nicht mehr auf der Wasseroberfläche funkelten, wusste sie, dass sie seit über einer Stunde nicht mehr in ihrer Nähe war. Vorbei. Es war ein Fehler. Wie hätte sie nur wissen können? Aber sie hatte zumindest ihre Kontaktdaten.

Hanna sehnte sich nicht nur nach etwas Essbarem, sondern mehr noch nach Geborgenheit, die sie jahrelang vermisst hatte und nur für wenige Minuten in Pauls Armen empfinden und empfangen konnte. Sie hatte das unbeschreibliche Verlangen, mit jemandem zu reden, ihre Gefühle und Empfindungen auszudrücken. Und sie brauchte dringend die Antwort auf Pauls eigenartiges Verhalten. Hanna beschloss daher, zu Otto zurückzukehren. Sie sah in ihm einen unglaublich warmherzigen, liebenswürdigen Mann, dem sie sich und ihr Schicksal mit Sicherheit anvertrauen konnte. Der Weg zurück zu Otto war nicht weit. Sie hatte also wenig Zeit, darüber nachzudenken, was sie ihm nun berichten werde. Bestimmt wollte er wissen, was sie erlebt hatte, ohne bohrende Fragen zu stellen. Hanna war ihm eine Erklärung schuldig, und diese wollte sie ihm in Kürze geben. Also ging sie zurück zu Herrn Paulmandl, der ohnedies betonte, für sie eine offene Tür zu haben. Überrascht öffnete er seine Eingangstür und erschrak fast, als er in Hannas blasses, verheultes Gesicht sah. Er hatte großes Mitleid mit ihr, nahm sie unweigerlich in die Arme und führte sie hinein in sein Haus, indem es nach frisch gebackenem Kuchen roch. „Ich werde dir immer helfen, Hanna." Mit diesen gewinnenden Worten lud er sie ein, im Wohnzimmer Platz zu nehmen und etwas zu trinken. Hanna folgte dankend dessen Einladung und freute sich, wieder Ottos Mutter zu sehen, die sich trotz ihrer kognitiven Ausfälle sofort an Hanna erinnern konnte und die sie mit einem freundlichen Lächeln willkommen hieß. Sie trank gerade ihren Abendtee und aß dazu ein Stück Schokoladenkuchen. Auch ihr Sohn liebte Schokolade und konnte schwer ohne tägliche Süßspeise leben. Er brauchte sie wie Glückshormone, denn die aufopfernde Pflege seiner Mutter kostete ihn viel Kraft und Energien, auch wenn er dies niemals zeigen würde.

Otto schenkte Hanna etwas Tee ein und bat ihr ein Stück Kuchen an, welches sie hungrig und voller Freude verschlang. Nachdem sie die halbe Tasse Früchtetee ausgetrunken hatte, holte sie tief Luft, als wäre sie bereit, etwas zu sagen bzw. zu tun.

„Liebe Hanna, was ist nun geschehen?" begann Otto das Gespräch. Ottos Mutter, die sichtlich interessiert an Hannas Schicksal schien, sah sorgenvoll in deren Gesicht und versuchte sich krampfhaft zu konzentrieren, um alles zu verstehen. Phasenweise hatte sie helle Momente, Momente, in denen sie klar denken und sprechen konnte.

„Die Adresse war richtig. Paul war auch da ...", entgegnete Hanna und schluchzte mit einem Blick in ihre Teetasse. „Ja, und dann? Was ist dann passiert?", fragte Otto weiter, nicht ahnend, was vorgefallen sein konnte. Er beabsichtigte, ihr so schnell wie nur möglich zu helfen, was er nur dann auf effiziente Art und Weise konnte, wenn er Details wusste, die Hanna widerfahren waren.

Hanna erzählte, wie sie in der Seidengasse 9 angekommen war und Paul im Garten sitzend und Zeitung lesend erblickt hatte. Sechs Jahre später. Er war tatsächlich übersiedelt und wohnte in einem kleinen Haus mit einem gepflegten Garten. „Die Wiedersehensfreude war groß. Paul nahm mich sofort liebevoll in die Arme und ließ mich gar nicht mehr los. Ich fühlte mich endlich angekommen und war mir sicher, am Ziel zu sein." Hanna stockte, atmete tief ein und warf Otto einen traurigen, aber auch fragenden Blick zu. Dieser reagierte fragend „Was war dein Ziel, Hanna? Du hast doch deinen Freund gefunden und konntest mit ihm reden ..." Man spürte eine gewisse Spannung im Wohnzimmer. Es lag etwas in der Luft. „Otto, ich bin seine Ehefrau, und er hat mich weggeschickt. Warum? Warum nur?" Hanna verlor ihre Fassung und brach in Tränen aus. Sie weinte bitterlich, zitterte am ganzen Leib und verkrampfte förmlich, als würde sie an etwas festhalten wollen, etwas nicht verlieren wollen. Aber vielleicht hatte sie das schon verloren, was sie mit aller Kraft zu halten, zurückzuhalten versuchte. „Paul forderte mich dann ganz plötzlich auf, nach Hause zu gehen. Aber ich bin doch bei ihm zuhause! Ich bin mit ihm verheiratet und das seit über 30 Jahren." Hanna war überrascht über ihre plötzlichen Gefühlsäußerungen Otto gegenüber, den sie erst seit wenigen Stunden kannte. Gestern noch war für Otto Paul ein langjähriger Freund von Hanna, den sie aus irgendeinem Grund dringend finden wollte. Otto fragte nicht nach, beschaffte jedoch für sie bereitwillig und so schnell wie möglich die benötigten Informationen. Noch am selben Abend wurde Otto darüber aufgeklärt, dass es sich um ihren langjährigen Ehemann handelte, den sich nach über sechsjähriger, ungewollter Trennung verzweifelt gesucht und nach mühsamen Tagen tatsächlich gefunden hatte. Otto war ein feiner Mensch und äußerst diskret. Er fragte nicht nach, sondern empfing. Er empfing detaillierte Informationen über dieses Ehepaar, das am 26. Dezember vor sechs Jahren in Thailand getrennt wurde und dann getrennte Wege gehen musste. Er vermied es, Hanna bei ihren Erzählungen zu unterbrechen, nachdem er von Anfang an bemerkte, dass es sich hierbei um eine ganz unübliche, verworrene Geschichte handelte, darüber zu berichten, Hanna emotional sehr zu schaffen machte.

An diesem Abend erfuhr Otto einiges über seinen Gast und dessen Schicksal, das ihn phasenweise zu Tränen rührte. Sie wurde Opfer des Tsunami, hatte aber überlebt und kam wieder zurück. Zurück, aber wohin?

„Wer nicht weiß, wohin er will,
darf sich nicht wundern,
wenn er ganz woanders ankommt."
Marc Twain

Der zweite Tag

Die Kirchenuhr schlug neunmal. Hanna stand ausgeschlafen und mit neuem Optimismus vor Pauls Haus. Mit strahlendem Lächeln wurde ihr die Türe geöffnet. „Komm rein, Hanna, ich habe ein Frühstück für uns zwei vorbereitet!“ Paul nahm die leicht verstört wirkende Hanna mit vielen offenen Fragen im Kopf bei der Hand und führte sie in sein Esszimmer, wo sie einen hübsch gedeckten Tisch vorfand. Darauf brannten fünf weiße Kerzen, eigentlich sechs, aber die sechste Kerze war nur halb so hoch wie die anderen und deswegen konnte man beim ersten Blick lediglich fünf Kerzen erkennen. Hanna nahm stillschweigend und erwartungsvoll auf der Bank neben dem Kamin Platz. Paul vermittelte einen etwas unsicheren Eindruck und setzte sich ihr mit verschränkten Händen, aber leicht geöffneten Beinen gegenüber. An seinem Gesichtsausdruck konnte man unschwer seine Gefühlslage erkennen. Die lange Stille, während der sich die beiden tief in die Augen sahen und darin gegenseitig zu lesen versuchten, wurde durch Pauls unvermutete Frage an Hanna unterbrochen. „Ich hoffe, du liebst nach wie vor Spiegelei mit Speck zum Frühstück und trinkst zuerst Tee und danach Kaffee?“ Wie lange war das wohl her, dass sie ein Ei zum Frühstück zu sich nahm? Es war rührend von ihm, wie sehr er auf ihre Wünsche und Vorlieben einging, die er noch aus der langen gemeinsamen Zeit in Erinnerung hatte. Sie wollte von ihm nur eines wissen: Was war mit ihm gestern los? Er aber wollte nicht über gestern sprechen und schon gar nicht über seine Gefühlslage. Ihn interessierte viel mehr die wesentlich weiter zurückliegende Vergangenheit und vor allem, wie seine Hanna den Tsunami erlebt hatte. Sein Erlebnis mit diesem schrecklichen Seebeben hatte er bereits erzählt. Nun hätte er gerne erfahren, wo seine Ehefrau während des Tsunamis war und was die sechs Jahre danach mit ihr geschah. Diese begann nach seiner freundlichen Aufforderung zu erzählen:

„An diesem besagten 26. Dezember, an dem der Tsunami uns und viele andere Menschen voneinander getrennt hatte, wachte ich sehr früh auf. Es war wie jeder vorangegangene Tag ein sonniger Morgen, und ich hatte Lust, einen Strandlauf zu unternehmen. Da ich dich nicht aufwecken wollte, schlich ich mich aus unserem Zimmer und ging langsam zum Strand. Die Uhr zeigte 6:45, und es waren um diese Zeit fast nur Einheimische unterwegs, die irgendwelche Dinge – wie in diesen Gegenden üblich – auch auf dem Kopf transportierten.“ Paul nickte, öffnete seine etwas feuchten Hände und legte diese nachdenklich auf seine Oberschenkel. Hanna setzte fort und faltete ihre Hände vor ihrem Körper. „Das Meer war an diesem Tag stark zurückgegangen, und der Strand war dadurch wesentlich breiter als sonst. Irgendwie war es unheimlich. Vögel waren an diesem Tag kaum über dem Wasser zu sehen, und es liefen weder Hunde noch Katzen am Strand umher. Nichtsdestotrotz bin ich den Strand entlanggelaufen, vorbei an den noblen benachbarten Hotelanlagen Richtung Norden. Nach den sechs Luxushotels folgte ein Strandteil ohne Hotelanlagen, nur Idylle, Strand, Meer und landeinwärts Bäume. Ich war etwa einen Kilometer von unserem Hotel entfernt, als ich beschlossen hatte, mich nach Muscheln am Strand umzusehen. Es lagen viele wirklich schöne Muscheln herum, und ich war einfach nur fasziniert von ihnen." „Muscheln?" Paul war erstaunt über ihre Affinität zu Muscheln. „Ja, ich fand sehr großen Gefallen an diesen Muscheln. Ich packte sie in mein kleines Hüfttäschchen und war sicher, dass sie dir auch gefallen würden. Gedankenversunken suchte ich, ohne aufzuschauen, weiter. Ich bewegte mich also in gehockter, teilweise in gebückter Haltung langsam fort und nahm die Umwelt um mich kaum wahr. Doch plötzlich hörte ich jemanden laut schreien. Ich konnte nichts verstehen, da es in der Landessprache war. Ich wusste nur, dass in Kürze etwas Furchtbares zu passieren drohte. Und dann sah ich sie auch schon – die erste riesige Welle, die in Kürze hereinbrechen wird. Ich rannte so schnell ich konnte landeinwärts und schrie um Hilfe. Es war natürlich sinnlos, denn Hilfe gab es für wenige, und schon gar nicht für die, die sich weit draußen am Strand aufhielten." Hanna merkte, dass es ihr bereits etwas leichter fiel, darüber zu sprechen als noch vor wenigen Tagen, als sie Elfie von ihrem Erlebnis mit dem Tsunami berichtete. Paul hörte ihr gespannt zu und kaute langsam an seinem Vollkornbrot, während Hanna nur gelegentlich einen Schluck von ihrem warmen Früchtetee nahm. „Ich rannte und rannte und hoffte, dass ich schneller als die Welle sein würde. Ja, ich war in der Tat schneller als die Welle, aber die Welle hatte einfach eine wahnsinnige Kraft. So beschloss ich, auf einem Baum Zuflucht zu finden. Die gewaltigen Wassermassen peitschten mir ins Gesicht, aber ich blieb unverletzt und lebte. Ja, ich lebte! Denn schon nach der ersten Welle sah ich Leichenteile im bräunlich gefärbten Wasser schwimmen, zusammen mit ruinierten Liegestühlen, Holztischen und Sesseln. Es war ein Blick des Grauens. Mir wurde kalt auf meinem Baum, der unglücklicherweise einen sehr dünnen Stamm hatte. Meine Hände waren klamm, und ich verlor rasch die Kraft, mich an ihm noch lange festzuhalten. Ich wollte nur leben und nicht so wie viele andere Menschen in den Wassermassen sterben. Ich hatte panische Angst, echte Todesangst, war schwach und ..." Hanna musste ihre Schilderungen unterbrechen. Sie zitterte am ganzen Leib und sah Paul mit ängstlichen und weinenden Augen an. Dieser saß ihr fassungslos gegenüber und verhielt sich wie ein aufmerksamer Zuhörer. Erst nachdem sie sich wieder einigermaßen erholt hatte, drückte er sie an sich und flüsterte in ihr Ohr „Aber du lebst, mein Schatz! Du lebst!" Paul brauchte stets für alles länger als die meisten anderen Menschen. So auch dafür, die Gefühle, aber noch mehr die Hilferufe seiner Frau nach tiefer Zuwendung und Liebe wahrzunehmen und darauf entsprechend zu reagieren.

„Ja, ich lebe, ich lebe jetzt wieder, aber ich lebte eine Zeitlang nicht, zumindest nicht bewusst." „Nicht bewusst ...!?", wiederholte Paul interessiert und zugleich fragend. Er befreite Hanna aus seiner Umarmung und nahm einen Schluck von seinem Orangensaft. Noch hielt er sich mit Zwischenfragen zurück, auch wenn es ihm nicht leichtfiel. Hanna nahm einen Schluck Tee und biss von ihrem Brot ab. Sie kaute und trank und sah sich in Gedanken wieder auf dem Baum hängen. Der Baum des Lebens, so nannte sie ihn. Sie konnte ihn genauestens beschreiben, obwohl sie in diesen Sekunden an anderes dachte als an den Baum, dessen Struktur und Form. „Und dann kam eine weitere Welle, die wesentlich höher als die erste war. Was dann passierte, kann ich nicht genau sagen. Ich denke, ich war vom Baum heruntergerissen worden oder der Baumstamm war abgebrochen. Ich hatte mein Bewusstsein verloren ... und fand es erst wieder am 28."

„Am übernächsten Tag also?", warf Paul etwas irritiert ein und sah Hanna, die wie in Trance erzählte, fragend an. „Nein, am 28. Juli! Ich war im Spital. Ich nahm mich zu allererst gar nicht wahr. Ich wusste auch nicht, wo ich war. Ich wusste auch nicht, wer ich war. Ich befand mich in einer neuen Welt, einer anderen, mir fremden Welt." Hanna sprach langsam und in kurzen Sätzen weiter. Sie hatte noch nie darüber gesprochen. Auch Elfie hatte sie nichts über ihren langen, komatösen Zustand erzählt. Paul sollte der erste sein, dem sie darüber berichten wollte. Hanna brauchte eine kurze Pause, ein wenig Zeit, das Erlebnis zu verarbeiten. Die schrecklichen Bilder vom Tsunami wollten nicht aus ihrem Kopf gehen. Sie zog es vor, sich auf das Sofa zu legen und setzte ihre Erzählungen im Liegen fort.

„Als ich aus meinem Koma aufgewacht war", fuhr sie fort, „erlebte ich die Welt ganz neu. Das Licht war für mich unheimlich grell, und es war mir nicht möglich gewesen, meine Augen vollständig zu öffnen. Ich musste mich erst wieder an das Licht gewöhnen, ich lebte in gewisser Weise in der Finsternis, im Dunkeln. Es waren die Stimmen, die vielen unterschiedlichen Stimmen und Töne, die mich wieder zurück ins Leben gerufen hatten. Teilweise hatte ich sie als angenehm und beruhigend, teilweise als unangenehm, weil zu schrill und zu laut, empfunden. Die Menschen um mich unterhielten sich in einer fremden Sprache, die ich nicht verstand, aber dennoch hatte ich aufgrund der unterschiedlichen Schwingungen etwas wahrgenommen. Ich hatte irgendwie gespürt, dass ich in Sicherheit war, dass mir hier niemand etwas Böses tun würde. An und ab spürte ich Berührungen, insbesondere am Kopf und an den Händen, die mir unglaublich gutgetan hatten. Ich konnte aber nicht darauf antworten. Es war mir nicht möglich, eine Reaktion zu zeigen, denn ich fühlte mich wie an ein Bett gefesselt, welches ich gar nicht als solches wahrgenommen hatte. Vielleicht hatte ich der Umgebung Freude und Wohlbefinden vermittelt. Ich weiß es nicht. Ich befand mich in einer Art Schwebezustand, in dem man seinen Körper nicht unter Kontrolle hatte."

Paul war gefesselt von ihren ausführlichen, unglaublich bewegenden Schilderungen und hatte tiefes Mitgefühl mit ihr. Niemals hätte er gedacht, dass sie den Tsunami überlebt hatte. Er fühlte einen unangenehmen Kloss im Hals und musste sein angebissenes Stück Brot weglegen. Sie lag auf der Wohnzimmerbank und nippte zwischendurch an ihrer Teetasse. Der Tee war längst kalt geworden, und es fröstelte sie ein wenig. Paul holte eine warme Decke und hüllte sie liebevoll ein.

„Das Bewegen einzelner Extremitäten war mir nicht möglich, weil ich den Impuls nicht dorthin leiten konnte. Die Funktionen des Gehirns waren lahmgelegt. Ich war nicht, noch nicht imstande zu denken, herauszufinden, wo ich war und wer ich bin. Eigentlich hatte ich kein Interesse, es war mir zu anstrengend. Ich ließ es einfach geschehen. Nur meine Wahrnehmung war vorhanden, die Wahrnehmung mit geschlossenen Augen. Ich hatte gespürt, wie unterschiedlich ich berührt wurde. Es handelte sich dabei teilweise um funktionelle Berührungen, bei denen es um Reinigung und Pflege ging, aber es waren auch liebevolle Berührungen darunter, Berührungen, wo ich einfach mehr spürte, die nicht an der Oberfläche blieben, sondern meinen ganzen Körper wie einen angenehmen Schauer durchdrängt hatten. Durch diese Berührungen und Streicheleinheiten kam wieder Leben in meinen Körper, der offensichtlich eine lange Ruhepause gebraucht hatte."

Hanna hielt während ihren Erzählungen die meiste Zeit ihre Augen geschlossen, um sich diese prekäre Phase in ihrem Leben besser in Erinnerung rufen zu können. Erstaunlicherweise fiel es ihr nicht schwer, darüber zu reden. Im Gegenteil, sie fand es fast wie eine Befreiung bzw. Erleichterung, einem so nahestehenden Menschen die Empfindungen aus dieser Zeit mitteilen zu können. Paul hörte aufmerksam zu und vermied es, sie allzu oft zu unterbrechen.

„Langsam war es mir möglich, die Augen vollständig zu öffnen, um so die Umgebung auch sehen zu können. Mir war bewusst, es war etwas Schreckliches mit mir passiert, dass ich hier wie aufgebahrt liegen musste. Ich blickte ins Leere, ins Nichts. Wenn ich ein Gesicht vor mir sah, sah ich durch dieses Gesicht hindurch. Ich lebte in meiner kleinen Welt, war in mich gekehrt und nur beschränkt in der Lage, Reize und Informationen aus der Umwelt aufzunehmen und darauf entsprechend zu reagieren. Ich konnte es schlichtweg nicht, auch wenn ich wollte. Wahrscheinlich lebte ich zu lange in mir, mit mir und ohne Umgebung. Es waren um die sechs Monate, die auf diese Art und Weise an mir ohne Erinnerung vorbeigeflossen waren, ohne sie je bewusst wahrgenommen zu haben, eine Phase ohne Träume und Bilder. Ich war ein halbes Jahr im komatösen Zustand und niemand wusste, ob ich je wieder zurückkehren würde aus dieser Phase der Stille. Ich selbst wusste es auch nicht. In dieser Zeit befand ich mich im Spital, in einem Spital in Bangkok. Vielleicht war ich vorher in einem anderen, kleineren Krankenhaus. Man hatte mich darüber nicht in Kenntnis gesetzt bzw. man hatte wahrscheinlich keine Details gewusst, da aufgrund des schrecklichen Seebebens viele Kranke und schwer Verletzte zu versorgen waren. Und die medizinische Versorgung und Pflege standen natürlich an erster Stelle. Langsam kam ich aus meinem komatösen Zustand zurück. Anfangs konnte ich kaum sprechen. Man sprach mich in mehreren Sprachen an, um meine Identität herauszufinden. Meine Nationalität war niemandem hier bekannt. Ich hatte keinen Ausweis bei mir getragen, als ich an diesem Schreckenstag das Hotel in Khao Lak verlassen hatte, um einen Strandlauf zu unternehmen. Nichts deutete auf meine Nationalität hin. Ich weiß bis heute nicht, was mir an diesem 26. Dezember passiert war. Meine Erinnerungen blieben stehen, als die zweite oder dritte Welle kam und ich befürchtet hatte, vom Baum zu fallen. Wie gesagt, der Baum drohte vor der dritten Welle umzukippen und wahrscheinlich war das auch der Fall. Ich musste jedoch sehr bald nach dem Unglück von jemandem gefunden worden sein, der sich um eine medizinische Versorgung für mich umsah. Ich hatte unter einem schweren Schädel-Hirn-Trauma gelitten und war monatelange auf der Intensivstation gelegen, bis ich wieder zurück zum irdischen Leben kam. Zuallererst konnte ich nur meine Augen bewegen, nicht mehr. Dann sah ich in das Gesicht eines Mannes, das mich anstrahlte und mir irgendwie vertraut vorkam. Ich dachte an dich. Ich war der Meinung, du wärst es gewesen. Es war kein medizinisches Personal, es war ein Einheimischer, dessen Frau – so stellte sich später heraus – neben mir auf der Intensivstation gelegen war und verstarb. Er konnte den Tod seiner Frau schwer verkraften und kümmerte sich zeitgleich um mich, die ja keinerlei Angehörigenbetreuung bekommen hatte. Es war ein äußerst empathischer Mensch, dem ich offensichtlich leidgetan hatte und der sich nach dem Tod seiner Frau verantwortlich für mich gezeigt hatte. Ich war ihm daher in gewisser Weise zu großem Dank verpflichtet, aber trotzdem ..."

Hannas Ausführungen mussten kurz unterbrochen werden. Sie begann zu weinen. Wer war nur dieser Mann, dem sie mehr oder weniger ihr Leben zu verdanken hatte? Was wollte er von ihr? Warum hatte er an Hanna, einer Ausländerin, so großes Interesse gezeigt? War er tatsächlich ein Guter, oder hatte er Böses im Sinn? All diese Fragen blieben für Paul, der einen kurzen Blick auf seine Armbanduhr warf, noch unbeantwortet. Es war für ihn nicht verständlich, warum er nicht informiert wurde, dass seine Frau im Krankenhaus Bangkok gelegen war. Er suchte sie gemeinsam mit mehreren Menschen überall und gab nach dreitägiger, intensiver Suche, die ihn physisch und psychisch ziemlich mitgenommen hatte, erfolglos auf. Er flog kurz nach Weihnachten als Witwer nach Hause. Aber all das und seine Empfindungen und Gefühle wollte er Hanna nach ihren ausführlichen Schilderungen offen darlegen. Jetzt war noch Hanna am Erzählen, und dabei wollte er sie nicht unterbrechen.

„Ich wachte also aus der tiefen Bewusstlosigkeit auf. Die Ärzte – so erfuhr ich später – gaben mir nicht mehr viel Chance, den Bewusstseinszustand zu erreichen, denn mit jedem weiteren Tag im Koma wurde die Aussicht auf Besserung, auf das Zurücksein bzw. Zurückkommen geringer. Ich war angehängt an mehrere medizinische Maschinen, deren Geräusche ich heute noch ganz deutlich im Ohr habe. Nur bewusst gesehen hatte ich sie nie. Es war mir nicht einmal das selbstständige Atmen ohne Hilfe dieser Maschinen möglich. Erst nachdem mein Bewusstseinszustand für die Ärzteschaft zufriedenstellend war, hingen sie diese Geräte ab, und erst nach einigen Stunden war mir das selbstständige Atmen möglich." Paul schüttelte immer wieder leicht seinen Kopf. Er konnte einfach nicht glauben, was er hier von seiner Ehefrau erfahren musste.

„Als nächstes lernte ich wieder zu sprechen. Aufgrund der künstlichen Beatmung bzw. durch diese Schläuche war mein Kehlkopfbereich gewaltig in Mitleidenschaft gezogen worden, und die Stimmbänder sowie die Muskulatur in diesem Bereich waren ziemlich lahmgelegt. Erst nach Aktivierung der Muskulatur war ich dazu in der Lage und das nur beschränkt, da mein Gedächtnis unter dem apallischen Syndrom litt. Zudem konnte sich keiner mit mir in meiner Muttersprache unterhalten, und wie du weißt, ist mein Englisch nicht besonders gut. Es hatte mich anfänglich viel Kraft gekostet, Englisch zu sprechen. Ich wollte aber sprechen. Ich wollte wissen, was geschehen war. Die gesamte Muskulatur meines Körpers war erschlafft, und der Neuaufbau der Muskulatur beanspruchte viel, sehr viel Zeit und Training, und natürlich Ausdauer und unheimlich viel Geduld. Nach dem Spitalsaufenthalt war ich noch wochenlang auf Rehabilitation gewesen, und teilweise war ich total am Verzweifeln. Es war ein hartes Stück Arbeit gewesen, aber ich wollte gewinnen. In schwierigen Phasen hatte mich immer wieder dieser Mann, dessen Frau neben mir im Krankenhaus starb, beruhigt und unterstützt. Ich hatte für ihn viel bedeutet, da ich angeblich seiner verstorbenen Frau sehr ähnlichsah. Er kümmerte sich wirklich rührend um mich, obwohl ich ihn anfänglich sprachlich nicht verstand. Die nonverbale Kommunikation zwischen uns funktionierte jedoch sofort. Was ich im Spital noch lernen musste, war das Essen und Schlucken, da ich mittels PEG-Sonde ernährt wurde, die über die Bauchwand in den Magen verlief. Lange Zeit ernährte ich mich nur von Suppen und pürierter Kost. Auch Aktivitäten des ganz normalen Alltags musste ich wieder erlernen. Das Ankleiden, das Waschen, Zähne putzen, Stiegen steigen und dergleichen gingen nicht auf Anhieb. Ich brauchte nicht nur ungeheuer viel Zeit, sondern auch Geduld und Energien, um wieder aktiv am Leben teilnehmen zu können. Oft kämpfte ich mit mir selbst. Was mir fehlte, waren vertraute Menschen um mich, mit denen ich mich in meiner Muttersprache unterhalten und denen ich meine Gefühle mitteilen konnte. Von dieser schlimmen Phase habe ich noch niemandem erzählt. Ich wollte immer meine Eindrücke und Erlebnisse aus dieser Zeit niederschreiben, um sie verarbeiten zu können, hatte aber noch keine Zeit dafür."

Paul fragte sich, womit sie die letzten drei, vier Jahre verbracht hatte, in denen sie wieder die Dinge und Aktivitäten des täglichen Lebens beherrschte. Er wagte es, sie danach zu fragen, bekam aber keine Antwort. Sie war völlig erschöpft von ihren Schilderungen eingeschlafen.

Wir Menschen sind nicht automatisch
Opfer unseres Schicksals.
Wir wachsen vor allem dann,
wenn wir schwierige Zeiten durchleben müssen.

Bahir

Es war 15 Uhr und Hanna schlief über drei Stunden auf dem bequemen Sofa in Pauls Wohnzimmer. Sie brauchte diese Zeit, denn das Erzählen strengte sie außerordentlich an. Die emotionale Belastung, die damit verbunden war, war nicht zu unterschätzen.

„Weißt du, dass jeder, der vom Tsunami betroffen war, etwa 200 Baht, das sind ungefähr 40 Euro, Unterstützung bekam? Für ein verlorenes Haus erhielten die Betroffenen 20.000 Baht, also etwa 400 Euro, und um 12.000 Baht wurde ein neues Haus von etwa 40m^2 Wohnfläche gebaut. Dieses Angebot wurde allerdings von mehreren Betroffenen wegen minderwertiger Qualität abgelehnt." Paul wusste darüber nicht Bescheid und verneinte. Hanna war offensichtlich genau informiert darüber.

„Ich wohnte in so einem geförderten Haus, zusammen mit Bahir und seinen Kindern. Bahirs Frau war tot, und er hatte niemanden für seine Kinder. Er selbst hatte ein Lokal, nicht weit von Khao Lak entfernt, wo wir lebten und welches wie durch ein Wunder fast unzerstört geblieben war. Er konnte daher seinen Betrieb aufrechterhalten. Er hatte nur niemanden für die Küche, da es seine verstorbene Frau war, die für das Kochen zuständig war. Einen Koch zu finden, war zwar nicht sonderlich schwierig, denn diese Tätigkeit beherrschte hier bald jemand, und die Leute brauchten ja Geld nach diesem schrecklichen Unglück. Geld, um möglichst rasch wieder ihre Häuser aufbauen zu können. Bahir fand kurz danach einen Koch für sein Lokal am Strand. Doch stellte sich rasch heraus, dass dieser nicht ehrlich war und Essen für seine Familie aus dem Lokal nach Hause mitgenommen hatte. Bahir brauchte selbst dringend Geld für seine Hütte. Ja, eigentlich war unser Haus eine Hütte, die bei stärkeren Windverhältnissen einzubrechen drohte. Bahir war diesbezüglich unglaublich genügsam und zufrieden mit seinem Dach über dem Kopf und dankbar, dass seine beiden Kinder völlig unversehrt den Tsunami überlebt hatten. Sie waren zurzeit des Seebebens gemeinsam mit Bahir im Landesinneren einkaufen, während seine Frau Benda zuhause vorkochte. Es war ein Glück, dass er sie gefunden hatte, denn der Strand war nach den hohen Wellen, die schlimme Verwüstungen verursacht hatten, kaum noch zu erkennen."

Draußen schien die Sonne und Hanna und Paul beschlossen einen kurzen Spaziergang in den nahen Wald zu machen. Paul meinte, Bewegung in der frischen Luft würde ihnen und vor allem ihrer Psyche guttun. Sie fuhren ein Stück mit dem Auto in eine Gegend, die Hanna von ihrer persönlichen Steinbach-Expedition noch nicht kannte. Paul hatte Recht, das Grün der Laub- und Nadelbäume hatte tatsächlich einen beruhigenden Effekt auf Hannas Gemüt und auch Paul wirkte ausgeglichener und nicht mehr so unruhig. Sie wanderten ganz alleine durch den stillen Wald, in dem man nur das Knacksen der Äste und gelegentliches Vogelgezwitscher hörte. Die Luft war angenehm, nicht zu heiß, und es wehte ein leichter Wind. Sie waren die einzigen Spaziergänger und genossen es, langsam, Hand in Hand, durch den Wald zu schlendern. Hanna erzählte weiter. „Bahir war gut zu mir, er brauchte mich. Es lag ihm vieles dran, mich möglichst rasch wieder gesund zu sehen. Er motivierte mich auf seine Art und Weise, beharrlich zu trainieren, um für ihn und sein Geschäft in Kürze einsetzbar zu sein. Du kannst dir vorstellen, was in ihm vorging. Nein, er war nicht berechnend, er musste ja an sich und seine Kinder denken. Er hat eben eine andere Mentalität, und ich habe sie zur Kenntnis genommen, auch wenn es mir manchmal schwerfiel und seine mit meiner Philosophie oder Religion nicht konform ging. Ich durfte nach etwa sechs Monaten das Krankenhaus verlassen und wurde im Anschluss zur Rehabilitation geschickt, dessen Zentrum unweit von Bahirs Haus gelegen war. Er besuchte mich jeden zweiten, dritten Tag und nahm manchmal seine beiden kleinen Kinder mit. Aber erst in der Zeit, in der es mir schon wesentlich besser ging, um sie nicht zu sehr mit meinem anfangs unerfreulichen Zustand zu schockieren. Mit ihnen verstand ich mich von Anhieb sehr gut. Die Kommunikation funktionierte bestens mit Händen und Füßen, und wir hatten schon während meiner Rehabilitation viel Spaß. Dennoch, die Sehnsucht nach dir und meinem eigentlichen Zuhause waren immer vorhanden, nämlich ab dem Zeitpunkt, ab dem ich wieder mein volles Bewusstsein erhalten hatte." Paul blieb stumm und sah Hanna tief in die Augen. „Ich denke, wir sollten schon langsam umdrehen und nach Hause fahren." Hanna war einverstanden und zögerte nicht, über ihr schicksalhaftes Leben in Thailand im Gehen zum Auto weiterzuerzählen. „Bahir nahm mich bei sich auf, und ich musste die Aufgaben seiner verstorbenen Frau übernehmen. Allerdings dauerte es sehr lange, bis ich dazu fähig war. Ich hatte keine Kraft, weder in den Händen noch in den Beinen, und an viele Tätigkeiten konnte ich mich leider nicht mehr erinnern. Das waren Dinge bzw. Tätigkeiten, die man normalerweise automatisiert macht, für mich aber, seit meinem Erwachen, Neuland waren. Bahir war sehr geduldig mit mir, aber ziemlich froh, als ich, nach längerer Zeit, endlich für ihn zur Verfügung stehen und einsatzbereit sein zu konnte. Anfänglich verrichtete ich ausschließlich leichte Arbeit, aber von Tag zu Tag wurde mein Aufgabengebiet größer. Es war für mich überaus anstrengend, ich tat aber, was ich konnte und arbeitete für ihn, nein, eigentlich für uns, um uns alle ernähren zu können. Die Lebensmittel waren rationiert, und ich hatte oft Hunger, schrecklichen Hunger. Es war einfach nicht mehr zu essen da. Ich lebte in unglaublich einfachen, ärmlichen Verhältnissen. Ich durfte nicht unverschämt sein, denn ich durfte leben, wieder leben, aber eben unter anderen Umständen. Ich lernte für unser Lokal thailändisch zu kochen und uns selbst preiswert zu ernähren. Ich arbeitete, als ich wieder ganz gesund war, mindestens 10 Stunden täglich und fiel oft todmüde ins Bett. Trotz großer Müdigkeit verbrachte ich jedoch viele Nächte am Strand, weinend und gedanklich zuhause bei denen, die ich zurücklassen musste. Wie oft wollte ich flüchten, einfach aufstehen und davonlaufen, aber ich schaffte es nicht. Vor allem konnte ich es Bahir nicht antun, wo er mich doch solange gepflegt und mir beim Eintritt in mein neues Leben verholfen hatte. Aus moralischen Gründen war es mir nicht möglich gewesen. Bahir tat mir leid. Er brauchte mich, er brauchte eine weibliche Hilfe und Unterstützung für sich und seine beiden Töchter, sieben und zehn, die mir von Anfang an sehr ans Herz gewachsen waren und mich nach kurzer Zeit schon als Muttterersatz akzeptiert hatten."

Paul fragte sich, in welchem Verhältnis die beiden, Hanna und Bahir, zueinanderstanden, traute sich jedoch nicht, diese Frage zu stellen, obwohl es ihm in gewisser Weise helfen würde. Teilweise war Paul in Gedanken nicht ganz bei Hanna und ihren Schilderungen. Er wurde zunehmend unruhiger und blickte in immer kürzeren Abständen auf seine Armbanduhr. Hanna nahm Pauls Unruhe war und meinte: „Es ist spät geworden, wir sollten wirklich nach Hause fahren." Paul erwiderte mit den Worten: „Ja, das ist richtig, meine Liebe, ich bringe dich gerne mit dem Auto nach Hause." „Was soll dieser Satz?", dachte Hanna und war irritiert über seine Aussage. Sie wusste nicht, wie sie diese deuten sollte. Hatte sie richtig verstanden, oder hatte sie sich verhört? Hanna war immer offen und direkt und blieb abrupt stehen.

„Wie meinst du das? Du bringst mich gerne nach Hause? Mein Zuhause ist doch bei dir, bei dir in der Seidengasse 9?" Paul konnte Hanna nicht in die Augen sehen und wandte sich von ihr verunsichert ab. Er presste seine Lippen fest aufeinander und war nicht im Stande zu sprechen. Hanna wartete geduldig auf Pauls Antwort. Diese war kurz und bündig, aber äußerst schmerzhaft.

„Liebe Hanna, ich … da gibt es etwas, was du wissen solltest. Ich liebe dich sehr, aber ich liebe auch eine andere Frau ..." Hanna war starr und blieb wie versteinert stehen. Es war wie ein tiefer Stich in ihr Herz und sie drohte in der Sekunde ohnmächtig umzufallen.

Eine neue Wahrnehmung verhilft zu einer neuen Denkweise und damit zur richtigen Lösung.

Dagmar

Pauls Nachricht über seine Lebensgefährtin traf Hanna schwer. Es war wie ein Faustschlag, mit dem sie niemals gerechnet hatte. Sie hielt ihren Paul als treuen und liebenden Ehemann und dachte, ihre Ehe würde auch einem Tsunami und seinen verheerenden Folgen standhalten können. Leider hatte sich das Universum für einen anderen Weg entschieden, und für Hanna öffneten sich neue Perspektiven, die für sie zum gegebenen Zeitpunkt kaum zu ertragen waren.

Nach dem Spaziergang im Wald, der mit Pauls Nachricht über seine Freundin sein abruptes Ende genommen hatte, führte sie dieser stillschweigend zu Otto Paulmandl. Vorher tröstete er sie noch mit den Worten: „Morgen werde ich dir alles in Ruhe erzählen. Wir sehen einander wieder um 9 Uhr bei mir zuhause."

Hanna saß verheult neben ihm auf dem Beifahrersitz. Es war ihr nur mit größter Anstrengung möglich, weitere Informationen aufzunehmen. Sie war damit beschäftigt, eine große persönliche Niederlage im Zusammenhang mit ihrem Ehemann wegzustecken bzw. zu verarbeiten. Im Moment war ihr weder das eine noch das andere möglich. Sie zeigte ein tranceartiges Verhalten und kam der freundlichen Aufforderung Pauls, vor Ottos Haus auszusteigen, nicht nach. Tief verankert in ihrem seelischen Leid saß sie im Auto neben Paul, und alles rundum war für sie nicht präsent. Es existierten nur sie und ihr furchtbares Schicksal, welches sie bis ins Herz getroffen hatte. Paul nahm sie an der Hand, küsste sie zum Abschied auf die Stirn und drückte sie fest an sich. Seine emotionale Unruhe und seine Gefühlsschwankungen bereiteten ihm großen Stress. Auch wenn er es war, der Hanna durch sein Verhalten in diesen verzweifelten Zustand gebracht hatte, tat sie ihm entsetzlich leid. Er konnte kaum mit ansehen, wie sehr sie darunter litt, von ihm abgewiesen zu werden. Er wollte sie nicht verletzen, schon gar nicht verlieren. Wie lange hatte es gedauert, bis er sich nach Hannas vermeintlichem Tod an seine neue Situation gewöhnt hatte! Erst nach einigen Jahren der Trauer war es ihm gelungen, und er fühlte sich bereit für einen Neustart in punkto Beziehung. Und nun, aufgrund einer einzigen Nachricht, die grundsätzlich eine äußerst erfreuliche war, wurde er gezwungen, seinem Leben sechs Jahre später wieder eine komplett neue Wende zu geben. War es doch sie, die mit ihrem Erscheinen Unruhe in sein Leben gebracht und ihn ganz plötzlich vor ein großes Problem gestoßen hatte. Paul stand jetzt vor der für ihn schwierigen Entscheidung: Hanna oder Dagmar?

Ein wichtiger Schritt auf der Reise zu dir selbst ist zu verstehen,
dass dich niemand wählen muss oder sich für dich entscheiden muss,

damit du glücklich wirst.
Entscheide du dich für dich. Jeden Tag aufs Neue.

Als Hanna wieder an Ottos Haustür angeläutet hatte, war dieser wenig überrascht über deren Rückkehr. Mittlerweile kannte er Hanna so gut, dass er bereits an ihrem Gesichtsausdruck ihren Gemütszustand erkennen konnte, und dieser war zum gegebenen Zeitpunkt ganz und gar nicht positiv. Hanna blickte lange und wortlos in Ottos Gesicht, als würde sie etwas suchen oder überprüfen wollen, bevor sie ihm eine vertrauliche Information mitteilte.

„Otto, es gibt da noch eine andere Frau ...“, gab Hanna nach einer kurzen Phase des Wartens emotionslos und wie unter Drogeneinfluss Otto zu verstehen. „... und mit der lebt Paul zusammen ...“, beendete sie den Satz unter Tränen. Schnell wischte sie diese mit ihrem benützten, bereits ziemlich durchnässten Taschentuch weg. Sie sah aus wie ein Häuflein Elend, das knapp davor war, alles aufzugeben. Alles. Sie war am Rande der Verzweiflung, denn ihr Ziel, ihr Endziel schien nun völlig unerreichbar für sie. Sie hatte alles verloren, ihr geliebtes Zuhause in Kirchbergen, ihr gesamtes Hab und Gut, das Paul nicht nach Steinbach übersiedelt hatte und jetzt auch Pauls Liebe. Für sie fühlte es sich so an, als hätte sie zum zweiten Mal ihr Leben verloren. Im derzeitigen desperaten Zustand war für sie ein Neubeginn vollkommen ausgeschlossen, auch wenn sie sich den zutiefst wünschte und alles dafür gegeben hätte. „Vorbei!“, dachte sie und sah in die Ferne, wo sie nichts, gar nichts zu sehen vermochte.

Und es waren nicht nur ihre Tränen, die sie daran hinderten, klare Bilder, Bilder der Zukunft erkennen zu können.

Otto hatte tiefes Mitgefühl mit Hannas Schicksal. Das war jedoch ihr persönlicher Rucksack, den sie zu tragen hatte und der war unheimlich schwer. Er konnte sie dabei nur emotional unterstützen, die Probleme konnte er ihr nicht abnehmen. Nachdenklich, mit geneigtem Haupt und lauter Atmung, ging Otto in die Küche, um Tee zu kochen. Hanna folgte ihm unaufgefordert. Hatte sie doch panische Angst, dass auch er ihr abhandenkommen könnte. Es war ihr ein dringendes Bedürfnis, mit jemandem darüber zu reden und zu Otto hatte sie bereits großes Vertrauen gewonnen. Sonst hatte sie niemanden hier, der für sie eine emotionale Stütze bedeutete und ihr gut gesonnen war.

„Der Neubeginn hätte so schön sein können", dachte sie und schlürfte den heißen Tee, den ihr Otto mit einer liebevollen Geste hingestellt hatte. Otto hatte genug Probleme mit seiner pflegebedürftigen Mutter, deren dementielle Erkrankung sukzessive zunahm, und die er deswegen kaum mehr alleine lassen wollte. Aber er nahm sich Zeit für Hanna, die ihn in diesen Stunden und Tagen der Verzweiflung dringend brauchte. Das spürte er, und er war für sie da. Als guter Freund, als sehr enger Freund. Er war nicht nur ein aufmerksamer Zuhörer, sondern auch ein hervorragender psychologischer Berater, der ihr aufgrund seiner Ausbildung und Lebenserfahrung wertvolle Anregungen geben konnte.

Am nächsten Tag stand sie wieder – wie ausgemacht – um 9 Uhr vor Pauls Haus. Sie läutete, aber es machte niemand auf. Sie läutete noch einmal, wiederum keine Reaktion. Die Glocke war jedoch zu hören. Was war geschehen? Hatte Paul auf seine Hanna vergessen, oder war ihm etwas zugestoßen? Hanna öffnete geschickt von innen das Gartentor, indem sie den Türknopf drehte. Dann ging sie ums Haus und setzte sich auf die Sonnenbank, wo Paul gerne seine Zeitung las. Der Sitzplatz lag noch im Schatten, denn es war erst 9 Uhr vormittags. Hanna überkreuzte ihre Beine und wippte ungeduldig mit ihrem rechten Bein auf und ab. Sie blickte um sich und nahm die unterschiedlichen Geräusche aus der Umgebung auf. Da war das Gebell des Nachbarhundes, der offensichtlich um Einlass bellte, das laute Brummen eines Rasenmähers, Kindergeschrei, dröhnende Musik aus dem Radio und fröhliches Vogelgezwitscher zu hören. „Wahrscheinlich war der Garten nach ihren Vorstellungen und Ideen angelegt“, dachte sie und verwarf sofort wieder den Gedanken an Pauls Lebensgefährtin. Sie durfte sich nicht vorstellen, dass Paul in einer neuen Beziehung lebte und wollte gar nicht wissen, wie die neue Liebe aussah. Sie war noch immer fassungslos und schüttelte immer wieder verständnislos ihren Kopf. „Nein, ich kann es einfach nicht glauben ...“, sagte Hanna halblaut und in sich gekehrt.

„Entschuldige Hanna.“ Hanna erschrak als Paul plötzlich im Morgenmantel vor ihr stand. Er sah aus, als hätte er eine durchzechte Nacht hinter sich. Seine Haare waren ungewaschen und leicht fettig und sein Gesicht war unrasiert. „... ich habe verschlafen...“, fügte er leise und noch schlaftrunken hinzu. Sie gingen ins Haus und bereiteten gemeinsam ein Frühstück zu. Wortlos. Nachdem

Paul den ersten Schluck Kaffee zu sich genommen hatte, versuchte er Hanna ganz in Ruhe seine Situation zu erklären.

„Der 26. Dezember war ein schrecklicher Tag, für viele Menschen, auch für mich. Ich selbst war zwar unversehrt davongekommen, aber du, wo warst du? Ich suchte dich überall und fragte immer wieder nach dir. Ich hatte noch ein paar Fotos von dir in der Digitalkamera. Nach vier Tagen hatte ich jedoch die Hoffnung aufgegeben und reiste als Witwer nach Hause. Man hatte mir versichert, mich zu verständigen, wenn sie dich gefunden haben sollten. Ich erhielt jedoch nie einen Anruf. Nie! Daher sah ich dich auch nicht mehr unter den Lebenden. Ich war also alleine, alleine in dem riesigen Haus. Mit dem Kochen hatte ich anfangs meine Probleme, da immer du für das Essen und Kochen zuständig warst. Das Führen des Haushalts war für mich extrem aufwendig, und ich verbrachte zusätzlich viel Zeit mit der Gartenarbeit." Paul geriet plötzlich ins Stocken. Er wollte etwas von sich geben, wusste aber nicht wie. Es lag ihm fern, Hanna zu verletzen. „Und dann lernte ich jemanden kennen. Es war Dagmar, die plötzlich vor mir stand", platzte es aus ihm heraus. Er wartete Hannas Reaktion ab, die augenblicklich keine zeigte. Sie blieb still und bewegungslos sitzen, und ihre Mimik wies keinerlei Veränderungen auf. Nach Minuten der Stille fuhr Paul fort und beschrieb, wie er Dagmar vor über fünf Jahren an der Schule, an der er selbst jahrelang unterrichtet hatte, kennengelernt hatte. Dagmar kam an diese Schule als Karenzvertretung und blieb ein Schuljahr. Da sich die beiden Kollegen von Beginn an sympathisch fanden und zudem die gleichen Fächer unterrichtet hatten, verbrachten sie beruflich viel Zeit miteinander. Der Kontakt zueinander wurde zunehmend enger und breitete sich auch auf den privaten Bereich aus. Sie erzählte ihm über ihre schwierige Beziehung mit ihrem Ehemann, der dem Alkohol verfallen war und im Rausch oftmals ihre zwei kleinen Kinder geschlagen hatte. Es war nicht immer einfach für sie, die Kinder vor ihm zu schützen, deren schulische Leistungen zunehmend schlechter wurden. Dagmar beschloss, sich von ihrem Mann scheiden zu lassen und mit der Tochter und dem Sohn von dem Trunkenbold wegzuziehen. Paul unterstützte sie dabei und bot ihr an, gemeinsam mit den Kindern, in sein großes Haus zu ziehen. Auch wenn es für beide eine Umstellung war, gewöhnten sie sich doch schnell aneinander.

„Dagmar ist wesentlich jünger als ich. Sie war 25 als ich den 50er gefeiert hatte. Nach einem Jahr musste sie wieder zurück an ihre Schule am Kammersee, und wir sahen einander einige Zeit nicht täglich, sondern nur am Wochenende. Das wurde uns mit der Zeit zu wenig, und Dagmar besuchte mich auch mehrmals unter der Woche, was sie viel Kraft und Energie gekostet hatte. Sie hasste dieses Pendeln und Leben aus dem Koffer, und wir bastelten an einer für uns beide zufriedenstellenden Lösung. So verkauften wir das Haus in der Bergstraße 11. Es dauerte relativ lange, bis sich ein Käufer gemeldet hatte, der den gewünschten Preis dafür zahlen wollte und dem man mit Freude sein Haus übergab. Letztendlich fand sich eine Familie, die erpicht auf dieses Anwesen war und die verlangte Summe sofort auf den Tisch legen konnte. Bei diesem Angebot konnte ich nicht nein sagen. Nur kurze Zeit später begann ich unser Haus auszuräumen und zog mit Dagmar und ihren Kindern in das Haus ihrer Mutter, in die Seidengasse 9. Das Haus war schlecht isoliert, schwer beheizbar und daher renovierungsbedürftig. Im Sommer war es jedoch wunderbar zu bewohnen."

Hanna war in Gedanken nur bei dieser, ihr unbekannten Dagmar, die Pauls Herz erobert hatte und bereits seit einigen Jahren an seiner Seite leben durfte. Und dann kam sie, seine Ehefrau zurück aus ihrer ungewünschten Gefangenschaft, und nichts mehr war so wie früher. Warum konnte man nicht dort weitermachen, wo man miteinander aufgehört hatte? Die Beziehung zwischen Hanna und Paul funktionierte stets gut. Man verstand sich blindlings, und es gab nie wirklich Probleme, außer gelegentlichen Meinungsverschiedenheiten, was ohnehin normal in jeder Partnerschaft ist. Hanna sah Paul während seiner ausführlichen Schilderungen an, war aber nicht vollständig aufnahmefähig, zu sehr beschäftigte sie die Tatsache, dass da eine andere Frau in das Leben ihres Mannes getreten war. Mit Recht? Für Hanna war völlig klar, dass sie mit Paul verheiratet war und daher nach wie vor als seine Ehefrau galt. Alles andere war für sie nicht akzeptabel und auch nicht verständlich.

Dann nahm Hanna ihren ganzen Mut zusammen und unterbrach Paul bei seinen Ausführungen. „Und wann wird Dagmar ausziehen, wo du jetzt weißt, dass ich doch zu den Lebenden gehöre und wieder zurück bin?"

Jedes Herz hat seine eigenen Schmerzen,
nur die Ausdrucksweise ist eine andere.

Manche verstecken es in den Augen,
andere hinter ihrem Lächeln.

Paul seufzte laut. Er konnte Hanna nicht in die Augen schauen. Man sah ihm an, wie schwer es ihm fiel, darüber zu reden. Er hatte keine Antwort darauf, und Hanna stellte keine weiteren Fragen dazu. Sie verstand. Sie musste verstehen und zur Kenntnis nehmen, dass sie eigentlich für Paul gestorben war. Sie war für ihn tot. Doch plötzlich war sie wieder unter den Lebenden, eine neue Situation für Paul, der ohnehin wenig entscheidungsfreudig war. Dieser Zustand war für Hanna schwer zu ertragen. Sie fühlte sich bei ihrem Mann nicht willkommen. Nicht mehr willkommen. Dann sahen sich die beiden in die Augen und umarmten einander. Hanna konnte ihre Tränen nicht unterdrücken. Aber auch Paul war emotional schwer angeschlagen und befand sich in einem Chaos von unterschiedlichen Gefühlen. Sie drückten sich aneinander, streichelten und liebkosten sich wie zwei glückliche Menschen. Es war aber nur für einen kurzen Moment. Paul liebte Hanna, aber sie schien ihm sehr fremd geworden zu sein. Unbewusst hatte er diese unglaubliche Entfremdung voneinander festgestellt, obwohl sie ihm nach wie vor sehr vertraut zu sein schien. Aber es hatte sich etwas bei seinen Gefühlen zu ihr geändert. Dagmar war ihm näher.

Die Zeit verging auch an diesem Tag wieder wie im Flug, wenn sich die beiden Geschichten aus der Vergangenheit erzählten. Es war wie ein Treffen von zwei sehr engen Freunden, die sich lange Zeit nicht gesehen hatten. Es waren nicht nur traurige Erlebnisse, die ausgetauscht wurden. Zwischendurch wurden Erinnerungen und Anekdoten aus früheren gemeinsamen Jahren eingeworfen, die beiden ein Lächeln entlocken konnte.

„Ach, wie schön hatten wir es doch in unserem gemeinsamen Haus in Kirchbergen! Schade, dass du es verkauft hattest! Aber …" Paul umarmte seine Ehefrau und wurde plötzlich still. Im nächsten Moment flüsterte Paul Hanna ins Ohr: „Hanna, du musst jetzt gehen!" Entsetzt über die unerwartete Aufforderung löste sie sich aus Pauls Umarmung. Warum wurde sie nach nur drei Stunden weggeschickt, wo sie sonst immer den ganzen Tag miteinander verbracht hatten? „Was ist nur los? Warum muss ich schon wieder gehen?" rief Hanna mit entsetzter lauter Stimme und verlangte eine Erklärung. Es kam nicht die erwünschte Antwort, nur eine Handbewegung, die Hanna zum sofortigen Gehen aufforderte. Er lächelte und vermittelte ihr nonverbal, dass sie unmöglich bleiben könnte. Es war kein Ton aus ihm herauszubekommen. Hanna war machtlos. Also drehte sie sich um und ging. Sie ging zutiefst deprimiert, die Welt nicht verstehend beim Gartentor hinaus und fühlte sich elendig. Mit einem lauten Knall fiel das Gartentor hinter ihr in das Schloss. Die Tür war wieder fest zu.

Paul und seine Gefühle

Plötzlich läutete es an der Tür, an Pauls Haustür. Dieser erwartete keinen Besuch und rechnete auch nicht mit dem nochmaligen Erscheinen von Hanna. Sie war am Vormittag bei ihm zu Gast und wurde nach wenigen Stunden von ihm weggeschickt. Abgewiesen.

Es war in der Tat nicht Hanna, es war Dagmar, die ihren Schlüssel zuhause vergessen hatte und aus diesem Grund anläuten musste. Flott und beschwingt hüpfte sie herein, schüttelte ihr rotes, gelocktes Haar und küsste Paul, als hätte sie ihn vor Monaten das letzte Mal gesehen. Sie war eine kleine, äußerst dominante, sportliche Person, die Paul zu umgarnen wusste. Der große Altersunterschied von 25 Jahren zwischen den beiden war klar zu erkennen, und das, obwohl Dagmar älter und Paul etwas jünger wirkte. Im Vergleich zu Dagmar war Hanna eine elegante, große Dame mit Stil, die sich gewählt ausdrücken konnte. Hanna und Paul waren sich ähnlich, oder sie hatten sich im Laufe der Jahre aneinander angepasst, sodass sie sich zunehmend mehr ähnelten. Anders bei Paul und Dagmar. Sie waren in fast jeder Hinsicht unterschiedlich, aber sie verstanden einander gut. Dagmar war impulsiv und extrovertiert, Paul introvertiert, und es dauerte lange, bis er sowohl positive als auch negative

Emotionen zeigen konnte. Übrigens, Dagmar liebte Extremsportarten, wie Klettern und Canyoning, wofür Paul sich schon zu alt fühlte und sich folgerichtig dafür nicht mehr interessierte.

Dagmar hatte an diesem Tag nur bis Mittag Unterricht und fuhr gleich im Anschluss nach Hause, um mit Paul ihre Einkäufe erledigen zu können. Paul wirkte an diesem Nachmittag etwas verstört und apathisch und war unglaublich müde. Normalerweise ließ er sich von Dagmar leicht motivieren und antreiben, aber dieses Mal wollte es ihr einfach, trotz extremer Bemühungen, nicht gelingen.

Eine Krise beginnt mit dem Empfang einer schlechten Nachricht.
Es kommt jetzt darauf an,
wie man damit umgeht, was einem widerfahren ist.

„Was ist heute los mit dir, mein Schatz?“ fragte sie, erhielt aber nur eine kurze Antwort, nämlich: „Ich bin heute sehr müde, weil ich nachts nicht gut schlafen konnte. Außerdem habe ich starke Schulterschmerzen.“ Dagmar kannte Paul bereits seit einigen Jahren und daher auch seine vielen kleinen Leiden und Wehwehchen, die ihn immer zu bestimmten Anlässen quälten und die er im geeigneten Augenblick, mit Vorliebe und nach Mitleid heischend, aufs Tablet brachte. Hanna nannte ihn einen Hypochonder und ignorierte in den meisten Fällen dessen Leiden. Vielleicht zu oft, selbst wenn es sich zumeist lediglich um Befindlichkeitsstörungen gehandelt hatte, die

Paul mit einer entsetzlichen Leidensmiene vor sich hertrug. Dagmar war diesbezüglich wesentlich empathischer und kümmerte sich hingebungsvoll um ihn und seine Schmerzen, unabhängig davon, welcher Art und Intensität sie auch waren. Sie machte keinen großen Unterschied, ob es sich um leichte oder schwere Erkrankungen handelte. Wichtig für sie war nur, dass er schnell wieder genesen war, selbst wenn er den Anschein erweckte, gerne zu leiden, was in Ansätzen tatsächlich der Fall war. Hanna hatte ihn in dieser Hinsicht schnell durchschaut und gab seinem Leiden wenig Raum und Zeit.

Nach dem gemeinsamen Einkauf zog sich Paul zurück. Er wollte unbedingt alleine sein und gab vor, sich aufgrund der Schmerzen niederlegen zu müssen. Vorher massierte Dagmar noch seinen Schulter- und Nackenbereich und ließ den Leidenden, nicht ohne ihn vorher leidenschaftlich geküsst zu haben, im Schlafzimmer zurück. Paul brauchte Zeit, Zeit für sich, um eine Lösung für sein Problem finden zu können, das mit dem Erscheinen von Hanna präsent und langsam akut wurde. Es fühlte sich für ihn wie ein Stein im Magen an, und er wirkte sehr angespannt. So sehr er sich nach dem Tsunami monatelange seine Hanna zurückgewünscht hatte, so schwer fiel es ihm jetzt, nach über sechs Jahren, sie wieder in sein Leben hereinzulassen und sie als seine Ehefrau anzunehmen, von der er sich nach ihrem vermeintlichen Tod bereits verabschiedet hatte. Er mochte seine Frau Hanna, aber er liebte auch Dagmar. Ihr war er dankbar, dass sie ihn aus seinem tiefen, emotionalen Loch herausgeholt hatte und er wieder Freude am Leben empfinden konnte. Sie war für ihn erfrischend, spritzig, fürsorglich, manchmal allerdings ein wenig zu laut. Andererseits konnte sie Paul immens dankbar sein für dessen Unterstützung und

Hilfe wegen ihres Leidens oder besser gesagt wegen ihres phasenweisen beklagenswerten Zustandes. Dagmar war Alkoholikerin, und Paul blieb ihr stets verbunden, als er darüber im Rahmen eines Unfalls, bei dem sie alkoholisiert hinter dem Steuer saß, erfuhr. Mehr noch, er half ihr, diese Suchterkrankung mittels intensiver Therapie in den Griff zu bekommen. Erfreulicherweise war ihr das auch gelungen. Viele Gedanken und unzählige Erlebnisse mit beiden Frauen schossen Paul unkontrolliert durch den Kopf. Erfreuliche und weniger erfreuliche Ereignisse, wie das Leben eben so spielte. Mit Hanna verband ihn sehr viel. Sie durchlebten Höhen und Tiefen während ihrer fast 30jährigen Partnerschaft, finanzielle Sorgen aufgrund des Hausbaus, aber auch großen Spaß am Reisen quer über den Kontinent. Das Leben mit Dagmar war anders. Anders, weil er schon älter war und er ihre Interessen nicht teilte oder weil sich seine Lebensphilosophie geändert hatte. Er wollte nur angenehm und zufrieden leben, liebte es, von Dagmar mit gesundem, köstlichem Essen verwöhnt zu werden und vermied jegliche Art von Auseinandersetzungen mit ihr, aber auch mit anderen Menschen. Er pflegte Konflikten aus dem Weg zu gehen und hasste Streitereien. Ein harmonisches Umfeld war ihm mehr als angenehm. Das fand er zum gegebenen Zeitpunkt nicht bzw. nicht mehr vor, weshalb er mit verschiedenen körperlichen und seelischen Leiden reagierte. Er hatte seit kurzem wieder häufiger mit Nacken- und Schulterschmerzen, ebenso mit Magenschmerzen zu kämpfen.

Paul wälzte sich im Bett und suchte krampfhaft nach einer Lösung, die für ihn akzeptabel war. Was er keinesfalls wollte, war, von beiden verlassen zu werden und wieder alleine zu sein. Wie sollte er das nur anstellen? Er konnte mit niemandem darüber reden, denn er hatte Angst, dass Hannas Auftauchen nicht lange im Ort geheim bleiben würde. Jedermann wusste, wie schnell sich eine Neuigkeit dieser Art in einem so kleinen Ort, wie Steinbach, verbreitete und schneller als ihm lieb war, würde auch Dagmar darüber erfahren. Er zog es daher vor, die Sachlage vorerst alleine zu analysieren und zu verarbeiten. Er brauchte nur ein wenig Zeit. Was Paul allerdings nicht bedacht hatte, war die Tatsache, dass die Entscheidung nicht ausschließlich von ihm abhing, denn auch Hanna setzte sich mit dieser Problematik auseinander und entwickelte einen Plan. Ihren eigenen Plan. Sie hingegen hatte einen Berater, nämlich Otto.

Hanna und ihre Problembewältigung

In dieser Nacht wachte sie schweißgebadet auf. Das lange Gespräch mit Otto über ihre derzeitige Situation mit Paul hatte sie sehr aufgewühlt und sorgte für keinen ruhigen Schlaf. Sie sah sich wieder in Thailand, in Armut lebend, geplagt von schlimmen Depressionen. Hanna war grundsätzlich kein depressiver Mensch. Sie liebte das Leben und konnte sich an Kleinigkeiten erfreuen, aber auch über kleine Misslichkeiten grämen. Sie würde nie jemandem Böses antun können, nur um selbst zu gewinnen, denn sie war eine äußerst ehrenwerte Frau, die sich für Gerechtigkeit im Leben einsetzte. In mancher Hinsicht schien sie jedoch etwas naiv, und so war es für sie in einzelnen Fällen äußerst hilfreich, wenn ihr jemand die Augen geöffnet und die gegebene Situation aufgeschlüsselt hatte, selbst wenn dies manchmal leidvoll gewesen war. Es war Otto, der ihr als Berater und Freund zur Seite stand und der ihr half, ihre und Pauls Situation besser zu verstehen. Er war nicht nur ein hervorragender Analytiker, sondern besaß zudem die Fähigkeit, sich in andere Personen hineinzuversetzen. So war es ihm ganz ohne Mühe möglich, in die Rolle von Paul hineinzuschlüpfen und aus dessen Sicht über sein Problem mit zwei Frauen, die er gerne hatte und nicht verlieren wollte, zu sprechen, nämlich über Hanna und Dagmar.

„Für Paul war alles in Ordnung so wie er die letzten fünf bis sechs Jahre verbracht hatte, bis zu dem Zeitpunkt, als du ganz plötzlich vor ihm gestanden warst. Du selbst warst ja auf dieses Zusammentreffen vorbereitet, hattest dich nach ihm gesehnt, deine Liebe zu ihm nie abgelegt, auch als du im Ausland gelebt hattest. Paul hatte nicht mehr damit gerechnet, dass du noch leben könntest, und war aus diesem Grund überrascht über dein Erscheinen. Damals, vor etwa sechs Jahren, begann er sich neu zu orientieren, und versuchte sich, von seiner vergangenen Beziehung mit dir zu lösen, zu distanzieren, um nicht weiter leiden zu müssen. Es gelang ihm vielleicht nicht vollständig, aber so, dass es für ihn nach einiger Zeit erträglich und nicht mehr belastend war. Normalerweise braucht es Zeit, auf jeden Fall einige Monate, bis man nach dem Tod des Partners wieder den Zustand des emotionalen Gleichgewichts erreicht hat. Manche Menschen verkraften so eine Trennung nie wirklich, je nachdem welche Persönlichkeiten sie sind, und natürlich ist das auch abhängig von der Liebe zum Partner."

Hanna hörte aufmerksam zu und überlegte zunächst leise, dann doch laut und etwas pathetisch, woran zu erkennen war, wie wichtig ihr, die, als verloren betrachtete Beziehung zu Paul, war. „Und wie kann ich seine Liebe zu mir zurückgewinnen? Ist das überhaupt noch möglich, wenn er seine Liebe bereits Dagmar geschenkt hat? Kann man denn seine Liebe auf zwei Frauen gleich aufteilen?"

Liebe ist jemanden so zu sehen, wie er ist, und nicht, wie man ihn gerne hätte.

„Man kann, ja man kann die Liebe auf mehrere Frauen aufteilen. Es fragt sich nur, ob man es moralisch schafft, beziehungsweise, wie geht Paul damit um. Er hat jetzt die Aufgabe, zu reagieren, was für einen wenig entscheidungsfreudigen Menschen bestimmt kein Leichtes ist. Außerdem hat er sich bereits an seine neue Partnerschaft mit einer wesentlich jüngeren Frau gewöhnt. Aufgrund seines Alters fällt es ihm mit ziemlicher Sicherheit nicht leicht, seine Lebenssituation, mit der er bis zu deinem Erscheinen zufrieden war und die für ihn angenehm war, zu ändern. Hanna, es wird dir sicher weh tun, wenn ich das sage, aber Faktum ist, dass er sich von dir distanziert hatte. Du bist in seinen Augen eine fremde Person für ihn geworden, auch wenn ihr jahrelang zusammengelebt habt. Dagmar, die er nicht so lange wie dich kennt, ist ihm derzeit näher und vertrauter. Einfach deswegen, weil er mit ihr die letzten Jahre in enger Beziehung verbracht hat und die ehemalige Liebe zu dir – auch wenn sie groß und wirklich intensiv war – geringer wurde. Du warst ja nicht mehr in seinem Leben. Daher bist du und seine Liebe zu dir für ihn gestorben gewesen." „Aber jetzt bin ich wieder da! Bin ich etwa nun Luft für ihn?", schrie Hanna völlig verzweifelt. „Kränk dich bitte nicht, meine Liebe! Versuche deinen Mann zu verstehen. Er wusste ja nicht, dass du noch unter den Lebenden bist. Wie sollte er auch? Aus diesem Grunde musste er eine Strategie finden, um wieder Freude am Leben haben zu können. Offensichtlich fällt ihm das Alleinsein schwer, und daher musste eine neue Partnerin für ihn her. Ich weiß, es ist für dich als Betroffene schwer zu akzeptieren, aber mache ihm bitte keine Vorwürfe. Er hat in seinen Augen nichts falsch gemacht und sich auch nichts vorzuwerfen."

„Aber jetzt ist die Situation anders." Hanna hörte Otto aufmerksam zu. Auch wenn es inhaltlich schmerzhaft für Hanna war, aber seine Stimme wirkte auf sie unglaublich beruhigend. „Warte mal ab, wie er sich entscheiden wird! Oder werde selbst aktiv!" Otto sah Hanna mit weit geöffneten Augen an, als würde er eine Einladung zum Handeln aussprechen. Er gab Hanna wieder Mut und Selbstvertrauen und versuchte ihr zu vermitteln, dass die Entscheidung nicht ausschließlich bei Paul lag, sondern auch sie sich aktiv und taktisch klug einbringen könnte, um ihr Ziel zu erreichen.

„Die Entscheidung liegt nun mal auch bei dir, liebe Hanna!" betonte Otto und ermutigte sie, ihr Leben selbst in die Hand zu nehmen und nicht aufzugeben. „Es ist verständlich, dass du dir Sorgen machst und nicht weißt, wie es mit dir, respektive mit euch beiden weitergehen soll. Aber wie ein arabisches Sprichwort sagt: ‚Wir können nicht verhindern, dass die Vögel der Sorge über unserem Kopf kreisen. Doch es liegt an uns, zu entscheiden, ob sie Nester bauen dürfen.' Ändere also deine innere Haltung und durchbreche den Kreislauf der negativen Gedanken. Und weil der größte Teil unserer Schutzreaktionen unbewusst abläuft, bereitet es vielen Menschen größte Schwierigkeiten, diesen Kreislauf zu durchbrechen. Du, liebe Hanna, musst aber nicht zu diesen Menschen zählen. Nutze die Kraft der positiven Gedanken und werde aktiv! Die Kraft liegt in dir, gehe es an!"

Dieses „Werde selbst aktiv!" ging Hanna nicht aus dem Kopf und beschäftigte sie noch in der darauffolgenden Nacht. Sie hatte immer geglaubt, Paul sehr gut zu kennen. Nun hatte sich herausgestellt, dass sie sich ordentlich getäuscht hatte. Sie war daher ahnungslos, was Pauls Lösung für dieses Problem betraf, hoffte jedoch für sich selbst das Beste. Alleine der Gedanke, dass sie von ihrem Ehemann auf die Warteliste gesetzt wurde, machte sie unglaublich unsicher und unruhig, so auch ihre derzeitige finanzielle Lage und Wohnungssituation. Sie konnte und vor allem wollte nicht ewig bei Otto, ohne einen Cent zu zahlen, wohnen. Es musste einfach etwas geschehen und das möglichst rasch.

Die Lösung

Otto konnte letzte Nacht kaum schlafen. Er hatte mit einem Problem zu kämpfen, welches ihm keine Nachtruhe brachte. Es war seine Mutter bzw. deren Gesundheitszustand. Sie rutschte am Vortag im Wohnzimmer aus und dürfte sich bei diesem Sturz einen Nerv im Wirbelsäulenbereich eingeklemmt haben. Unglücklicherweise half kein einziges Schmerzmittel, sodass sie unablässig wimmerte und nicht zur Ruhe kommen konnte. Otto wollte sie in eine für sie schmerzfreie Liegeposition bringen und verriss sich dabei dermaßen sein Kreuz, sodass er in der Früh kaum aufrecht stehen, geschweige denn gehen konnte.

Als Hanna den vor sich hinschleichenden, verkrümmt gehenden Otto sah, wusste sie sofort, was geschehen war. Sie konnte nicht mit ansehen, wie er unter diesen unerträglichen Schmerzen litt und bat ihm eine spezielle Behandlung an. Verständlicherweise war ihm in diesem erbärmlichen Zustand alles recht, was ihm nur annähernd helfen konnte. So auch, von jemandem behandelt zu werden, dachte Otto und legte sich mit schmerzverzerrtem Gesicht auf sein Bett. Es dauerte nicht lange, da lag er völlig entspannt und gleichmäßig atmend auf dem Bett. Er war eingeschlafen, und Hanna behandelte den Schlafenden noch eine ganze Stunde weiter. Einerseits knetete sie seine Rückenmuskulatur entlang der Wirbelsäule, anderseits strich sie ganz sanft über seinen Rücken oder legte lediglich ihre warmen Hände auf verschiedene Körperstellen, wo diese mehrere Minuten verweilten. Es war still im Raum, und diese Stille tat ausgesprochen gut. Eine vor sich hin lodernde Flamme neben dem Bett trug zu der ruhigen, wunderbaren Stille bei, in der sich Hanna voll auf ihre Arbeit an Ottos Körper konzentrieren konnte. Sie wirkte nicht angespannt, sondern ausgeglichen und in sich gekehrt, wie in einer anderen Welt. Tatsächlich befand sie sich in einer fremden Welt, nämlich in der Ottos, in die sie für die Dauer der Behandlung eingetreten war, um mit ihm nonverbal, nur über Körperkontakt, kommunizieren zu können. Auf diese Art und Weise erhielt sie die Informationen von Ottos Körper, nicht von Otto persönlich, welche Hilfe er brauchte, welche Art der Behandlung für seinen derzeitigen Zustand richtig war und wie, das heißt, mit welchen Berührungen bzw. Bewegungen, ihre Hände Heilung hervorrufen konnte. Um diese unglaubliche Fähigkeit, mit den Händen Schmerzen zu lindern und Menschen zu heilen, wurde sie von vielen beneidet. War es doch eine besondere Gabe, die nicht jeder hatte und die nicht erlernbar war. Bei Hanna hatte sie sich in den letzten Jahren entwickeln dürfen. Die Anlage dazu war bestimmt schon viel früher vorhanden, die Fähigkeit musste erst geweckt werden. Und je öfter sie diese einsetzte, umso erfolgreicher wurde sie bei der therapeutischen Arbeit mit ihren wunderbaren Händen, mit denen sie teilweise so sanft über den Körper glitt, dass es sich wie eine Massage für die Seele anfühlte. Diese Tätigkeit machte ihr großen Spaß, vor allem dann, wenn die Leidenden gleich danach eine Verbesserung oder Erleichterung spürten.

Hannas Gesichtsausdruck war entspannt und bei genauer Betrachtung war sogar ein Lächeln zu erkennen. Ein Lächeln der inneren Zufriedenheit und des Glücks. Das Lächeln schien etwas zuzunehmen, als plötzlich leise Schnarchlaute von Otto zu hören waren. Er dürfte während der Massage in einem anderen Bewusstseinszustand gewesen sein. Hanna ließ ihn noch eine Zeitlang auf seinem Bett liegen, bis dieser von selbst, etwa eine halbe Stunde danach, aufgewacht war.

„Das war herrlich." flüsterte Otto noch im siebten Himmel schwebend. „Was hast du gemacht, Hanna? Ich fühle mich wie neugeboren." Otto warf Hanna einerseits einen fragenden, andererseits einen dankbaren Blick zu. Er lag regungslos im Bett, wo er nur seine Augen bewegte und den Kopf leicht nach rechts drehte, um Hanna im Blickfeld zu haben. „Ich fühle ein derartiges Gefühl der Leichtigkeit, komme aber gar nicht auf. Ich kann oder besser gesagt, will mich jetzt gar nicht bewegen, nur hier liegen und einfach noch genießen." „Dann bleib einfach noch ein paar Minuten in deinem Bett liegen und lass die Behandlung noch ein wenig nachwirken", antwortete Hanna, wissend, wie er auf ihre heilenden Hände reagieren würde. Die kleine Kerze war bereits abgebrannt. Die Sonne schien nun in das Behandlungszimmer und erleuchtete ganz besonders den Bereich, in dem Otto lag. Er strahlte förmlich im hellen Licht der Sonne.

„Glück ist kein Geschenk der Götter,
sondern die Frucht innerer Einstellung."
Erich Fromm

„Komm, steh auf und lauf!", forderte Hanna ihren Patienten nach einiger Zeit der Entspannung auf, nachdem dieser wieder voll und ganz ins Hier und Jetzt zurückgefunden hatte. Diese freundliche Aufforderung kostete Otto einen lauten Lacher. Nichtsdestotrotz setzte er sich langsam und vorsichtig auf, drehte sich mit den Beinen zur Seite und machte erste zaghafte Gehversuche. Zu allererst in gebückter Haltung. Mit jedem Schritt veränderte sich jedoch seine Körperhaltung und nach etwa 10 bis 15 Schritten ging er mit aufrechtem Oberkörper entspannt und locker durch sein Haus.

„Das gibt es nicht!", rief er erstaunt und schüttelte seinen Kopf. „Was hast du gemacht? Zauberei, Hokuspokus?" Otto war überrascht und positiv angetan von Hannas Heilungskompetenz. Diese lüftete alsdann ein Geheimnis, aber nur ein kleines. Sie erzählte aus ihrer Vergangenheit und berichtete über ihre Erfahrungen mit körperorientierten Behandlungsmethoden.

„Wie du ja bereits weißt, lebte ich die letzten fünf Jahre in eher ärmlichen Verhältnissen in Thailand und man nützte jede Chance und Gelegenheit, um Geld für den Unterhalt zu verdienen. Ich musste nicht nur für das Lokal von Bahir thailändisch kochen lernen, sondern wurde auch in die thailändische Massage eingeweiht. Bahir war ein begnadeter Masseur, von dessen Fähigkeiten und Kenntnissen ich während meiner Rehabilitation, aber schon vorher und noch viel mehr in der komatösen Phase profitiert hatte. Ich war tief beeindruckt von diesen Methoden und hatte großes Interesse, diese Art der Körpertherapie möglichst schnell zu erlernen, um sie anwenden zu können. Es war nicht nur die Massagetechnik, die mir in diesem Land beigebracht wurde, sondern auch die nonverbale Kommunikation mit dem menschlichen Körper. Hättest du gedacht, dass man über Körperberührungen nonverbale Informationen von anderen Menschen erhalten könne?“ Otto schüttelte den Kopf und wartete auf Hannas weitere Ausführungen. „Wenn man als Therapeut bei diesen Behandlungen Stille und Ruhe findet und in den Körper des zu Behandelnden ‚hinein hört‘, dann bekommt man die Antwort auf dessen Fragen, wie zum Beispiel, welche Art der Körpertherapie der Patient brauchte. Man muss dabei in einen Zustand des Nicht-Wollens kommen, in einen Zustand des Nichts, in einen schwebenden Zustand. Es ist schwierig zu erklären, man muss es einfach spüren, und man kann es lernen. Natürlich hilft auch eine gut ausgeprägte Intuition, ein Sich-Hineinfallen-Lassen ohne Druck und Anstrengung. Mit Druck und Stress funktioniert es nicht. Wenn es dein dringender Wunsch ist, jemanden zu heilen, dann wirst du ihn nicht heilen können. So geht es einfach nicht. Mir persönlich fällt es ganz leicht, in diesen Zustand zu fallen und zu spüren, wie ich meine Hände einsetzen soll, damit es meinen Patienten gut geht. Das heißt, welche Bewegungen bzw. Berührungen sind richtig, um dem Leidenden zu helfen und deren Krankheitszustand zu verbessern. Durch diese energetischen Berührungen am Kopf am Beginn der Behandlung konnte ich meine Patienten in eine Art Ruhezustand bringen, wodurch eine noch bessere nonverbale Kommunikation zwischen mir und ihnen hergestellt werden konnte. Der Idealzustand ist der Alpha-Zustand. Das ist ein Bewusstseinszustand, der dem Tiefschlaf sehr ähnlich ist und dem Zustand leichter Entspannung entspricht. Die Hirnstromfrequenz befindet sich im Bereich von 8 bis 13 Hertz, während sich in der Phase des Wachbewusstseins bei guter Aufmerksamkeit und Intelligenzleistung – das ist der Beta-Zustand – die Hirnstromfrequenz höher ist, nämlich zwischen 13 und 21 Hertz." Otto hörte interessiert zu und fand diese Welt des Nicht-Sichtbaren und Nicht-Erklärbaren äußerst spannend. Bis jetzt war er noch nie in diese andere Welt eingetaucht, die sofort eine große Faszination auf ihn ausübte. Es war für ihn wie eine Welt der Wunder.

Tatsächlich vollbrachte Hanna mit ihren Händen wahre Wunder, und sie wusste manchmal selbst nicht, wie diese gelingen konnten. Völlig unerklärbar waren ihr manche Spontanheilungen bei stark Leidenden, und trotz intensiver Nachforschung nach dem Warum blieb eine zufriedenstellende Antwort darauf aus. Nach einiger Zeit stellte sie ihr Verlangen nach einer genauen Erklärung dieser Phänomene ein, und so blieb es weiterhin ein Geheimnis für sie. Tatsache war nur, dass sie in der thailändischen Umgebung, in der sie einige Jahre gemeinsam mit Bahir gelebt hatte, relativ rasch bekannt wurde als europäische Frau mit den heilenden Händen, die nach etwa einem halben Jahr aus ihrem Koma ins Leben zurückgekommen war. Sie war also für die Menschen dort etwas Besonderes, und sie behandelten sie freundlich und waren dankbar für ihre erfolgreichen, therapeutischen Zuwendungen. Durch diese Behandlungen fand Hanna ein wenig Ruhe, und sie genoss die Stille und Entspannung in diesem wunderbaren Zustand des Seins während ihrer Behandlungen. Das Massieren war für sie wie eine Art Therapie, eine Therapie für ihre Psyche, die schwer mitgenommen war. Auch wenn sie die Landessprache nicht sprechen konnte, so war es ihr dennoch möglich, ihre Patienten bzw. deren Leiden zu verstehen. Es war die nonverbale Sprache zweier Menschen, die auf Hanna eine große Faszination ausübte, und sie beherrschte diese Art der Sprache sehr gut.

Otto war begeistert von Hannas Erzählungen und noch mehr von ihren großartigen Fähigkeiten, Menschen zu helfen und sogar zu heilen. Es verstand sich von selbst, dass Hannas nächste Patientin Ottos Mutter sein musste, die jammernd und schmerzverzerrt im Bett lag. Auch hier setzte Hannas Behandlungserfolg schnell ein, denn bereits nach der ersten einstündigen Massage ging es ihr wesentlich besser, und sie klagte über wesentlich weniger Schmerzen. Am Abend erhielt sie noch eine zweite Behandlung, was ihr, aber auch Otto, eine wunderbare, klaglose Nacht brachte. Hanna freute sich darüber, ihre Hilfe beiden anbieten zu können, aber noch mehr, um sich endlich einmal für Ottos Unterstützung und Entgegenkommen erkenntlich zeigen zu können. Dieser erwartete jedoch keine Entschädigung für Logie und Verpflegung, wusste ja, dass Hanna kaum Geld hatte. Niemals hätte er von ihr etwas verlangt. Innerlich freute er sich über die nette Mitbewohnerin, und jetzt war er ihr sehr dankbar für die großartige Massage an seiner Mutter, die immer strahlte, wenn sie Hanna sah, als würde sie in ihr etwas entdeckt haben, was sie vorher nicht gesehen hatte.

Für den Nachmittag hatte Otto bereits drei Außentermine für Hanna organisiert. Da er schon sehr lange hier wohnte, kannte er viele Menschen, und erfreulicherweise auch solche, die dringend einen guten Masseur brauchen konnten. Wie glücklich waren sie darüber, endlich eine grandiose Masseurin im Ort zu haben, die sie noch am gleichen Tag behandelte und das noch dazu mit großem Erfolg.

Es wanderte wie ein Lauffeuer durchs Dorf, dass eine „Wunderheilerin" namens Hanna hierhergezogen sein sollte. Sie war sehr beliebt, möglicherweise nicht nur als Person, sondern eventuell auch deswegen, weil sie nichts für ihre großartige Dienstleistung verlangte.

„Geben Sie mir das, was Ihnen die Behandlung wert ist", meinte Hanna auf die Frage nach dem Preis. Und vielen Leidgeplagten war die Behandlung viel wert, und zum Staunen Hannas waren sogar einiger ihrer Patienten bereit, einen wirklich hohen Preis dafür zu bezahlen. Hanna war erfreut und vor allem durch diese Tätigkeit, zu der sie eine sehr hohe Affinität hatte, etwas abgelenkt. Durch die Behandlungen konnte sie Kraft für sich selbst schöpfen und zur Ruhe kommen. Das Nachdenken über ihre Situation fiel ihr leichter. Und tageweise war sie sogar zu müde, über ihre Situation mit Paul nachzudenken.

Die nächsten drei Tage sah sie Paul gar nicht. Es kam auch kein Anruf. Vielleicht war es ihm unangenehm, bei einem fremden Mann anzurufen, der Hannas und daher Pauls Situation kannte. Sie gab ihm Zeit, über alles ungestört nachzudenken und eine Entscheidung zu fällen. Die letzten Tage vergingen wie im Fluge, da Hanna sehr beschäftigt mit dem Massieren war. Otto organisierte für sie einige weitere Termine und bereitete damit nicht nur den Leidenden, sondern auch Hanna selbst eine große Freude.

Und am vierten Tag stand Paul unangekündigt vor Ottos Haus. Es war 9 Uhr, und er musste Hanna noch etwas

Wichtiges mitteilen, was sie unbedingt so schnell wie möglich wissen sollte.

Manche Erfolge werden erst durch
Krisen möglich.

Die gemeinsame Wohnung

„Wie wäre es mit einem Spaziergang im Wald?“, fragte Paul gut gelaunt seine Ehefrau, die ihm die Tür öffnete, als dieser bei Otto anläutete. Hanna hatte nicht mit seinem Erscheinen gerechnet, zumal sie in den letzten Tagen kein Lebenszeichen von ihm bekommen hatte. Sie hatte sich mit der wenig erfreulichen Situation was die Beziehung zu ihrem Ehemann betraf, abgefunden, nicht nur, weil sie geduldig warten konnte, sondern auch, weil sie ihren entscheidungsschwachen Ehemann kannte, der immer für alles Zeit brauchte. Dass Hanna als begnadete Energetikerin im Ort bekannt wurde, was ihr in Kürze entsprechend viel Arbeit eingebracht hatte, trug zur sinnvollen Ablenkung bei und hatte für sie selbst therapeutischen Charakter.

„Komm, lass uns gemeinsam den schönen Tag im Grünen genießen“, fügte Paul mit einer einladenden Handbewegung hinzu und konnte Hanna sofort dazu überreden, in sein frisch geputztes Auto zu steigen, das bereits mehrere Jahre alt war. Hanna warf sich ihren roten Rucksack über und setzte ihre, aus der Mode geratene Sonnenbrille, auf. Es war ein sonniger Sommertag, und die Vögel zwitscherten fröhlich vor sich hin, als wollten sie etwas verkünden, das bis jetzt noch ein Geheimnis war.

Die Autofahrt dauerte nicht lange, es waren lediglich 15 Minuten, die die beiden im Auto verbrachten. Sie erschienen dem Paar wesentlich länger, da es eine stille Fahrt war. Niemand wollte sprechen oder besser gesagt, keiner der beiden wollte zu sprechen beginnen. Zu besprechen gab es viel und eigentlich doch nicht viel. Hanna saß starr, in Erwartung einer Erklärung auf dem Beifahrersitz und blickte nach vorne. Für sie war ohnehin alles klar. Sie stand zu ihrer Meinung, von der sie keinen Millimeter abkommen wollte. Sie war die angetraute Ehefrau von Paul Mandl, denn es lag kein Scheidungsantrag zwischen den beiden vor und die Beziehung war – abgesehen von einer sechsjährigen, von beiden nicht gewünschten und nicht hervorgerufenen räumlichen Trennung – soweit in Ordnung und machte keinen brüchigen Eindruck.

Manchmal musst du einfach akzeptieren,
dass manche Menschen immer einen
Platz in deinem Herzen haben,
aber nie in deinem Leben.

Für Paul sah die Situation etwas anders aus. Aufgrund ihrer Rückkehr tauchte eine Menge neuer Fragen für ihn auf, auf die er eine Antwort zu finden suchte. Das daraus entstandenes Problem belastete ihn immens, und er beschloss, dieses heute anzusprechen und in weiterer Folge gemeinsam mit Hanna zu einer Lösung zu kommen. Er war es gewöhnt, für viele Bereiche seines Lebens persönliche Ratgeber zu haben, die ihm bei seinen Entscheidungen halfen und sich um seine kleinen oder größeren Probleme annahmen. Was aber jetzt? Aus strategischen Gründen musste er Dagmar so gut und so lange es ging, aus dieser für ihn schwierigen Situation heraushalten. Ihm war es wichtig, sie keinesfalls ganz zu verlieren. Oder hatte sie etwa schon einen Verdacht gehegt? Vielleicht war ihr zu Ohren gekommen, dass sich im Ort eine wunderbare Heilerin namens Hanna befindet, die einige Jahre unfreiwillig im Ausland gelebt hatte. Der Ort war klein, und solche Informationen verbreiteten sich rasend schnell.

„Blühen die weißen Rosen in deinem Gartenrondeau noch immer so schön?", unterbrach Hanna die Stille im Auto. Sie liebte Rosen und ganz besonders weiße Rosen. Den Duft dieser wunderbar duftenden Blumen konnte sie sich immer wieder und ohne viel Aufwand in Erinnerung rufen und mit viel Freude darin baden. Paul reagierte erleichtert auf diese Frage und antwortete kurz und bündig mit einem: „Ja, sie blühen noch immer und duften wirklich wunderbar." Fragen, die mit einem erhöhten emotionalen Einsatz verbunden waren, waren ihm grundsätzlich weniger angenehm. Diesbezüglich war er faul und träge. Wenn die anderen eine passende Lösung auf seine Fragestellungen hatten und an der Problemlösungsarbeit Interesse zeigten, dann hielt er diese niemals davon ab. Wurde er jedoch bei manuellen Detailarbeiten um Hilfe gebeten, war er stets dazu bereit und scheute weder Zeit noch Mühen. Es waren nämlich die klar vorgegebenen Ziele, mit denen er keine Probleme hatte und die er stets zu erreichen versuchte, so gut wie nur möglich. In gewisser Weise konnte man sogar einen gewissen Hang zum Perfektionismus erkennen, vor allem wenn er mit kleinen Handwerksarbeiten beschäftigt war, für die ihm genug Kenntnisse zur Verfügung standen. Es dauerte nur immer unglaublich lange, bis er sich um die Reparaturen im Haushalt kümmerte. Ausreden fand er dafür immer sehr schnell. Hanna kannte ihn ziemlich genau, obwohl ihr ein leichter Mangel an Empathie vorgeworfen werden könnte, unter dem Paul in mancher Situation etwas gelitten hatte.

Hanna hatte während ihres ungewollten Auslandsaufenthalts in Thailand viel gelernt, so auch Empathie, also, das Sich-in-andere-Menschen-hineinversetzen-Können. Das zu erlernen, war in einem fremden Land mit anderen Sitten und Gebräuchen nicht gerade leicht für Hanna, die ohnehin mit sich selbst und ihrem schrecklichen Trauma sehr beschäftigt war.

Das Auto hielt an einem hübschen Platz am Waldrand an, und Paul stellte den Motor ab. Es wurde leise im Innenraum des Autos. Die beiden blickten zueinander und sahen sich lang und tief in die Augen. Es waren einerseits liebende Blicke, anderseits Blicke, die sich nach Liebe und Zuneigung sehnten. Pauls Augen bewegten sich unsicher und langsam hin und her als würden sie nach etwas suchen, nach Hilfe, nach einer Antwort, nach einer Lösung. Sein Mund blieb verschlossen. Langsam lösten sich seine Hände vom Steuer und fanden Platz auf seinen Oberschenkeln. Hanna antwortete entsprechend darauf, allerdings wenig befriedigend für Paul, nämlich nur mit fragenden Augenbewegungen und gelegentlichem Hochziehen der Augenbrauen. Ihre Hände waren verschränkt, und sie machte keine Anstalten, sie zu öffnen. Sie blieb abwartend und wirkte verschlossen. Ohne Zweifel würde es ihm wesentlich leichter fallen, ihr das, was sie unbedingt möglichst bald wissen sollte, mitzuteilen. Er musste sich der Situation stellen, denn es war verdammt notwendig und langsam an der Zeit. Nur fehlte ihm dafür noch der geeignete Impuls, der ihn zum Sprechen motivieren, ja fast drängen würde. Plötzlich setzte er an, drehte sich mit dem Oberkörper noch mehr zu Hanna und „tüüüüüüüüüüüüüt" – drückte dabei unabsichtlich auf die Hupe. Versuch missglückt. Beide antworteten mit einem Lächeln.

Dramatische Veränderungen müssen nicht automatisch zum Scheitern führen.

„Komm, lass uns spazieren gehen!", meinte Hanna und löste damit die angespannte Situation und sich selbst aus ihrer Verschränkung. Paul nickte und antwortete mit einem tiefen Atemzug. Unverzüglich öffnete er seine Autotür. Rasch ging er um das Auto und half seiner Frau heraus. Er reichte ihr dabei seine linke Hand und bekam ihre rechte, die er nicht mehr ausließ. Hanna spürte die Wärme seiner Hand und genoss ohne Worte diesen angenehmen Zustand. Es fühlte sich für Hanna so an, als ob diese Wärme in ihren Körper eindringen und sich dort blitzartig ausbreiten würde. Händehaltend gingen die beiden in den Wald hinein. Hanna holte tief Luft und atmete langsam und lang aus. Sie wiederholte diese Handlung mehrmals hintereinander, was den Eindruck erweckte, als würde sie sich von etwas befreien oder in Kürze etwas Bedeutendes, sehr, sehr Wichtiges mitteilen wollen.

„Wie wunderbar es hier nach frisch gefällten Bäumen und nach bemoostem Waldboden riecht. Ich liebe diese Gerüche. Ich habe sie die letzten Jahre sehr vermisst." Hanna strahlte und war plötzlich, Pauls Hand haltend, in einem unglaublichen Glückszustand. Sie war sehr naturverbunden, konnte sich an Schönheiten der Natur nicht genug sattsehen und diese in vollem Ausmaß genießen, sodass vieles um sie mit einem Schlag unwichtig und nebensächlich wurde. So konnte sie Kraft und Energien tanken, an denen es ihr ohnehin mangelte.

„Schau, ein Reh!" flüsterte Paul und zeigte auf ein kleines, scheues Reh, das verschreckt in ihre Richtung blickte. Hanna sah nach links und konnte das Tier gerade noch erblicken, ehe es im Dickicht des Waldes verschwand. Dabei stolperte sie über einen heruntergefallenen Ast, der sie beinahe zu Fall brachte, wenn nicht Paul sofort richtig reagiert hätte.

„Hast du dich verletzt, Liebste?", fragte er besorgt und putzte ihre, etwas mit Erde verschmutzte Hose, ab. Sie verneinte und drückte sich mehr an ihren Mann, dessen Nähe sie unheimlich genoss. Er legte seinen Arm um ihre Schultern und drehte sie zu sich, sodass sie sich gegenüberstanden.

„Du weißt gar nicht, wie schwer es mir fällt und wie sehr ich dich liebe. Du hast mir sehr gefehlt, Liebste."

„Und was ist für dich so schwierig, Liebster? Welche Fragen sind für dich offen?"

„Dagmar ...", antwortete er nach einem kurzen Schweigen. „... sie ist in mein Leben getreten, und ich kann sie nicht, nicht vollkommen aus meinem Leben rauswerfen.“, setzte er fort.

Ihr lag die Frage auf der Zunge, ob er sie noch liebte. Sie hatte aber Angst vor einer negativen Antwort, welche sie nur verletzt hätte können.

„Hast du mit ihr schon gesprochen?“ Hanna konnte den Vornamen seiner Lebensgefährtin nicht aussprechen.

„Nein, sie weiß nichts von deinem Erscheinen, Liebste. Für sie bist du nicht existent.“

„... und wenn sie es erfährt, was sagst du ihr dann?“ Hanna war immer vorausschauend und rechnete mit allen Eventualitäten. „Sie wird es nicht so schnell erfahren. Von wem soll sie es auch erfahren? Man kennt im Ort weder deinen Namen noch deine Geschichte. Also kannst du besorgt sein.“ Was Paul noch nicht wusste, war, dass Hanna bereits seit einigen Tagen ihre Dienste als Masseurin anbot und nicht mehr ganz unbekannt hier war. „Aber die Welt ist klein, und die Nachricht kann sie morgen schon erreicht haben. Bist du darauf vorbereitet?“ Paul schwieg und senkte seinen Blick, als hätte man ihn bei etwas ertappt. Hanna wusste die Antwort. Unschwer war diese an seinem Verhalten und seiner Mimik zu erkennen.

Es war nun Hanna, die ihren Mann an sich drückte, als würde sie ihn trösten wollen. Eng umschlungen, wie ein verliebtes junges Paar, standen sie im Wald, in dem man immer wieder Vögel singen hören konnte.

Paul küsste Hanna zärtlich auf die Stirn und meinte mit Tränen in den Augen: „Ich bin für dich immer da. Aber bitte versuch, mich zu verstehen. Du kennst mich, du weißt, dass ich nicht alleine leben kann, alleine ohne Frau. Und jetzt, jetzt habe ich plötzlich zwei, die ich sehr gerne ..." Paul war verzweifelt. Er wollte seine Hanna nicht verletzen, merkte aber nicht, dass dies bereits passiert war, zu sehr war er mit seinem Problem beschäftigt, das nur ihn selbst zu betreffen schien. So fühlte es sich für einen Egozentriker an, der sich nicht ungern in einer leidenden Position befand, um Mitleid und Zuwendung zu bekommen.

„... und du kannst dich tatsächlich nicht entscheiden? Fällt es dir denn wirklich so schwer?" Hanna sah nur ihre eigene Position, und Pauls Verhalten schien für sie unverständlich. Sehr lang musste sie auf die Antwort warten. Sie gingen bestimmt einen halben Kilometer bis sie einen dicken, gefällten, Baumstamm entdeckten, der zum Sitzen einlud und sie zum Sprechen animieren sollte. „Mir würde die Entscheidung nicht schwerfallen, wenn da nicht diese Wohnung wäre", meinte Paul und brach immer wieder kleine Stücke von einem dünnen Ast ab. „Welche Wohnung?" fragte Hanna konsterniert und gleichzeitig neugierig. Paul holte noch einmal tief Luft und teilte ihr das mit, was ihn seit Tagen gequält und seine Schlafqualität schwer beeinflusst hatte. Vor ihm lag ein Tannenzapfen, den er in einer Hand hielt und langsam nach rechts und links drehte.

„Das Haus, in dem ich derzeit wohne, gehört Dagmars Mutter. Ich bin froh, dass wir es zur Überbrückung bewohnen dürfen." „Du meinst zur Überbrückung?", warf Hanna fragend ein.

Paul löste sich aus Hannas Umarmung und verschränkte sofort seine Hände. Er blickte zu Boden, fixierte einen mittelgroßen gräulichen Stein vor sich, der leicht bemoost war und presste seine Lippen aufeinander.

„Wir, wir haben eine Eigentumswohnung gekauft, in die wir gemeinsam ziehen wollten. Sie wird erst gebaut, aber in wenigen Wochen fertiggestellt sein und ..." Hanna konnte es nicht glauben, was sie hier zu Ohren bekam und sprang erregt und gleichzeitig erzürnt auf. „Und was?", warf sie ein. Auch sie hatte einen Tannenzapfen in der Hand, mit dem sie während Pauls Erzählungen spielte. Erzürnt warf sie ihn zu Boden.

„Die Wohnung lautet auf meinen Namen, weil ich sie fast zur Gänze bezahlen werde. Dagmar beteiligt sich allerdings ebenfalls daran und freut sich auf die Übersiedlung." „Und ich, welche Rolle spiele ich dabei? Etwa eine Außenseiterrolle? Was bin ich noch wert für dich? Offensichtlich gar nichts mehr, nichts, nichts."

Hannas Zorn und Wut wandelte sich in Sekundenschnelle in große Trauer, und sie weinte bitterlich. Wie konnte er sie nur so verletzen? Was empfand er noch für sie? Hass? Nein, das schloss sie aus. Es tat verdammt weh, dass sie nun ihre Liebe mit einer anderen Frau teilen musste. Wie konnte er ihr das nur antun? Diese Information traf sie wie ein Messer im Herzen. Wie soll das jetzt weitergehen?

Nun war es soweit. Das Problem, das Paul tagelang beschäftigt hatte, war nun auch Hannas Problem. Sie war damit involviert und sah sich als Leidtragende, als Unverstandene, als Abgeschobene. Sie wusste die Lösung, die Lösung, die allerdings nur für sie die einzig richtige wäre. Sie konnte und wollte Paul einfach nicht verstehen. Sie war zu verletzt und daher nicht bereit, sich in seine

Gedankenwelt einzufinden, um seine Situation nachvollziehen zu können.

Ein Vogel hat keine Angst davor,
dass der Ast unter ihm brechen könnte.
Nicht weil er dem Ast vertraut,
sondern seinen eigenen Flügeln.

In der jetzigen Situation hoffte Paul, die Bauarbeiten der Wohnung würden sich verzögern und die Übersiedlung könnte erst in ein paar Monaten oder noch später stattfinden. Allerdings war diese Art der Problemlösung nur kurzfristig, und keinesfalls langfristig befriedigend. Es musste eine Lösung gefunden werden. Eine Lösung, mit der alle zwei, respektive alle drei, inklusive Dagmar, die früher oder später über Hannas Auftauchen erfahren wird müssen, zufrieden sein werden, wird es nicht geben. Es war fast ausgeschlossen, und eine Person, genau genommen, eine Frau, wird ausscheiden müssen. Doch diese Endausscheidung stand noch nicht fest.

Es wurde langsam dämmrig und der Vogelgesang im Wald zunehmend leiser. Langsam gingen die beiden zurück, in Richtung Auto. Auf dem Weg zurück hielt Hanna Pauls Hand so fest, als würde sie diese nicht mehr loslassen wollen. Die andere Hand brauchte sie, um ihre Tränen, die unablässig über ihre Wangen rannen, mit einem Taschentuch wegzuwischen. Ziemlich verheult und mitgenommen stieg sie in Pauls Auto und ließ sich zu Otto zurückbringen. Die Fahrt dorthin war wieder sehr still. Jeder dachte nach, allerdings mehr emotional als rational. Dieses Problem ließ sich kaum rational lösen, da in

Beziehungsdramen, wo Gefühle eine große Rolle spielen, zumeist emotional entschieden wird.

„Ich gebe dich nicht her! Wir zwei gehören zusammen. Komme, was wolle ...!“ flüsterte Hanna Paul im Auto ins Ohr, bevor sie ausstieg, und verabschiedete sich von ihm mit einem Kuss auf seine rechte Wange. Ihr Zuhause war noch bei Otto, aber vielleicht nicht mehr lange.

„... komme, was wolle...“ wiederholte Paul in Trance.

Das Gespräch unter Männern

Es wurde wieder sehr spät. Hanna hatte das Bedürfnis, mit Otto über ihre Gefühle und Pauls Verhalten sowie seine, in Kürze fertig errichtete Wohnung, zu diskutieren. Für Otto war es nicht einfach, tröstende Worte für Hanna zu finden, denn das Einzige, was sie wirklich hören wollte, konnte er ihr nicht sagen. Er selbst hatte keine Ahnung, ob Paul zu ihr zurückkehren und sich von Dagmar trennen würde. Zu gerne würde er ihr diese erfreuliche Botschaft übermitteln, wäre er überzeugt davon, dass es tatsächlich in Kürze so sein wird.

Die Beziehungsproblematik zwischen diesen zwei bzw. drei Personen begann ihn zunehmend mehr zu interessieren, und er machte sich viele Gedanken darüber. Er liebte es zu philosophieren und Situationen bis ins Detail zu analysieren. Dabei wurden normalerweise die einzelnen Personen genau unter die Lupe genommen und deren Charaktere auf Herz und Nieren geprüft. Im vorliegenden Fall kannte er weder Paul noch Dagmar. Nur Hanna war für ihn keine fremde Person mehr, und er glaubte über ihre Stärken und Schwächen ausführlich Bescheid zu wissen. Aus ihren Erzählungen erhielt er Informationen über die beiden anderen Persönlichkeiten, und er versuchte sich, so neutral wie nur möglich, über diese zu äußern. Er konnte nur Hypothesen aufstellen und diese auf ihre Richtigkeit überprüfen. Nicht selten kam es allerdings vor, dass er seine, für sich selbst formulierten Aussagen revidieren musste. Das hing damit zusammen, dass Hannas Ausführungen oftmals sehr emotional waren und er sich dadurch, manchmal zu leicht, in eine Richtung lenken ließ.

Otto hatte das Verlangen, dieses Thema auch mit anderen Menschen, außer mit Hanna, zu diskutieren, weil ihn die Meinung anderer dazu sehr interessierte. Wie würden sich seine Freunde in Pauls Situation verhalten? Welche Reaktionen würde Hannas Erscheinen bei den einfachen Bewohnern von Steinbach hervorrufen? Wie würden Männer auf Akademikerniveau reagieren, wenn ihre totgeglaubte Frau plötzlich wieder auftauchen sollte und sie bereits eine neue Beziehung eingegangen waren? Gibt es diesbezüglich einen Unterschied zwischen Akademikern und Nicht-Akademikern oder ist es eine Sache der Persönlichkeit? Wovon hängt das Verhalten der betroffenen Männer ab? Diese und andere Fragen gingen Otto ständig durch den Kopf, und er beschloss, sie bei der nächsten Stammtischrunde den Männern zu stellen. Hanna war über diesen Vorschlag begeistert und äußerte den Wunsch, daran teilnehmen zu wollen. Otto aber winkte mit dem Argument ab, dass dazu ausschließlich Männer eingeladen wären und sie hier, obwohl es ihre ganz persönliche Situation war, völlig fehl am Platz wäre und von den anwesenden Herren sicher nicht akzeptiert werden würde. Sie erfuhr, dass an dieser wöchentlichen Stammtischrunde Herren aus verschiedenen Alters- und Berufsgruppen teilnahmen, bei der das gesellige Beisammensein sowie politische oder philosophische Diskussionen im Mittelpunkt standen. Gespannt wartete sie auf nächsten Mittwoch, an dessen Abend sich einige Männer aus Steinbach und Umgebung im Gasthaus „Zur alten Eiche“ trafen und über dieses Thema diskutieren wollten. Otto war neugierig auf die bestimmt sehr kontroversen Äußerungen zu diesem, nicht ganz üblichen Beziehungsdrama.

Manchmal braucht man die Gedanken anderer, um auf andere Gedanken zu kommen.

Mittwoch, knapp vor 19 Uhr. Otto betrat das Gasthaus „Zur alten Eiche“ und nahm am reservierten Stammtisch Platz, an dem sich bereits sieben Männer aus dem Dorf angeregt unterhielten. Nach und nach trudelten weitere Stammgäste ein, die von den Anwesenden freundlich begrüßt wurden. Es wurde geraucht, Wein oder Bier getrunken und über dies und das diskutiert, als sich Otto plötzlich lautstark bemerkbar machte, indem er mit einem kleinen Löffel mehrmals hintereinander an sein Glas schlug. „Meine Herren, ich möchte mit euch heute über ein Thema sprechen, das mich seit einigen Tagen sehr beschäftigt und wozu ich eure Meinung kennen möchte. Es handelt sich um ein sehr spezielles Beziehungsdrama zwischen drei Menschen.“ Otto hielt kurz inne und blickte neugierig in die Männerrunde. „Ja, ihr habt richtig gehört. Es handelt sich um drei und nicht um zwei Menschen“, fügte Otto hinzu. Es wurde still in der Runde, und man wartete gespannt auf seine weiteren Ausführungen.

„Eine totgeglaubte Frau taucht nach zirka sechs Jahren plötzlich wieder in ihrer Heimat auf und sucht ihren Ehemann, mit dem sie über 30 Jahre lang verheiratet war. Als sie diesen nach längerer, sehr mühsamer Suche endlich fand, musste sie feststellen, dass dieser seit einigen Jahren mit einer anderen Frau liiert ist und mit dieser zusammenlebt. Sie wollte nach ihrer Gefangenschaft im Ausland, aus der sie erst nach sechs Jahren entkommen konnte, zurück zu ihrem Ehemann und mit diesem die eheliche Beziehung weiterführen. Was sagt ihr dazu? Wie wird sich die Beziehung zwischen den drei Personen weiterentwickeln?" Noch ehe Otto die letzte Frage gestellt hatte, folgten schon weitere Fragen aus der Männerrunde, welche lauteten:

„Eine wahre Geschichte?"

„Wer ist diese Frau? Kennen wir diese? Ist sie aus unserem Ort?"

„Wer ist der Mann? Ist er aus Steinbach?"

„Wie alt ist seine neue Frau? Wie schaut die neue Frau aus?"

Otto war hoch erfreut über das Interesse an diesem Thema, musste aber vorerst für Ordnung in der Diskussionsrunde sorgen und stellte dann folgendes fest.

„Ob es sich hierbei um eine wahre oder erfundene Geschichte handelt, ist nebensächlich. Die Frage, ob euch die beteiligten Personen bekannt sind oder nicht, und ob sie in diesem Ort wohnen oder nicht, ist für diese Diskussion ebenfalls völlig irrelevant. Zum leichteren Verständnis und für unsere Diskussion möchte ich den drei Personen Namen geben. Das Ehepaar heißt Hanna und Paul, die neue Frau nennen wir hier in dieser Runde Dagmar. Und eines darf ich noch hinzufügen, nämlich, dass die Eheleute um die 55 Jahre alt sind und die neue Frau um die 30 Jahre alt ist."

„Dreißig! Na, dann ist eh alles klar!", meinte Sepp, ein junger Bursche aus dem Gastgewerbe, „dann würde ich an Pauls Stelle sicher bei der jüngeren Frau bleiben. Junges Blut ist wesentlich interessanter." Manch einer schmunzelte und dachte vielleicht ähnlich wie Sepp.

Otto unterbrach Sepp und kam zu dem Entschluss, der Stammtischrunde eine ganz konkrete Frage zu stellen, nämlich:

„Wie würdet ihr an Pauls Stelle reagieren, wenn plötzlich seine totgeglaubte Ehefrau wieder in sein Leben zurückkehren würde und er bereits in einer neuen Beziehung lebt?"

Otto erteilte das Wort an Herrn Mühlbauer, der links neben ihm saß und gleich folgende Wortmeldung machte. „Ich würde mich als Paul sehr freuen, wenn meine Ehefrau wieder zurückkäme, vor allem dann, wenn diese Beziehung bereits seit über 30 Jahren bestanden hatte und – abgesehen von einigen Höhen und Tiefen, was in einer gut gehenden Ehe absolut normal ist – harmonisch funktionierte. In 30 Jahren kennt man mit ziemlicher Wahrscheinlichkeit alle Stärken und Schwächen des Partners, und man wird darauf entsprechend zu reagieren wissen. Beziehungsarbeit ist eine harte, sehr zeitintensive, jedoch schöne Arbeit."

„Eine neue Beziehung hat aber etwas Spannendes, Erotisches an sich. Es ist doch schön, wenn man im fortgeschrittenen Alter nochmals eine neue Beziehung eingehen kann", warf ein junger Mann, der neben Herrn Mühlbacher saß, ein.

„Erotik hin oder her. Die Frage ist, ob Paul, der seit ... seit wie viel Jahren lebt er schon mit der jungen Frau zusammen?" „Seit 5 Jahren", informierte Otto die Runde und erteilte Herrn Mag. Bauer das Wort.

„Hört mal genau zu! Otto möchte von uns wissen, ob wir uns in Pauls Situation von Dagmar trennen oder trotz Hannas Rückkehr bei dieser jungen Freundin bleiben würden," versuchte der gebildete Herr mit hellblauem Hemd der Runde klar zu machen und fuhr fort: „Ich denke, Paul hat Hanna gegenüber eine moralische Verpflichtung und Dagmar müsste verstehen, wenn sich Paul von ihr trennen und mit Hanna seine aufrechte Ehe fortsetzen würde."

„Was heißt hier Moral? Ich würde Paul raten, sich weder für die eine noch gegen die andere zu entscheiden. Warum nicht einfach parallel fahren? Mit einem gut strukturierten Tages- bzw. Wochenplan lässt sich das bestimmt mit beiden gut vereinbaren." Der junge Mann lächelte verschmitzt. Diese Aussage löste nicht nur Staunen, sondern auch ein gewisses Raunen in der Runde aus. Otto war überrascht und hatte sich von einem Ortsansässigen solch eine Meinung nicht erwartet. Beim Blick in die Runde schloss er nicht aus, dass nicht auch andere Herren diese Meinung teilten.

„Das ist wieder typisch für dich, Manfred! Nur weil du schon seit Jahren neben deiner Ehefrau eine Freundin hast und du noch dazu das Glück hast, dass deine Frau von deinem Seitensprung nichts weiß, weil du ständig beruflich im Ausland bist und dort Highlife machen kannst“, kam die prompte Erklärung von einem Wissenden, und alle anwesenden Herren wurden mit einem Schlag über Manfreds Doppelleben in Kenntnis gesetzt. Dieser war nun sichtlich irritiert und nicht minder überrascht, dass sein unmoralisches Verhalten im Ort bereits bekannt war. Reflexartig legte er beide Hände an seine Ohren, als wollte er nichts mehr darüber hören. Er fühlte sich ertappt und hoffte insgeheim, dass dieses Verhältnis doch noch einige Zeit geheim bleiben würde.

„Nein, parallel zu fahren macht auf Dauer keinen Sinn. Man braucht eine Lösung, eine Lösung, die für alle drei Beteiligten zufriedenstellend ist“, meinte ein psychologisch versierter Stammgast, der wieder zum Nachdenken über dieses Fallbeispiel einlud.

„Ja, aber das wird man nicht erreichen, denn eine von beiden wird auf jeden Fall ausscheiden müssen, dies aber bestimmt nicht wollen. Keine Frau will verlieren und abgeschoben werden. Das ist doch ganz klar!“, gab Herr Münzler zu bedenken.

„Wie sieht diese Situation rechtlich für Paul aus, Walter?“

Walter Meyer war Rechtsanwalt und seine Meinung dazu lautete:

„Die erste Frage ist, ob Paul noch in einem aufrechten Eheverhältnis gestanden war. Wenn Hanna aus juridischer Sicht für tot erklärt wurde, obwohl ihre Leiche nicht gefunden wurde, aber man überzeugt davon war, dass sie nicht mehr lebte, wäre die Ehe zwischen den beiden Menschen aufgelöst. Somit hat der verbliebene Ehepartner, der Witwer/die Witwe, juridisch betrachtet, das Recht, eine neue Beziehung einzugehen. Wäre in so einem Fall die Auflösung der Ehe nicht rechtskräftig, würde der zurückgebliebene Partner theoretisch bis zu seinem Lebensende mit jemandem auf dem Papier verheiratet sein, dessen Existenz möglicherweise seit vielen Jahren gar nicht mehr besteht. Das Eingehen einer neuen sexuellen Beziehung würde unter diesen Umständen – rechtlich gesehen – als Ehebruch abgehandelt und daher nicht toleriert werden können. Aber wenn ihr wollt, kann ich mich bis zur nächsten Stammtischrunde noch etwas genauer darüber informieren und im Rechtskodex nachlesen. Wie ihr ja wisst, ist mein Spezialgebiet Arbeitsrecht. In diesem Bereich bin ich einfach unschlagbar."

Alle hörten gespannt zu und einige nickten.

„Es spricht nichts dagegen, dass Paul nach kurzer Zeit eine neue Beziehung eingegangen ist. Vielleicht kann er – so wie ich auch – nicht lang ohne Frau sein? Aber als Hanna eines Tages zurückkam, hat sich die Situation ganz plötzlich geändert." Herr Lindner wurde vor einigen Jahren Witwer und lernte sehr schnell nach dem Tod seiner Frau jemanden kennen, mit der er bereits über drei Jahre zusammenlebte.

„Es ist mit Sicherheit nicht einfach für Paul, wo er sich bestimmt schon an die neue Beziehung mit Dagmar gewöhnt hat. Immerhin leben sie seit über 5 Jahren zusammen, und das ist schon eine lange Zeit."

„Aber 30 Jahre Ehe sind länger, und wenn man schon das Glück hat, mit jemandem 30 Jahre zufrieden – abgesehen von manchen partnerschaftlichen Schwierigkeiten – und in Harmonie zusammenleben zu können, dann sollte man diese Beziehung keinesfalls aufgeben und daher, wie im vorliegenden Fall, unbedingt wieder aufnehmen. Die Beziehung zu einer jungen Frau, die noch dazu um 25 Jahre jünger ist, könnte morgen schon vorbei sein, weil sie sich einen jüngeren Partner gefunden haben könnte. Eine zwanzigjährige Partnerschaft unter Gleichaltrigen ist diesbezüglich sicher besser. Noch dazu, wenn diese mehrere Jahre lang erprobt war", sprach der etwa 70Jährige aus seiner persönlichen Erfahrung.

„Ich würde mich an Pauls Stelle mit beiden Frauen zusammensetzen und die Sache in Ruhe, völlig emotionslos diskutieren", war die Meinung eines sichtlich unerfahrenen, jüngeren Herrn, der jeglichen Streit vermied und als harmoniesüchtig galt.

„Ein Beziehungsproblem kann niemals ohne Emotionen diskutiert werden, noch dazu wo zwei Frauen im Spiel sind. Frauen sind ohnehin immer sehr leicht beleidigt, fühlen sich oft zu wenig von den Männern verstanden und reagieren schnell grundlos überemotional. Ist es nicht so? Ich bezweifle daher, ob ein Gespräch zu dritt hier Sinn machen würde." „Was würdest du dann vorschlagen?", warf Otto ein. „Ich würde mir die Situation in Ruhe überlegen und nichts übereilen. In weiterer Hinsicht würde ich die Beziehung mit Hanna und die mit Dagmar analysieren und meine Gedanken schriftlich niederlegen. Eine Gegenüberstellung der beiden Damen würde bestimmt bei der Entscheidungsfindung helfen."

Herr Dr. Ammerich erntete mit seinem Lösungsansatz von vielen Diskutanten Kritik. Eine Beziehung kann man nicht wie ein firmeninternes Projekt nach bestimmten vorgegebenen Kriterien sachlich analysieren. Eine Beziehung ist mehr ein Projekt, ein gelebtes Projekt mit vielen Emotionen, das Höhen und Tiefen erlebt und das gehegt und gepflegt werden muss. Es muss sich nicht zweimal jährlich einem Qualitätsaudit unterziehen, wie etwa ein Firmenprojekt oder ein Prozess. Der sehr geradlinige, klardenkende, gut gekleidete Herr konnte die Einwände auf seine, ihm sehr logisch erscheinende Erklärung, nicht ganz verstehen, fuhr jedoch unbeirrt in gehobener Umgangssprache fort.

„Aber lassen wir doch die Emotionen aus dem Spiel draußen und seien wir rational!", versuchte sich Herr Dr. Karl Ammerich zu rechtfertigen und fügte hinzu, dass man bei solchen Entscheidungen einen kühlen Kopf bewahren sollte, bei denen in letzter Instanz doch immer der Bauch die Entscheidung trifft.

Was andere von mir denken, ist ihre Wahl.
Was ich von mir selbst denke,
ist meine Wahl.

„Schaltet doch Kopf und Herz ein, den Kopf zuerst und dann das Herz, und lasst euch in solchen Fällen nicht von der Meinung anderer beeinflussen und irritieren. Es handelt sich hier um die Beziehung von Paul und keiner von uns weiß, wie es ihm in der Ehe mit Hanna, vor ihrem Verschwinden, erging. Vielleicht war er unter Druck in dieser Beziehung und fühlte sich gar befreit, als seine Frau für tot erklärt wurde?" Plötzlich wurde es ganz still in der Runde. „Möglicherweise hatte er schon länger, also noch während aufrechter Ehe den Gedanken an eine Scheidung gehegt? Vielleicht hätte er sich gerne scheiden lassen wollen, schaffte dies aus moralischen Gründen nicht, oder er hatte Angst vor einer schlechten Nachrede in seinem Wohnort. Wer weiß, vielleicht war die Ehe zwischen den beiden doch nicht so gut, wie sie nach außen hin wirkte? Vielleicht liebte der eine mehr als der andere? Vielleicht war die Ehe für Hanna in Ordnung und sogar perfekt, für Paul sogar eine Qual, und er blieb nur aus Bequemlichkeit, weil er zuhause ein Essen bekam und nicht alleine sein wollte." Manche schmunzelten, hörten jedoch gebannt zu.

„Alles ist möglich. Uns sind weder Details über Paul noch seine Gefühle gegenüber Hanna bekannt, oder weißt du mehr darüber, Otto?" Otto schüttelte den Kopf. Er war fasziniert von Karls Monolog und gab ihm Recht. Er kannte Paul weder persönlich noch seine wahren Gefühle für Hanna. Als Außenstehender hat man kaum Einblick in Beziehungen zwischen einem Mann und einer Frau. Tarnen, täuschen, verschleiern – wie viele Beziehungen laufen nach Schema F ab?

„Nun gut, ich möchte von euch ein paar Ratschläge hören, die Paul in seiner Situation weiterhelfen könnten. Geht davon aus, dass es sich um keinen entscheidungsfreudigen Menschen handelt, der dankbar für Hilfestellungen und wertvolle Tipps ist." Otto forderte die Männerrunde mit diesen Worten noch einmal auf, sich in die Rolle von Paul hineinzuversetzen und sammelte dessen Vorschläge.

„Er soll sich Zeit lassen und nichts übereilen."

„Wenn ich Paul wäre, würde ich sofort zu Hanna zurückkehren. Das hat aber sicher damit zu tun, dass ich meine Frau bei einem Autounfall verloren habe und überglücklich wäre, sie wieder in meiner Nähe zu haben."

„Zumindest für einige Wochen noch ‚parallel fahren', um dann leichter eine Entscheidung treffen zu können. Das bringt Zeit zum Nachdenken."

„Paul soll zu seiner Frau zurückgehen und die Beziehung mit Dagmar als erlaubten und sogar legitimen Seitensprung sehen. Er hatte somit neben seiner Ehe bzw. in der Zeit, in der seine Frau verschollen war, die Möglichkeit gehabt, Erfahrungen mit einer anderen, in dem Fall sogar mit einer jüngeren Frau, sammeln zu können. Jetzt rate ich ihm, auf jeden Fall zurück zu dieser Frau zu gehen, zu der er vor über 30 Jahren ‚Ja' gesagt hat. Und wenn Dagmar empathisch ist, wird sie Pauls Verhalten verstehen. Dass hier Emotionen und bestimmt Tränen fließen werden, ist klar und wird bestimmt so sein."

„Vielleicht erfährt Paul, aufgrund dieser Situation, mehr über Dagmars Charakter und weiß den seiner angetrauten Frau umso mehr zu schätzen. In Problemsituation zeigt sich bekanntlich oft der wahre Charakter." „Da hast du wirklich Recht. Das ist ein ganz guter Ansatz. Was Paul hier außerdem noch bewusst wahrnehmen sollte, ist Hannas tiefe Liebe und Zuneigung zu ihm. Das alleine ist schon etwas ganz Besonderes und sollte von Paul entsprechend wertgeschätzt werden. Nach einer langen Ehe noch immer so eine tiefe Liebe von seiner langjährigen Partnerin erfahren zu dürfen, ist fast einzigartig."

Das Schicksal zeigt dir manchmal nur die Wege, die du gehen kannst, und nicht die, die du gerne gehen möchtest.

Otto hörte aufmerksam zu und freute sich über das rege Interesse seiner Freunde und Bekannten an diesem Thema, obwohl Beziehungsdramen bzw. Dreiecksbeziehungen keine Seltenheit in diesen Zeiten sind. Was er aber vermisste, war ein ganz entscheidender Gedanke, den niemand in irgendeiner Form zur Sprache gebracht hatte. Vielleicht waren die Männer zu jung dafür? Haben ihre Väter oder Mütter, ihre Großväter oder Großmütter nicht über ihre Beziehungen erzählt? Ähnliche Situationen gab es immer schon, besonders gehäuft in Ausnahmesituationen. Ottos Mutter hätte noch vor wenigen Jahren ausführlich darüber berichten können, aus ihrer eigenen Erfahrung. Jetzt lebte sie bereits in einer anderen, einer neuen Welt und vieles aus früheren Zeiten war wie weggeblasen für sie.

„Meine Herren", unterbrach Otto laut und deutlich die Stammtischrunde, sodass sogar der Kellner kurz aufhorchte. „Stellen Sie sich vor, Sie sind verheiratet, müssen in den Krieg ziehen und daher ihre Ehefrau verlassen. Nach schweren Jahren des Kampfes, der Ängste und Gefahren kehren Sie ziemlich mitgenommen zurück zu ihrer Frau, die sie dann mit einem anderen Mann liiert vorfinden."

Es wurde kurzfristig still in der Runde, als das Wort „Krieg“ fiel. Otto hatte die Männer zum Nachdenken gebracht und in eine andere Denkrichtung gelenkt. „Hat niemand von euch solch ein Szenario in der Familie nach dem 2. Weltkrieg erlebt?“ fragte Otto die Anwesenden. Es meldete sich niemand zu Wort. Manche Gesichter wirkten starr und wie eingefroren. „In unserem Fall kam nicht ein Mann, sondern eine Frau zurück. Allerdings nicht aus dem Krieg, aber es zeigt sich ein ähnliches Szenario. Seht ihr hier gewisse Parallelen?“ Einige Männer nickten und zeigten sich betroffen. „Könnt ihr euch nun besser in das Schicksal von Hanna hineindenken?“ „Es muss schrecklich für diese Frau sein, ich kann es nachvollziehen, wie es ihr geht.“

„Manfred, würdest du einer Frau auch dann raten, parallel zu fahren, wenn du der Heimkehrer wärst und deine Frau bereits eine neue Beziehung eingegangen wäre?“ Manfred fühlte sich richtig ertappt von Otto und schien plötzlich die Beziehungsgeschichte mit seinen zwei Frauen zu hinterfragen.

Aus den weiteren Wortmeldungen hörte man heraus, dass viele großes Mitleid mit Hanna hatten, und ihr das Recht, mit Paul nach wie vor verheiratet zu sein, zusprachen.

„Hanna soll Dagmar einfach rausschmeißen! Sie hat jetzt kein Recht mehr, mit Paul zusammenzuleben.“

„Du kannst doch nicht einfach eine Person rauswerfen! Glaubst du denn, dass das das Problem löst? So einfach ist das auch wieder nicht. Hier geht es um viel mehr. Nicht um Macht, nicht darum, wer hier der Stärkere ist, sondern um Gefühle", versuchte der Psychologe den Vorredner aufzuklären.

„Noch einmal, würde meine Frau zurückkommen und ich wäre bereits in einer Partnerschaft, wäre es für mich sonnenklar, meine Frau zurückzunehmen und meine Interimspartnerin darüber aufzuklären", warf Herr Mühlbacher ein, der seine Frau, mit der er eine wunderbare Ehe geführt hatte, vor einigen Jahren bei einem Autounfall verloren hatte und sie weiterhin in seinem Herzen trug.

„Was man hier aber auch berücksichtigen muss, ist die Gewöhnung an einen Menschen – in dem Fall die Gewöhnung Pauls an Dagmar sowie deren mögliche Entfremdung von Hanna. Die Beziehung zu einem Menschen, den man jahrelange nicht gesehen hat, bekommt zumeist eine andere Qualität. Entweder sie hält der Trennung stand und wird sogar besser – auch das kommt vor – oder es tritt eine Art Entfremdung in der Liebe und Zuneigung ein. Es muss also nicht unbedingt ein Krieg oder ein furchtbares Schicksal sein, das Menschen voneinander trennt und gefühlsmäßig entfernt. Wie viele Männer kommen aus dem Ausland hierher, da sie in Österreich besser verdienen, um ihre zurückgelassene Familie erhalten zu können. Es ist schon hart genug, in einem fremden Land alleine Fuß zu fassen. Versucht euch doch mal einzufühlen in diese Männer." Richard Kamper ist Lebens- und Sozialberater und wusste, wovon er sprach. Die Anwesenden reagierten interessiert und durchaus verständnisvoll.

„Du hast Recht, Richard, wenn man die Sache von dieser Seite betrachtet, versteht man Paul gleich besser. Otto, glaubst du, dass Paul für Hanna fremd geworden ist?“

„Hanna sah nur Paul und das Einzige, was sie sich aus ganzem Herzen wünschte, war, wieder mit Paul zusammenzuleben zu können – wie vor sechs Jahren. Nur darauf war sie fokussiert, für alles andere hatte sie keinen Kopf und vergeudete daher keinerlei Gedanken. Für sie hatte sich in der emotionalen Liebe zu Paul nichts geändert. Sie trug ihn auch in der Zeit der Trennung im Herzen, was ihr viel Kraft in den vergangenen Monaten und Jahren gegeben hatte. Während Hannas jahrelanges Ziel war, wieder in ihre Heimat zu ihrem Mann zurückzukehren, machte sich Paul nach einer kurzen Trauerphase auf die Suche nach einer neuen Lebensgefährtin. Pauls Einstellung zu Hanna war aus diesem Grund anders, zumal sie für ihn seit sechs Jahren tot war, und er sich bereits an eine andere Frau gewöhnt hatte“, gab Otto zu verstehen.

„Und was ist mit Dagmar, wie steht ihr zu ihr?“, wollte Otto wissen, der bemerkte, dass die Einstellung der Männer unglaublich stark von ihren eigenen Erfahrungen abhing. „Außerdem wird man so eine Situation erst dann wirklich verstehen und einen vernünftigen Rat geben können, wenn man selbst ähnliche Erfahrungen gemacht hat. Sich in andere Menschen hineinzuversetzen, fällt Männern wahrscheinlich etwas schwerer als Frauen, oder es ist ihnen zu mühsam, sich Gedanken darüber zu machen“, so Ottos Überlegungen.

„Dagmar, naja! Warmhalten und nicht zu sehr verärgern“, kam aus der Runde.

„Die Frage ist, ob sie eine Notlösung war oder sie Paul tatsächlich liebt? Wir werden es wohl kaum erfahren, oder?“, waren Karls Worte, der die Sache sehr rational betrachtete.

„Paul hatte Dagmar versprochen, sie zu heiraten. Mehr weiß ich auch nicht, Karl“, gab Otto zu bedenken.

„In diesem Fall gibt es einen Gewinner und einen Verlierer. Es ist keine Win-Win-Situation. Leider nicht. Ich möchte nicht in der Haut von Paul stecken“, bekundete Karl, und man hörte auch andere aus der Runde sagen:

„Ich auch nicht ...“

„... auch nicht ...“

„Abschließend kann man sagen, dass im vorliegenden Beispiel weniger rational vorgegangen werden soll, sondern eher emotional. Sind wir damit einer Meinung?“ Otto erntete Zuspruch bzw. klares Kopfnicken.

Es war 21 Uhr, und niemand wollte sich mehr zu diesem Thema äußern, an dem wirklich jeder, Interesse gezeigt hatte. Otto war zufrieden mit der Diskussion, bedankte sich für die aufschlussreichen Wortmeldungen und wurde plötzlich stumm, als die Tür aufging. Es war Herr Paul Mandl, der völlig unerwartet eintrat.

Das Bild in der Zeitung

Die Kirchenuhr schlug dreimal. Es war 15 Uhr, und Hanna beendete gerade ihre fünfte Massage. Es machte ihr Spaß, Menschen mit unterschiedlichen Leiden helfen zu können, und sie verspürte eine Art innere Befriedigung. Wie froh war sie, wieder im Dienste der Menschheit, nützlich zu sein. Nach Tagen der Desorientierung, an denen sie oft nicht wusste, wie es am nächsten Morgen weitergehen sollte und an denen sie vom Geld anderer, ausschließlich fremder Personen angewiesen war, tat es ihr gut, gebraucht zu werden und Geld zu verdienen. Mit viel Engagement und Freuden bot sie ihre manuellen Dienste an. Intuitiv wusste sie, was ihre Klienten brauchten, was sie selbst immer wieder mit großer Verwunderung feststellte. So kam es vor, dass einer Person, die über heftige Kopfschmerzen klagte, eine ganze Stunde lang ausschließlich die Füße massiert wurden. Ganz sanft und langsam glitten dann ihre langen, dünnen Finger mit kleinen, kreisenden Bewegungen die Fußsohlen auf und ab. Durch diese Berührungen wurden die Energiebahnen der betreffenden Person so stark angeregt bzw. durchblutet, dass diese über ein angenehmes Kribbeln sprachen, welches sich von den Füßen bis zum Kopf ausbreitete und den Patienten und Patientinnen vollkommenes Wohlbefinden verschaffte. Mit jeder Kreisbewegung konnte sie – zum Staunen der zu Behandelnden – den Schmerz im Kopf mehr und mehr lindern, bis dieser plötzlich vollkommen verschwunden war. Selbiges erlebte Hanna bei Menschen mit Rücken-, Knie- und Bauchschmerzen. Sogar bei Schlafstörungen wusste Hanna, wie und wo sie ihre Hände einzusetzen hatte, damit der gewünschte Heilungserfolg nicht allzu lang auf sich warten ließ. Was bei diesen Behandlungen im Körper der Klienten passierte, wusste sie selbst nicht. Der Großteil der Patienten war so angetan von Hannas Methode und noch mehr von ihren wunderbaren Händen, die sogar, kurz vor der Erstberührung, wohltuende Wärme ausstrahlten, als würden sie bereits auf dem Körper liegen. Überglücklich über den Behandlungserfolg verabschiedeten sie sich von Hanna, nicht, ohne vorher einen weiteren Termin mit ihr vereinbart zu haben.

Wenig erstaunlich war daher, dass sich Hanna in Kürze einen relativ großen Kundenstock im Ort und in der Umgebung aufgebaut hatte. Sie war sehr begehrt bei ihrer Klientel. Otto gab dafür nur den Erstimpuls, dann nahm ihr Geschäft dank starker Mundpropaganda seinen Lauf. Natürlich wurde Hanna immer wieder über ihre Herkunft gefragt und wo sie diese wunderbare Behandlungsmethode gelernt hatte. Was sollte sie nur sagen? Diese Fragen waren ihr eher unangenehm, und sie versuchte gekonnt davon abzulenken. Sie hielt sich so gut es ging, bedeckt, und erzählte nur das Notwendigste. Sie wollte nicht lügen, war aber noch nicht bereit für die ganze Wahrheit. Es reichte zumeist, wenn die Leute wussten, dass sie einige Jahre als Masseurin in Thailand gearbeitet hatte. Thailand war für die meisten Menschen ein dankbares Stichwort. Die einen würden dort gerne Urlaub machen, die andern waren bereits dort und erzählten von ihrer wunderbaren Urlaubszeit in diesem Land. Sie kamen sogar ins Schwärmen, wenn sie von der einheimischen Küche mit Curry, Koriander, Kokosmilch und dergleichen sprachen. Und wenn dann Hanna von den kilometerlangen, teilweise menschenleeren Stränden mit weißem Sand, dem glitzernden, blaugrünen Meerwasser und dem angenehmen Salzgeruch berichtete, versanken viele sogleich in einer anderen Welt, in eine Welt der Entspannung. Es verstand sich, dass ihre Kunden lediglich den touristischen Teil Thailands kannten. Doch fernab vom ganzen Trubel gibt es einiges, dass Europäern gänzlich fremd ist. Hanna aber nicht. Sie lernte auch diese Seiten des Landes kennen und setzte ihr Wissen darüber gekonnt als Ablenkungsmanöver ein.

Am liebsten konzentrierte sie sich voll und ganz auf ihre Körperarbeit. Oftmals wurde sie von ihren Klienten nach der Behandlung auf eine Tasse Kaffee oder sogar ein warmes Essen eingeladen. Das nahm sie mit Freuden an, obwohl sich jedes Mal ein dumpfes Gefühl in ihrem Magen breit machte. Sie hatte einfach Angst, mit unangenehmen Fragen ihre Person betreffend, durchlöchert zu werden. Auf der anderen Seite freute sie sich über das Interesse der Dorfbewohner an ihrer Person und ihren Behandlungsmethoden. Vermutlich würde sie selbst genauso neugierig reagieren und fand daher nichts Schlechtes daran. Sie musste einfach lernen, sich abzugrenzen. Es war ihr noch nicht möglich, über ihre Vergangenheit in Thailand zu sprechen, und manchmal fragte sie sich, ob sie jemals so weit sein würde, dies zu tun. Diese Vergangenheit kam ihr wie ein Schatten vor, der sie ständig begleitete, obwohl sie auf deren Begleitung keinerlei Wert legte. Rational betrachtet, machte es weder Sinn, vor der eigenen Vergangenheit davonzulaufen, noch, die Augen davor zu verschließen. Hanna war noch lange nicht in der Lage, leicht und ohne Probleme über die vergangenen fünf bzw. sechs Jahre zu sprechen.

Es war ihre letzte Behandlung für heute und diese bekam eine langjährige Bekannte von ihr, eine ehemalige Kollegin, die nach Steinbach übersiedelt war und die sie hier wieder getroffen hatte. Die Freude über die Wiederbegegnung nach vielen Jahren war für beide groß, und nach jeder Massage wurde immer ausgiebig über die schönen gemeinsamen Zeiten geplaudert. Heute war es die dritte Behandlung, die Monika aufgrund von schrecklichen Kreuzschmerzen bei Hanna in Anspruch genommen hatte. Erfreulicherweise stellte sich schon nach der zweiten Konsultation ein sichtbarer Erfolg ein, zur Freude beider.

Während Hanna gemütlich, gemeinsam mit Monika bei Kaffee und Kuchen saß, arbeitete Paul eifrig zuhause in seiner Küche. Er wollte Dagmar mit einem Schokoladekuchen überraschen, den er bereits mehrmals fabriziert hatte. Sah man von der etwas ungleichmäßigen Form, die eher einem Ei als einem Zylinder glich und der klecksartig aufgetragenen Schokoglasur ab, war die Torte äußerst gelungen. Geschmacklich war sie jedes Mal hervorragend, was kein Wunde, bei den guten Zutaten, war.

Und Dagmar, womit war sie gerade beschäftigt? Sie war zurzeit furchtbar erregt und fuhr mit blutroter Miene, die röter nicht sein hätte können, nach Hause. Sie hatte es sehr eilig und wollte so schnell wie nur möglich zuhause sein.

Das „Lächeln des Siegers" hilft die positive Lebenseinstellung zu verstärken und sich stark und sicher zu fühlen.

Und Otto? Otto machte mit seiner Mutter, der es aufgrund der regelmäßigen Massagen von Hanna gesundheitlich wieder deutlich besser ging, einen Ausflug ins Grüne. Die Blätter der Bäume waren zwar aufgrund der Jahreszeit nicht mehr grün, sondern hatten bereits begonnen, sich rot, gelb und teilweise sogar schon bräunlich zu färben. Es war eine herbstliche Farbenpracht, an der sich nicht nur Otto, sondern auch seine Mutter kaum satt sehen konnte. Im Lichte, der nicht mehr so kräftigen Sonnenstrahlen, wirkten die Blätter wie gemalt und beide genossen diesen wunderschönen Spätsommertag und die herrliche Luft.

Mittlerweile war Dagmar in der Seidengasse 9 angelangt, und Pauls Schokoladenkuchen wurde gerade aus dem Backrohr herausgeholt. Es roch herrlich nach diesem frisch gebackenen Kuchen und man hatte Lust, sich gleich über die köstliche Backware her zu machen.

Dagmar stürmte herein, Paul lächelte stolz über das ganze Gesicht mit dem selbst gebackenen Schokoladenkuchen in seinen Händen. Was für eine süße Überraschung für Dagmar! Dagmar hatte ebenfalls eine Überraschung. Sie kam mit einer Zeitschrift in der Hand nach Hause und hielt diese wie eine gefährliche Waffe, als würde sie Paul damit attackieren wollen. Mit zornigem

Gesichtsausdruck knallte sie wutentbrannt die „Steinbacher Wochenzeitung" auf den Esstisch. Um ein Haar wäre dabei der Schokoladenkuchen ruiniert worden. Paul konnte ihn gerade noch vor der aufgebrachten Dagmar retten, nicht wissend, was sie so in Rage gebracht haben konnte. Sie erwartete von Paul eine Erklärung.

„Da, hier, diese Frau, deine Frau, sie ist wieder da! Hast du sie hier versteckt? Wo ist sie jetzt?" schrie Dagmar ihren Paul vorwurfsvoll und mit eiskalter Mine an. Pauls Stimmung änderte sich mit einem Schlag. War er doch ganz und gar nicht vorbereitet auf diese Nachricht. Dagmar erfuhr darüber zu früh. Hanna hatte ihn bei ihrem letzten gemeinsamen Treffen noch davor gewarnt. Er, aber, schien sich darum nicht gekümmert zu haben und hatte somit einen gewaltigen Erklärungsnotstand.

„Woher weißt du, dass Hanna wieder unter den Lebenden ist?", fragte Paul neugierig, um Zeit zum Nachdenken gewinnen zu können. „Hier in der lokalen Wochenzeitung! Lies den Artikel über deine Hanna, die als großartige Frau mit ‚heilenden Händen' beschrieben wird und bereits seit einigen Wochen in Steinbach wohnen und arbeiten soll." Dagmar nahm die Zeitung in die Hand und schlug damit nochmals kräftig und erzürnt auf den Tisch. Ein Kaffeelöffel fiel dabei zu Boden, den Paul nach seiner Kaffeejause am Tisch liegen gelassen hatte. Paul bückte sich nicht nach dem Löffel, sondern griff zögerlich zur Zeitung und suchte mit leicht zittrigen Händen nach dem Artikel. Er blätterte und blätterte, bis ihm auf Seite 10 ein Foto von Hanna entgegensprang. Dagmar klopfte währenddessen ungeduldig mit ihren langen Fingernägeln auf den Esstisch und verhielt sich eine kurze Weile abwartend. Es war ein aktuelles Foto von Hanna und man sah sie in der Bluse abgebildet, die sie am häufigsten anhatte, wenn er sie besuchte. Unruhig und mit pochendem Herz überflog er den halbseitigen Artikel über Hanna, die tatsächlich als Unbekannte mit heilenden Händen verehrt wurde. Paul waren deren manuelle Fähigkeiten unbekannt, und er schien sehr überrascht.

„Hanna Mandl ist wieder unter uns. Sie kam gesund und mit vielen Erfahrungen als Wunderheilerin zurück aus Thailand“, stand in der Zeitung mit Kleinformat, und Paul war sofort mit der Frage beschäftigt, wer diesen Artikel verfasst und hineinstellen konnte. Eine völlig unwichtige Frage. Aber wie konnte er sich jetzt aus dieser Situation herausmanövrieren?

„Wo ist sie jetzt?“, fragte Dagmar ungeduldig Paul, der interessiert andere Artikel in dieser Zeitung zu lesen schien, um nicht Dagmar in die Augen sehen zu müssen, die mit grimmiger Miene auf eine Erklärung wartete. Paul aber blieb still und las scheinbar unbeirrt die Zeitung weiter.

„Du kannst mir nicht weiß machen, dass du nicht wusstest, dass deine Frau hier lebt! Und das offensichtlich schon seit einigen Monaten, oder?“ Dagmar riss Paul die Zeitung aus der Hand und verlangte nach einer sofortigen Antwort. Das Temperament ging mit ihr durch, und Paul rang kurzfristig nach Luft. „Nein, nicht seit Monaten ...“, sprudelte er unüberlegt heraus. „Ah, du weißt also doch, dass sie hier herumstreicht!“, rief sie mit weit geöffneten Augen, als würde sie Paul vor Wut verschlingen wollen. Er rang nach Worten. Es fiel ihm unglaublich schwer, Dagmar die Situation zu erklären.

„Bitte, beruhige dich, Liebes!“, meinte er beruhigend, aber ohne erwünschten Erfolg.

„Ich kann und will mich jetzt nicht beruhigen, solange du mir nicht sagst, wo sie ist. Also los, wo hast du sie versteckt?“, warf sie ein und klopfte weiter auf den Holztisch.

„Ich habe sie nicht versteckt. Ich weiß es selbst erst seit kurzem und kann es noch immer nicht glauben, dass sie wieder unter den Lebenden ist“, äußerte sich Paul vorsichtig, aber etwas unsicher. Er fühlte sich sehr unwohl. Aber da musste er nun durch. Er wusste, dass der Zeitpunkt kommen würde, wo Dagmar über Hanna erfahren würde. Er hatte es sehr wohl erwartet, allerdings nicht so früh, und aus diesem Grund war er nicht darauf vorbereitet. Sein Puls wurde stärker, seine Hände begannen zu schwitzen, und der Mund wurde trocken. Ein paar Schweißperlen standen ihm auf seiner Stirn. Er versuchte sich zu sammeln und nach außen hin ruhig und gelassen zu wirken. War er doch routiniert in diesem Verhalten, das ihm früher beruflich sehr geholfen hatte.

„Gehst du jetzt wieder zurück zu ihr? Und was ist mit uns? Du hast mir die ewige Liebe geschworen und wolltest mich sogar heiraten. Ich habe mich immer um dich gekümmert, dir geholfen, als es dir so schlecht ging. Ich habe dich mit köstlichen Gerichten, deinen Lieblingsspeisen verwöhnt. Alles habe ich für dich gemacht, alles, alles.“ Dagmars Gesichtsausdruck und Ton änderten sich, und sie begann laut zu weinen. Sie schluchzte und dachte nebenbei laut. Sie liebte Paul über alles und wollte ihn nicht verlieren. Er, jedoch, hatte sich bislang noch nicht einmal zu dieser Situation geäußert und sein Vorhaben in dieser Angelegenheit ausgesprochen. Es war ihm selbst noch nicht klar, wie er sich entscheiden sollte. Vielleicht half ihm Dagmar bei der Entscheidungsfindung.

„Sag was, sag endlich was!" bohrte sie bei Paul ungeduldig nach und hüpfte ähnlich einem Rumpelstilzchen mit Tränen in den Augen um ihn herum. Doch dieser machte keine Anstalten, sich dazu zu äußern. Er hatte keine Antwort. Und Dagmar wollte er nicht kränken. Nein, er wollte sie bestimmt nicht kränken, sondern hatte panische Angst, sie zu verlieren.

„Gib mir ihre Telefonnummer, ich ruf sie an und sage ihr, dass du schon morgen zu ihr ziehen wirst", fügte die wütend um sich schlagende Frau hinzu, die ihr Temperament kaum zügeln konnte.

„Aber Dagmar, das kannst du doch nicht machen! So beruhige dich doch! Es ist doch nicht so schlimm!" Paul wachte langsam auf, und das Reden fiel ihm mit einem Mal wieder etwas leichter.

„Nicht so schlimm, sagst du! Das ist nicht schlimm? Vielleicht nicht für dich, weil deine Frau zurückgekommen ist und du sie liebst, noch immer liebst. Ich weiß, du wirst wieder zu ihr zurückgehen. Und auch sie will wieder zurück zu dir. Ist doch so, oder vielleicht nicht?" Dagmar fauchte Paul an, nahm den Stapel Zeitungen der letzten Woche und knallte ihn auf den Boden, sodass dieser übersät mit Papier war. Das machte einen höllischen Lärm, bei dem sogar Dagmar etwas erschreckt zurückprallte.

„Komm, lass uns doch in Ruhe miteinander reden!", versuchte Paul die temperamentvolle Dagmar zu beruhigen. „Da gibt es nichts zu bereden. Ich packe heute noch deine Koffer, und du verlässt morgen mein Haus." Dagmar drehte sich um und verließ reflexartig den Raum, in dem die Luft zum Schneiden war. Die Tür fiel hinter ihr, lautstark, mit einem furchtbaren Knall, ins Schloss. Paul sah erschrocken auf, blieb aber regungslos vor dem Esstisch mit der Zeitung in beiden Händen sitzen. Da saß er nun, der arme Sünder, der nichts dafürkonnte, dass seine Frau wieder aus der Versenkung zurückgekommen war. Außerdem hatte er seine endgültige Entscheidung noch nicht gefällt. Die Entscheidung für Dagmar oder für Hanna. Sie wurde ihm aber jetzt, ziemlich unerwartet, abgenommen, und Paul wusste nicht damit umzugehen. Es wurde eine Entscheidung getroffen, und wie so oft in seinem Leben, nicht von ihm, sondern von den anderen. Dieses Mal von Dagmar.

„Nur wer seinen eigenen Weg geht,
kann von niemandem überholt werden."
Marlon Brando

Paul hatte letzte Nacht schlecht geschlafen und sehr lange gebraucht, um endlich einzuschlafen. Viele Gedanken kreisten in seinem Kopf, und er fragte sich, was Dagmar wohl machen würde. Sie schlief diese Nacht nicht bei ihm, sondern verbrachte sie im kleinen Gästezimmer. Er hörte sie noch sehr lange am Abend rumoren, nicht wissend, welche Aktionen sie setzen werde. Das machte ihn äußerst unruhig und trieb ihn den Schweiß auf die Stirn.

Jäh riss es ihn am Morgen aus dem Schlaf. Sind seine Koffer schon gepackt? Musste er heute wirklich ausziehen? Aber wohin sollte er gehen? Sein Haus in Kirchbergen hatte er vor einigen Jahren verkauft und im Ort kannte er niemanden so gut, dass er dort ein paar Tage wohnen hätte können. Es war ihm unangenehm, doch er fühlte sich nicht schuldig. Es gab ihm einen Stich ins Herz, als er sich abrupt aus dem Bett erheben und die Lage erkunden wollte. Reflexartig legte er seine rechte Hand auf sein Herz und stieß einen leichten Schrei aus. In diesem Moment kam Dagmar bei der Tür hereingestürzt und meinte: „Ach Liebster, was hast du? Soll ich einen Arzt holen?“ Pauls Zustand verbesserte sich in Sekundenschnelle, angesichts Dagmars Verhalten. Sie schien sich nach dem gestrigen Eklat wieder etwas beruhigt zu haben.

„Mein Herz, es sticht so fürchterlich, vielleicht kannst du mich im Brustbereich ein wenig massieren. Du weißt, das hilft immer ganz gut“, antwortete der gut Theater spielende Hypochonder und sah hilfesuchend in Dagmars junges Gesicht, das ihn sorgenvoll anstarrte.

„Ach Paul, du brauchst mich doch, oder? Ich bin immer für dich da, komme, was da wolle!“

„... komme, was da wolle ...“, wiederholte Paul gedanklich und dachte dabei an Hanna, die kürzlich auch diese Worte von sich gab.

Er war zusehends erleichtert. Dagmar hatte seine Koffer nicht gepackt. Grübelnd verbrachte sie die letzte Nacht, nach einer guten Strategie suchend, wie sie Paul nachhaltig an sich binden konnte. Sie wollte ihn nicht an seine

Frau zurückgeben, denn sie wollte ihn besitzen, ja heiraten und besitzen.

Das Gespräch unter Frauen

Das Telefon läutete. Einmal, zweimal, dreimal, viermal, fünfmal, ... Das Läuten hörte nicht auf. Der Anrufer schien sehr hartnäckig zu sein und gab nicht auf. Otto konnte den Anruf nicht beantworten, da er gerade mit seiner pflegebedürftigen Mutter beschäftigt war. Nach etwa einer Viertelstunde ertönte das Telefon erneut, und man könnte glauben, dem Anrufer wäre dieses Gespräch unheimlich wichtig. Otto konnte sich nun von seiner Mutter lösen und ging zum Telefon. Der Anrufer wollte aber nicht ihn sprechen, sondern Hanna. Glücklicherweise hatte diese gerade keinen Massagetermin, sondern war zuhause bei Otto. Sie saß noch beim Frühstück und las entspannt die Tageszeitung. Sogleich eilte sie zum Telefon, nicht wissend, wer nach ihrer Person verlangte. Ein neuer Massagetermin?

Kurz und bündig meldete sie sich mit „Hallo!" und bekam darauf eine Antwort von einer ihr sehr vertrauten Stimme. Es war Paul, ihr Ehemann.

Er wirkte ziemlich aufgeregt und nervös und sprach mit gebrochener Stimme.

„Sie weiß es schon, sie hat es erfahren, sie ...!", flüsterte er fast unverständlich ins Telefon. Hanna konnte ihn akustisch kaum verstehen, und das, was er ihr an Neuigkeit übermitteln wollte, blieb ihr vorerst ein Rätsel. „Dein Bild ist in der Zeitung, und Dagmar hat es gesehen. Sie ist total außer sich", versuchte Paul Hanna zu erklären, die gedanklich noch bei der Tageszeitung war und nicht wusste, von welchem Bild er sprechen könnte. „Welches Bild ist von mir in der Zeitung, und in welcher Zeitung ist ein Bild von mir zu sehen?" Hanna reagierte allerdings ruhig und gelassen auf diese Aussage, und Paul informierte sie über den Artikel in der ‚Steinbacher Wochenzeitung', in der sie als Wunderheilerin, die wieder ins Leben zurückgekehrt war, dargestellt wurde.

„Hast du diesen Artikel hineingegeben oder von jemandem hineinstellen lassen?", fragte Paul seine Ehefrau fast anklagend. Hanna verneinte und betonte, dass sie sich nicht vorstellen konnte, wer diesen Artikel verfasst und an die Zeitung geliefert haben könnte. Paul rief sie nicht nur an, um ihr diese Nachricht mitzuteilen, sondern auch oder eigentlich um sie um Rat zu fragen. Ihre Meinung zu dieser Thematik, um die es seit mehreren Wochen drehte, hatte sich in den letzten Wochen nicht geändert. Für Hanna war nach wie vor völlig klar, dass sie diejenige war, die ein Recht auf Fortsetzung ihrer Ehe mit Paul hatte. Und Dagmar? Sie war seine Gefährtin während Hannas Abwesenheit. Das konnte sie akzeptieren, mehr Toleranz war von ihr zu nicht erwarten.

„Was soll ich ihr sagen? Was soll ich ihr sagen, wo du bist? Sie glaubt, du wärest bei mir im Haus", rief er um Hilfe bittend in das Telefon. „Mein Lieber, du kennst meine Meinung dazu, und ich bin von dieser nicht abgekommen. Diese Sache musst du mit dir selbst lösen, und wenn du sie gelöst hast, dann bin ich voll und ganz für dich da." Hannas Emotionen schienen verschwunden, und sie wirkte auf ihn sehr rational, ja, fast etwas distanziert. Paul war sehr erstaunt. „Aber sie hat mir angedroht, meine Koffer zu packen und mich vor die Tür zu setzen", stöhnte Paul und hoffte auf eine entsprechend empathische Antwort Hannas.

„... hätte sie es doch auch wirklich getan ...", dachte Hanna leise und schmunzelte.

„Bist du noch dran, meine Liebe?" Paul war verunsichert. Er hatte sich eine impulsive Reaktion auf seine Aussage erwartet. Diese blieb aus. Hanna hatte mit ihm weder Mitleid noch Verständnis.

„Und wer hat Mitleid mit mir? Wer hat Verständnis für meine Situation?", fragte sie sich leise und beendete kurze Zeit später das Telefonat.

„Menschen zu finden,
die mit uns fühlen und empfinden,
ist wohl das schönste Glück auf Erden."
Carl Spitteler

Hanna spürte nach langem wieder das starke Bedürfnis, ihre Freundin Elfie anzurufen und sie über die missliche Situation mit Paul zu informieren. Viel lieber hätte sie Elfie und ihren Mann auf ein gemeinsames Abendessen mit

Paul eingeladen, so, wie sie es bei ihrer Abreise angekündigt hatte. Es kam eben anders.

„Wie geht es dir, Hanna? Schon lange nichts mehr gehört von dir. Man kann das hoffentlich als gutes Zeichen deuten, oder?" Elfie freute sich riesig über den überraschenden Anruf ihrer Freundin. Doch an der Stimme und nach den ersten Sätzen konnte sie bereits deren Schwermut und Trauer erkennen, den sie sonst kaum jemandem zeigen wollte.

„Wir sind leider noch immer nicht zusammen", flüsterte sie leise ins Telefon. Dann war kurze Stille in der Leitung. Hanna wartete auf Elfies Reaktion. Als diese ausblieb, fuhr sie fort. „Wenn da nicht diese Dagmar wäre, die noch dazu einen Artikel über mich in der lokalen Zeitung gefunden hatte, von dem niemand weiß, wer ihn hineingegeben hatte." Hannas Stimme gewann zunehmend an Power, und die Trauer wandelte sich blitzartig in Verzweiflung, gepaart mit etwas Wu,t um.

„Du bist in der Zeitung, Hanna? Wie kommst du denn da rein?" Elfie wurde neugierig, als sie erfuhr, dass in der Zeitung über Hanna geschrieben wurde und hörte ihr gespannt weiter zu.

„Ich wurde in den höchsten Tönen als sogenannte Wunderheilerin gelobt, die seit Wochen kranke Menschen in Steinbach behandelt." Als Hanna darüber erzählt hatte, überkam sie kurzfristig ein Glücksgefühl, weil es ihr wirklich große Freude bereitete, Menschen zu helfen und sie glücklich zu machen.

„Das ist ja großartig, dass du bereits etwas Geld verdienst und nicht mehr von anderen abhängig bist. Gratulation!"

Elfie freute sich über Hannas Erfolg, der bedauerlicherweise, bis jetzt, nur auf der beruflichen Ebene stattgefunden hatte.

„Und was ist mit Paul, deinem lieben Mann? Hat er endlich begriffen, was er an dir hat und welch wunderbarer Mensch du bist?" Hanna war zu Tränen gerührt über Elfies Worte, die sich wie Balsam auf ihrer Seele anfühlten. Selten, ganz selten fühlte sie sich in den letzten Monaten von anderen Menschen so verstanden und emotional unterstützt. Nur Otto bemühte sich – so gut er eben als Mann und lieb gewonnener Freund konnte – um Hanna, wenn er nicht gerade sehr mit seiner Mutter und deren Pflege beschäftigt war. Nichtsdestotrotz nahm er sich immer Zeit für Hanna und versuchte ihr emotional und mental zu helfen. Kürzlich erzählte er ihr unter anderem über die letzte Diskussion bei der Stammtischrunde. Sie wusste daher, wie Männer, verschiedene Männer, Männer unterschiedlichen Alters und mit unterschiedlichen Bildungsniveaus über ihre Situation denken und wie sie an Pauls Stelle reagieren würden. Was aber meinen Frauen dazu? Wie sehen Frauen Hannas Situation? Diese Fragen leitete Hanna an ihre Freundin Elfie weiter, die unverzüglich an ein Kaffeekränzchen mit Frauen aus ihrem Freundes- und Bekanntenkreis dachte. Hanna war begeistert von Elfies Vorschlag und erhoffte sich aus diesen Gesprächen Ratschläge für ihre weitere Vorgehensweise in ihrer privaten Angelegenheit. Sie war dankbar für jeden Rat und jede Art von Hilfe und Unterstützung, obwohl die wirksamste Hilfe ganz einfach gewesen wäre. Doch diese hing nur von einer einzigen Person ab.

Wie denken sie darüber?

Es roch wunderbar nach frisch geröstetem Kaffee und selbst gebackenem Schokoladenkuchen. Dem Stimmengewirr nach konnte man entnehmen, dass sich in dem Raum ausschließlich Frauen befanden, die untereinander lautstark kommunizierten, während sie ihren Kaffee in den Tassen umrührten oder ihn tranken.

Plötzlich unterbrach Elfie die illustre Runde, indem sie mit einem Löffel mehrmals gegen ihre Kaffeetasse klopfte. Sofort wurde es still im Raum. Noch nie hatte Elfie diese Methode benützt, um rasch für Ruhe zu sorgen. Was hatte sie wohl mit den anwesenden Damen vor?

„Liebe Freunde und Bekannte, wir alle haben schon viel erlebt und gesehen, eine Menge Erfahrungen gesammelt, haben aufgrund dessen einen besseren Weitblick und sind vielleicht in mancher Situation gelassener als ganz junge Frauen. Ich möchte euch jetzt eine Geschichte von einer Frau um die 50 erzählen, der folgendes passiert ist und euch im Anschluss auf eine Diskussion dazu einladen." Die Gäste sahen Elfie neugierig an und warteten gespannt auf ihre angekündigte Geschichte.

„Eine äußerst herzliche, liebenswürdige Frau im Alter von – wie schon erwähnt – 50 Jahren fährt mit ihrem langjährigen Ehemann, ebenfalls 50, über Weihnachten auf Urlaub in den Süden, um dort, das erste Mal in ihrem Leben, gemeinsam Weihnachten unter Palmen feiern zu können. Das war ihnen auch gelungen. Doch zwei Tage später trennte die beiden der Tsunami." Ein Aufschrei in der Runde folgte.

„Der Tsunami, schrecklich!" zischelte es aus der weiblichen Gästeschaft und ließ sie alle kurz innehalten. Einige Anwesenden wussten natürlich sofort, dass es sich bei dieser Geschichte um Hannas Leben handelte, klärten jedoch – auf entsprechendes Handzeichen von Elfie – die Damenrunde nicht weiter auf.

„Dieser Tsunami riss die arme Frau in den Tod." Ein weiterer entsetzlicher Aufschrei mancher Frauen war zu hören. Elfie setzte ihre Erzählung über diese ganz besondere Frau fort.

„Ihr Mann, der sie vor Ort nicht gefunden hatte und der über sie von den heimischen Behörden nicht informiert wurde, glaubte, dass sie gestorben war. Er flog betroffen und voller Kummer einige Tage nach dem Unglück nach Hause. Kurze Zeit später lernte er eine junge Frau kennen, mit der er relativ schnell in eine gemeinsame Wohnung gezogen war."

„Typisch Mann", vernahm man aus der Runde.

„Sie lebten sehr glücklich zusammen." In der Runde sah man viele fröhliche Gesichter, die mit Paul mitlebten, auch wenn ihnen Hanna leidtat und ihr Schicksal sie sehr getroffen hatte. „… bis eines Tages seine Ehefrau vor seiner Haustür stand." Viele Frauen sahen jetzt erschrocken und starr Elfie an und verstanden nicht, was hier vorgefallen sein mochte.

„Seine Ehefrau, nein?", riefen einige Frauen und hielten das für ein Märchen.

„Ja, seine Ehefrau. Sie war nämlich nicht gestorben, sondern konnte nach dem Tsunami-Unglück, nach dem sie über ein halbes Jahr lang im Koma gelegen war, gerettet werden. Sie konnte ihren Mann nicht vergessen und wollte, sobald sie dazu körperlich und finanziell in der Lage war, zu ihm zurück. Nach etwa sechs Jahren schaffte sie dies und machte sich auf den Weg zu ihrem Mann, der sich ziemlich langwierig und mühsam gestaltete. Er wohnte nicht mehr in deren gemeinsamen Haus. Dieses hatte er vor einigen Jahren verkauft und war in einen anderen Ort übersiedelt. Nach einiger Zeit hatte sie ihn, der – wie bereits erwähnt – mit einer neuen Freundin zusammengelebt hatte, gefunden. Plötzlich stand sie wieder vor ihrem Mann und dieser vor einer wichtigen Entscheidung. Soll er sich nun von seiner Lebensgefährtin verabschieden und zurück zu seiner Frau gehen bzw. diese zurücknehmen? Der Mann muss sich für die eine oder andere Frau entscheiden. Was würdet ihr ihm raten? Was würdet ihr seiner Frau raten?"

„Was heißt hier entscheiden? Es ist doch völlig klar, dass es für ihn dann nur eine einzige Frau gibt, nämlich seine angetraute Ehefrau. Sie waren doch beim gemeinsamen Urlaub in Thailand noch verheiratet, oder?", meldete sich eine frisch verheiratete Frau zu Wort und richtete ihre Frage an Elfie, aber auch an die anderen Anwesenden.

„Ja, die beiden, nennen wir sie Helga und Peter, waren damals verheiratet und lebten in einer harmonischen Ehe", gab Elfie zur Antwort. Ihr war lieber, den beiden für die Diskussion andere Namen zu geben.

„An Helgas Stelle würde ich mir schon erwarten, dass sich mein Mann über meine Rückkehr freut und aus diesem Grund sofort seine Lebensgefährtin verlässt. Meint ihr nicht auch?", gab die jüngste Frau in der Runde zu verstehen. Sie war erst Mitte zwanzig und die Tochter einer Freundin von Helga, die dieses Mal auch bei der Frauenrunde dabei sein durfte.

„Wie aber kommt diese dazu? Sie kann doch gar nichts dafür, dass seine richtige Ehefrau völlig unvermutet wieder aufgetaucht ist und ihre Beziehung stört oder gar beendet", warf Elfies Nachbarin, eine noch praktizierende Volksschullehrerin, ein.

„Helga soll sich mit ihrem Mann in Ruhe zusammensetzen und alles, nämlich Vergangenes und Gegenwärtiges, bereden, um dann eine befriedigende Lösung für alle Beteiligten finden", fügte eine elegante Dame, die in einer Rechtsanwaltskanzlei arbeitete, hinzu.

„Und wie könnte diese Lösung aussehen? Was soll Helga tun, um ihren Mann zurückzugewinnen?", fragte Elfie die anwesenden Damen.

„Wie alt ist eigentlich seine Freundin?", bekam sie als Gegenfrage. Die Gruppe erfuhr, dass es sich bei der Freundin Dagmar um eine sehr junge Frau mit zwei Kindern im pubertierenden Alter handelte.

„Immer wegen des Sex, oder? Jüngere Frauen sind leider immer gefährlich für uns ältere Damen und viele Männer fallen auf diese erotischen Waffen junger, knackiger Frauen rein. Dumm, aber die Realität. Leider. Es sind doch die langen, gemeinsamen Ehejahre, die zählen, oder vielleicht doch nicht? Denn, was bleibt nach der Phase der ersten Verliebtheit übrig? Erst im fortgeschrittenen Alter kommt man drauf, wie wichtig innere Werte sind. Bei Männern dauert diese Erkenntnis zumeist etwas länger, ist meine Beobachtung. Aber ich will ja nicht verallgemeinern und alle Männer in einen Topf werfen. Das haben sie sicher nicht verdient", gab die katholische Frau Domesle aus der Nachbargemeinde zu bedenken, die leider schlechte Erfahrungen in ihrer eigenen Beziehung gemacht hatte. Sie musste erfahren, dass ihr Mann mit seiner jungen Sekretärin eine Affäre hatte und schon seit Jahren zweigleisig fuhr.

„Ja, ich sehe das genauso wie Sabine. Diese Freundin muss das doch verstehen." Maria hatte ständig Angst um ihren gutaussehenden, bei Frauen sehr begehrten, Mann. Ob er sie jemals betrogen hatte oder nicht, wusste sie nicht, obwohl sie ihm immer wie ein Detektiv nachspioniert hatte, was ihm zweifelsohne ganz und gar nicht recht war.

„Jetzt stell dir vor, du bist diese Freundin, liebst Peter und musst ihn ganz plötzlich wieder hergeben oder wirst von ihm verlassen! Da hätte wohl niemand von uns eine Freude und bestimmt auch wenig Verständnis, nicht wahr? Sie muss es verstehen, sagt ihr! Aber wenn unsereins selbst davon betroffen ist, würden wir wohl anders reden, oder was meint ihr?"

„Wer kämpft, kann zwar verlieren.
Wer nicht kämpft, hat schon verloren."
Bertolt Brecht

Wie recht sie doch hatte, dachten viele und schwiegen mit nach vorne geneigtem Kopf. Viele zeigten sodann Verständnis für Dagmar, die es ihrer Meinung doch nicht verdient hatte, von Peter bzw. Paul verlassen zu werden.

„Es ist wirklich eine verdammt schwierige Situation für Peter. Wahrscheinlich liebt er beide Frauen, jede auf seine Art und Weise. Denn würde er eine bevorzugen, wüsste er sofort die Antwort darauf und würde nicht tage- oder wochenlang um eine Entscheidung ringen. Stellt euch vor, ihr habt zwei Kinder und müsst euch – aufgrund einer Scheidung – für eines von beiden entscheiden. Geplant ist, ein Kind bleibt bei der Mutter, das andere geht zum Vater. Wenn ihr nun beide Kinder gleich gernhabt, wird euch diese Entscheidung bestimmt sehr schwerfallen. Ihr müsst euch aber für eines von beiden entscheiden, weil es so von euch verlangt wird. Aus diesem Grund kann ich Peter sehr gut verstehen. Außerdem kommt noch hinzu, dass sich ein älterer Mensch – und Peter ist immerhin nicht mehr der Jüngste – ungern an neue Situationen anpasst. Aus diesem Grund schätzt er auch eine gewohnte Umgebung, bekannte Rituale und dergleichen." Die Diskussion wurde immer lebhafter und erreichte ein hohes Niveau.

„Versetzt euch doch mal in die Rolle von Helga, die nach einer langen Zeit endlich aus ihrer Gefangenschaft fliehen konnte, um zurück zu ihrem geliebten Ehemann fahren zu können. Sehnsüchtig wartete sie auf den Moment, ihrem Mann nach sechs Jahren wieder gegenüberzustehen, um ihre Ehe dort fortsetzen zu können, wo sie vor etwa sechs Jahren ungewollt beendet wurde. Das ist doch ein ganz besonderer Liebesbeweis, den Peter als kostbares Geschenk schätzen und nicht abschlagen sollte. Wie verzweifelt muss doch Helga sein, wenn sie, nach all dem, was sie mitgemacht hatte, von ihrem Mann ähnlich einem Eindringling abgewiesen wird." Die 50jährige Martha hatte großes Mitleid mit Helga, die sie seit Jahren kannte. Ihr war deren Schicksal aus Elfies Erzählungen bekannt. Dann brachte die langjährige Psychologin einen wichtigen Gedanken ein, der bis jetzt noch nicht in dieser Runde aufgekommen war.

„Aber vergesst bitte nicht, dass sich Peter bereits an die neue Situation und Beziehung mit seiner Dagmar gewöhnt hat und sich jetzt wieder umstellen, das heißt auf seine Ehefrau einstellen müsste. Ich weiß, es klingt etwas eigen und unverständlich für nicht Betroffene. Tatsache ist, dass, auch wenn sich die beiden sehr gut kannten und viele Jahre eng zusammengelebt, quasi Bett und Tisch geteilt hatten, und das war auch so, so kann die Beziehung nicht dort fortgesetzt werden, wo sie unterbrochen wurde. Das ist einfach ganz unmöglich!" Es wurde still im Raum. Niemand nippte an der Kaffeetasse oder dachte daran, ein Stück Kuchen zu essen. Die Rednerin blickte in neugierige Gesichter und versuchte den eingeladenen Gästen dieses für sie völlig klare Faktum zu erklären.

„Es ist traurig, aber menschlich. Es gibt hier leider keinen nahtlosen Übergang, so wie sich das Helga vorgestellt, beziehungsweise viel mehr gewünscht hatte. Die Menschen verändern sich, entwickeln sich weiter – teilweise bestimmt unbewusst – und dann bleibt die Frage offen, ob diese Personen, vergleichbar mit einem Stecker, noch immer zusammenpassen. Sechs Jahre sind eine wirklich lange, eigentlich sehr lange Zeit ...", meinte Sonja, die sympathische Psychotherapeutin, die seit über 15 Jahren glücklich mit einem Architekten verheiratet war und zwei Kinder mit ihm hatte.

„Meine Oma", meldete sich die Jüngste aus der Runde zu Wort und erntete sofort alle Blicke der Frauen. „Meine Oma hat mir erzählt, als mein Opa, also ihr Mann, nach dem Krieg völlig abgezehrt aus dem Krieg zurückgekommen war und eines Tages vor ihrem Haus stand. Sie hatte ihn vorerst gar nicht erkannt. Dieser dünne, ergraute Mann tat ihr nur furchtbar leid, und sie gab ihm etwas zu essen. Nicht gleich, sonders erst nach einiger Zeit hatte sie erkannt, wer vor ihr stand. Es war nämlich ihr Mann, ihr Frank. Sie hatte ein total schlechtes Gewissen, als plötzlich ihr neuer Lebensgefährte bei der Tür hereingekommen war und Frank gegenüberstand. Das war ihr urpeinlich, aber sie hat ja nicht gewusst, was mit ihrem Frank geschehen war."

„Und wie hatte sich deine Großmutter entschieden?", wollte Elfie wissen und auch die anderen wirkten äußerst interessiert an diesem Schicksal.

„Es war nicht leicht für meine Oma. Sie war halt eine sehr religiöse Frau und wollte niemandem Unrecht tun. Ihr schlechtes Gewissen plagte sie total, denn sie hatte noch dazu ein ganz großes Geheimnis. Sie war nämlich schwanger."

„Was?" rief Frau Domesle empört. „Wie konnte sie nur?" Plötzlich fielen sämtliche Frauen verbal über die praktizierende Katholikin herein, und es folgte ein Stimmengewirr, aus dem nur mehr Wortbrocken zu verstehen waren. Die Frauen sprachen mit Händen und Füßen, jede wollte erhört werden. Es kam Bewegung in die Runde, sodass die drei am Tisch stehenden Kerzen um ihr Leben kämpften. Beinahe drohten sie auszugehen.

Nach einigen Minuten klopfte Elfie mehrmals laut auf den Holztisch und brachte die Runde wieder zur Ruhe. „Wollt ihr nicht wissen, wie Marthas Großmutter ihre Männerproblematik gelöst hat?"

Martha war eine der wenigen, die sich in den letzten paar Minuten leise verhalten hatte und zur stillen, aufmerksamen Beobachterin wurde. Wunschgemäß fuhr sie mit ihrer Geschichte fort. „Wie schon erwähnt, war meine Oma eine religiöse, sehr liebe Frau. Sie konnte nicht wissen, dass ihr Frank jemals wieder aus der Kriegsgefangenschaft zurückkehren würde. Wie auch? Sie liebte ihn sehr und behielt ihn immer in ihrem Herzen, erzählte sie mir. Sie war noch ziemlich jung, als ihr Ehemann in den Krieg ziehen musste. Und sie wollte halt unbedingt ein Kind. Das war ihr total wichtig. Außerdem wollte sie nicht alleine bleiben. Das war für sie ganz schlimm. Also, der Vater meiner Mutter, ein ganz liebenswürdiger Mann, war um einige Jahre älter als sie und aufgrund seines amputierten rechten Armes nicht kriegstauglich." Martha blickte in die Runde und sah, wie die Frauen regelrecht an ihren Lippen hingen. Unruhig wippten manche mit ihrem überschlagenen Bein oder tippten mit den Fingern auf den Tisch. Martha setzte ihre Geschichte fort. „Kurzum, meine Oma liebte beide Männer und wollte keinen verlieren. Also nahm sie den sehr mitgenommenen, kranken Frank auf und pflegte ihn gemeinsam mit meinem Opa. Ja, sie pflegte ihn, sie pflegte ihn ... bis zu seinem Tod. Und der kam, bald nach seiner Rückkehr." In der Runde wurde es still. Die Kerzen am Tisch, die die letzten Minuten nervös hin und her und auf und ab getanzt hatten, fanden nach einer kurzen Nachdenkpause wieder ihre Ruhe.

Dann meldete sich die schüchterne Sonja zu Wort. „Zum Thema Trennung möchte ich auch noch etwas sagen. Es muss nicht unbedingt Krieg sein, der Ehepaare oder Liebende voneinander trennt und entfremdet. Mein Mann ist seit Jahren auf Montage im Ausland, und wir leben eine Fernbeziehung. Anfänglich musste ich mich an das lange Alleinsein gewöhnen, da mein Stefan oft wochenlang nicht zuhause war. Ich habe sehr darunter gelitten, aber seitdem er auf Montage ist, verdient er eben besser. Das ist zwar gut so, aber die Beziehung, die Erhaltung der Beziehung ist für uns beide eine große Herausforderung. Nach Wochen der Trennung sich wieder aneinander zu gewöhnen, naja, die Beziehung hat eindeutig ein anderes Gesicht bekommen. Wir sind uns in den ersten Stunden, wenn Stefan wieder nach Hause kommt, fast ein wenig fremd. Jeder lebt eben sein eigenes Leben, ich zuhause, Stefan in der Fremde. Ich weiß auch nicht, ob er eine Freundin hat, weil er, naja, weil er sexuell nicht so richtig ausgehungert nach Hause kommt. Es ist auf jeden Fall nicht immer einfach in dieser Beziehung und durch die Entfernung hat halt eine Art Entfremdung zwischen uns beiden stattgefunden. Es ist genau das, was hier bereits angesprochen wurde. Also selbst wenn man mit einem Menschen eine wirklich gut gehende Partnerschaft hatte oder hat, kann das passieren." Sonja wirkte ein wenig traurig und blickte melancholisch in das Kerzenlicht.

„Elfie, und wie geht es Helga jetzt? Leidet sie sehr unter diesem Zustand?", fragte Martha neugierig, die unglaubliches Mitgefühl für Helga hatte. „Natürlich leidet Helga sehr, die sich das Leben nach ihrer Rückkehr völlig anders vorgestellt hatte. Aber Helga ist stark und kämpft, denn sie hat zu kämpfen gelernt. Aber wie soll sie sich nun Peter ihr gegenüber verhalten?" Elfie sah in die Runde und blickte in viele fragende Gesichter.

„Geduldig sein und warten", meinte Elfies Nachbarin.

„Peter bei seiner Entscheidung Zeit lassen. Viele Männer brauchen dieses Gefühl der Entscheidungsfreiheit. Denn, wenn man sie zu sehr in die Enge drängt, passiert zumeist das, was man nicht wollte. Es ist also Warten angesagt. Helga braucht auf jeden Fall in dieser Situation emotionale Hilfe und jemanden, mit dem sie über ihre Gefühle und Empfindungen reden kann. Für sie ist es ganz wichtig, sich mit jemanden auszutauschen, dem sie vertraut und diese vertrauenswürdige Person müsste ihr langsam und sehr vorsichtig klar machen, dass sich Peter auch gegen sie und für Dagmar entscheiden könnte. So schmerzlich das auch ist, aber lieber ein Ende mit Schrecken, als ein Schrecken ohne Ende", riet die Psychologin.

„Ich denke ganz anders. Sie soll Peter zeigen, was er an ihr hat, ihn richtig umgarnen", empfahl die Frau, deren Mann sie mit der Sekretärin betrogen hatte. Sie machte dabei eine entsprechende Handbewegung, sodass die Atmosphäre in der Runde wieder etwas entspannter wurde.

„Ihm das Messer ansetzen und sagen, entweder ich oder Dagmar, aber entscheide dich ehest bald“, meinte eine jüngere Frau lachend.

„Ich denke, die drei Akteure sollten sich mal in Ruhe zusammensetzen und die Angelegenheit diskutieren. Vielleicht ist ein Zusammenleben zu dritt, quasi eine ‚Menage à Trois‘, möglich und jedem angenehm? Wer will schon gerne als Frau verlieren?“ Diese Empfehlung kam von einer Frau, die seit einigen Jahren ihren Mann mit ihrer besten Freundin teilen musste. Erstaunlicherweise funktioniert diese ‚Menage à Trois‘ ziemlich gut. Hätte die Ehefrau diese Entscheidung nicht zugelassen, würde sie nicht mehr mit ihrem Mann verheiratet sein und bereits getrennt leben, was sie sich nicht vorstellen hätte können.

„Moment mal, auch Peter kann hier verlieren, wenn er die falsche Entscheidung trifft. Und das wird er bestimmt wissen. Möglicherweise sitzt er dann zwischen zwei Sesseln, was ihm sicher missfallen würde. Und er hat ja Angst davor, wieder alleine zu sein. Und weil er nicht weiß, wie er hier vorgehen soll, zieht er seine Entscheidung so lange hinaus und wartet vielleicht darauf, dass andere für ihn entscheiden. Ob er damit zufrieden sein wird, ist dann wieder eine andere Sache“, gab die Anwältin zu bedenken.

„So, wie jeder Mann, so wird sich auch Peter zu seiner Entscheidung nicht zwingen lassen. Vielleicht hilft ihm ein Gespräch mit einem Mann, einem guten Freund oder einem Psychotherapeuten?" Die Psychologin dachte an ihre Klienten und empfahl daher ein therapeutisches Gespräch.

„Ich würde dem Ehepaar, also Helga und Peter, einen gemeinsamen Kurzurlaub empfehlen, wo sie sich nach so langen Jahren der Trennung – und sechs Jahre sind eine lange Zeit – wieder neu kennenlernen. Sie sollen alles fern der Heimat in anderer Umgebung, in angenehmer Atmosphäre besprechen oder gar nicht darüber reden, sondern das wiedergewonnene Zusammensein bewusst erleben. Quasi Tapetenwechsel." Dieser Vorschlag von einer Ärztin, die aus ihrer Praxis viele Schicksale kannte, wurde vom Großteil der Anwesenden für gut befunden und erntete regen Zuspruch. Es folgten Überlegungen über geeignete Urlaubsplätze für glückliche Paare. Manche sahen diese in der Nähe von Steinbach, in der Seegegend, manche schwärmten von Orten fernab der Heimat, die sie bereits kannten oder auch liebend gerne aufsuchen würden. Es kam fast ein wenig Urlaubsstimmung auf, verbunden mit Sehnsüchten und Träumen. Der Blick auf die Kerzen am ovalen Esstisch, an dem die Frauen saßen und angeregt diskutierten, half ihnen bei der Reise in diese Welt der Träume. Es waren drei lange, dünne Kerzen, zwei weiße und eine gelbliche. Die Flammen derselben kamen wieder in Bewegung. Sie bewegten sich nicht nur hin und her, sondern auch auf und ab, als würde von irgendwo her eine Gefahr drohen. Es war nicht klar zu erkennen, von woher diese Gefahr kommen könnte, da sich die Flammen in alle Richtungen drehten und wendeten. Fortan flackerten sie, drohten jedoch nicht auszugehen, wobei augenscheinlich war, dass die Flamme der einen weißen Kerze etwas kleiner war. Sie zeigte aber großen Überlebenswillen und versuchte sich leicht an die andere weiße Kerze anzulehnen, die fast dieselbe Größe hatte. Während diese Kerze gerade war, war die Kerze mit der etwas kleineren Flamme leicht, ganz leicht gebogen. Das Spiel der Flammen dürfte eine große Faszination auf die Anwesenden ausgeübt haben, da deren Blicke immer wieder auf sie gerichtet waren.

„Wir denken zu viel und fühlen zu wenig."
Charlie Chaplin

Plötzlich wurde es still in der Runde. Die Flammen hörten jedoch nicht auf, sich zu bewegen. Man lauschte den beruhigenden Klängen aus den Lautsprecherboxen. Es kam die letzte Meldung aus der Runde. Regina meldete sich zu Wort. Sie blieb bislang wortlos, wohnte aber stets aufmerksam der Diskussion bei. Sie sagte nachdenklich und eher leise:

„Wer weiß, vielleicht kann hier nur ein schwerer Schicksalsschlag zur endgültigen Entscheidung verhelfen. Und der wird vielleicht auch kommen." Plötzlich wurde diese eine Flammen starr und bewegungslos, so, wie deren Beobachterinnen. Diesen schien auch aufzufallen, dass die Flamme der einen weißen Kerze, die sehr anlehnungsbedürftig war, auszugehen drohte. War es doch absehbar, dass sie den schweren Kampf ums Überleben verlieren wird.

Die Entscheidungs-phase

„Guten Morgen, mein Schatz! Ich habe dein Frühstück vorbereitet. Müsli mit Früchten, frisch gepressten Orangensaft und Kaffee. Ist dir das recht so?" Dagmar brachte Paul das Frühstück ans Bett, stellte das Tablett auf sein Nachtkästchen, auf dem schon die Morgenzeitung und seine Lesebrille lagen und weckte ihn mit einem zärtlichen Kuss auf. Paul genoss es, von Dagmar verwöhnt zu werden und setzte sich langsam und noch etwas schlaftrunken zum Essen auf. Es roch wunderbar nach frisch geröstetem Kaffee. Herrlich! So ein Erwachen, ohne Stress, liebte Paul. Da war für eine Weile sein Problem, das er seit Wochen ständig mit sich herumschleppte, verschwunden. Doch kam es wie ein Bumerang immer wieder zurück, ob er wollte oder nicht. Er neigte dazu, unliebsame Aufgaben und unlösbare Probleme abzugeben, und es fanden sich erstaunlicherweise stets Abnehmer, die sich gerne darum annahmen. Doch diese komplexe Aufgabe, die er jetzt zu bewältigen hatte, konnte er niemandem anderen übergeben. Es war seine ganz persönliche Angelegenheit. Und er empfand sie wie eine schwierige Lebensaufgabe, die sein Leben entweder in die eine oder andere Richtung lenken wird. Nur war er sich noch nicht im Klaren und daher immer noch am überlegen, welche Richtung er einschlagen sollte, die er dann auf längere Sicht auch beizubehalten gedachte. Wenn er sich für Hanna entscheiden würde, müsste er etwas aufgeben bzw. zurücklassen. Nämlich angenehme Gewohnheiten, intensive Betreuung bei Erkrankung oder Schmerzen und die jugendliche Frische von der viel jüngeren Dagmar. Gewinnen würde er einerseits eine vertraute menschliche Umgebung, wobei ihm Dagmar in den letzten sechs Jahren ebenfalls sehr vertraut wurde, und andererseits großes Ansehen im Dorf, wenn er wieder zu seiner ehemaligen Gattin zurückkehren würde. Und die Liebe, welche Rolle spielte diese bei seinen Überlegungen? Wie groß war sie zu seiner Frau Hanna? Liebte er Dagmar mehr, seine Hanna weniger?

Paul schlug die Zeitung auf und überflog eine Seite nach der anderen. Dazwischen trank er seinen Kaffee und nahm löffelweise frisch zubereitetes Müsli mit Joghurt zu sich. Er achtete penibel darauf, die Bettdecke nicht mit Joghurt oder Kaffee zu beschmutzen, was Dagmar gar nicht ausstehen konnte.

„Wie würden Sie reagieren, wenn Ihre vermeintlich tote Frau plötzlich lebendig vor Ihnen steht und Sie leben seit Jahren in einer neuen Beziehung?“, las Paul halblaut vor und war von einer Minute auf die andere hellwach. Sein Pulsschlag wurde schneller, seine Hände wurden feucht und der Mund trocken. Da war wieder sein Problem, und das kurz nach dem Aufwachen. Er las mit weit geöffneten Augen weiter und vergaß das sich im Mund befindliche Müsli weiter zu kauen. „Der Psychozirkel der Frauen in Steinbach veranstaltete letzten Samstag eine Diskussionsrunde zum Thema Dreiecksbeziehung, zu der ausnahmsweise auch Männer herzlich eingeladen wurden. Das Interesse war groß und die Beiträge der einzelnen

Teilnehmer waren sehr interessant und unterschiedlich ..."

Paul war entsetzt. Es handelte sich offensichtlich um sein Thema, das nun in aller Munde und Platz 1 bei den Tagesgesprächen hier in Steinbach war. Mit einem Schlag war nicht nur die erst kürzlich hinzugezogene Hanna, sondern auch ihr Ehemann und seine Lebensgefährtin bekannt.

„Wer glaubt etwas zu sein,
hat aufgehört etwas zu werden."
Sokrates

Die Meinungen der Diskutanten über diese drei Menschen waren sehr unterschiedlich. Es gab weibliche und männliche Steinbacher, die sich mit Hanna solidarisch zeigten und absolut nicht nachvollziehen konnten, wie man sie als Ehemann im Stich lassen konnte. Andere wiederum verstanden Hannas Verhalten, die mit viel Freude und großer Erwartungshaltung zurück in ihre Heimat kam, hatten aber Mitleid mit Paul, von dem ihrer Meinung nach nicht verlangt werden konnte, sich sofort von seiner langjährigen Freundin Dagmar zu trennen und Hanna wieder in sein Leben zu lassen.

Auch für Dagmar zeigten einige Verständnis, vor allem jüngere Frauen und Männer. Für sie wäre es ein schwerer Schicksalsschlag gewesen, wenn sie ihren um 25 Jahre älteren Freund an seine Ehefrau zurückgeben müsste und als Partner verlieren würde. Trotz ihres jungen Alters hatte sie Probleme, jemanden kennenzulernen und mit einem Mann länger zusammenzuleben. Manche Männer schreckten die beiden pubertierenden Kinder von Dagmar ab, mit denen auch Paul manchmal schwer zurechtkam. Wie froh war er, wenn sie am Vormittag in der Schule waren und er alleine und ungestört seinen Interessen nachgehen konnte. Hauptsache, er hatte seine Ruhe im Haus. Der einzige Streitpunkt zwischen Paul und Dagmar war auch die Erziehung der beiden halbwüchsigen Kinder. In diesem Bereich waren sie oftmals völlig unterschiedlicher Meinung. Paul hatte aufgrund seines Alters nicht mehr die Kraft und die Nerven, auf das pubertierende, teilweise flegelhafte Verhalten des Sohnes und der trotzigen Tochter von Dagmar einzugehen. Er liebte einerseits das Alleinsein, wenn Dagmar ihrer täglichen Arbeit nachging, anderseits auch die Zweierbeziehung, in der er sich fallen und verwöhnen lassen konnte. Sein Joker bei Dagmar war sicher sein Alter. Er gab sich oft älter und hilfsbedürftiger als er tatsächlich war. Diesen Joker setzte er stets mit viel Feingefühl bei Dagmar ein, wissend, dass er nicht bei jeder Frau funktionierte. Auf keinen Fall bei Hanna. Welches Leben wollte er nur? Ein ruhiges, ein bequemes, ein gemütliches, ein abwechslungsreiches, ein stressiges, ein abenteuerliches? Hatte er nun endlich eine Entscheidung getroffen? Nein. Es gab Tage, an denen er wild entschlossen war, sich von Dagmar zu trennen, da er ihre grenzenlose Eifersucht, mit der sie ihn allmählich terrorisiert hatte, nicht mehr ertrug. Denn seit kurzem verging kaum ein Tag, an dem sie sich nicht nach seinem genauen Tagesprogramm erkundigt hatte, aber auf eine Art, die schwer aushaltbar war. „Wann warst du einkaufen? Wie lange bist du im Kaffeehaus gesessen? Und mit wem? Warst du von 12 bis 13 Uhr zuhause?" Fragen über Fragen, die ihn fürchterlich nervten und sich ständig wiederholten. Wenn Paul nicht unverzüglich ihre bohrenden Fragen beantworten konnte, weil er sich dadurch extrem gestört fühlte, witterte sie sofort den Verdacht, dass Hanna in irgendeiner Form involviert sein könnte. Auch sein Mobiltelefon wurde gerne von ihr beschlagnahmt, um herauszufinden, ob er mit Hanna telefonischen Kontakt hatte. Gab er ihr das Telefon nicht freiwillig, rastete sie an manchen Tagen fast aus. Es gab jedoch auch Tage, an denen sie ihr Temperament im Griff hatte und ihn gekonnt umgarnte. Sie verwöhnte ihn mit seinen Lieblingsspeisen und massierte ihn zärtlich dort, wo er angeblich Schmerzen hatte. Die unangenehmen Fragen blieben an diesen Tagen erfreulicherweise aus. So fühlte er sich mal mehr mit Dagmar, dann wieder mehr mit Hanna verbunden. Es war nicht leicht für ihn. Aber nicht nur für ihn, sondern auch für die beiden Frauen, die auf seine Entscheidung warteten. Jede hoffte zu gewinnen.

Wäre da nicht noch die, im Bau befindliche Wohnung, gewesen, die in wenigen Monaten bezugsbereit sein sollte und die Dagmar gemeinsam mit Paul beziehen wollte. Dieses Wohnungsprojekt bereitete Paul richtiges Kopfzerbrechen, zumal es immer näher und näher rückte. Er hielt es nicht mehr aus, er musste mit jemandem darüber sprechen. Mit einer neutralen Person, am besten mit einem Mann.

„Sei du die Veränderung,
die du in der Welt sehen möchtest."
Mahatma Gandhi

„Grüß Gott, Herr Mandl", begrüßte Otto den Herrn, der an seiner Tür läutete und meinte: „Tut mir leid, aber Hanna ist nicht zuhause, sie ist bei einer Klientin."

„Herr Paul Mandl, Verzeihung, dass ich Sie störe, aber ...", begann Paul unsicher das Gespräch und schaute in Ottos freundliches Gesicht. „Ich möchte heute mit Ihnen ganz persönlich sprechen. Über Hanna. Bitte! Haben Sie Zeit für mich?", zaghaft teilte Paul sein Anliegen mit und hoffte auf Verständnis. Otto erkannte sofort den unangemeldeten Gast, zumal er schon einige Fotos von ihm gesehen hatte. Otto hatte Zeit, denn seine Mutter machte gerade ein Nachmittagsschläfchen, das oft sogar zwei Stunden dauerte. Also ein Besuch zur rechten Zeit, dachte er und gewährte seinem unerwarteten Gast Einlass.

„Kommen Sie herein, Herr Mandl, und trinken Sie mit mir eine Tasse Kaffee." Otto hatte schon seit einigen Tagen auf diesen Besuch gewartet und war daher keineswegs überrascht. Hanna berichtete ohnehin fast über jede Regung, die Paul in diesem Beziehungsdrama zeigte und hatte gelegentlich ein paar Worte mit ihm gewechselt, wenn er Hanna abgeholt und sie zurückgebracht hatte. Es waren immer kurze Begegnungen, da sich Paul ständig beobachtet fühlte und Dagmar Rechenschaft schuldete, was er denn da und dort so lange gemacht hätte. Sie war sich ziemlich sicher, dass er bereits seit Wochen

Kontakt zu Hanna pflegte und mit ihr täglich einige Stunden verbrachte. Zu viele durften es nicht sein, und verbieten konnte sie es ihm auch nicht. Sie wusste, dass er sich noch in der schwierigen Entscheidungsphase befand, und solange sie nicht mit ihm die neue Wohnung bewohnte, konnte sie sich seiner keinesfalls sicher sein.

„Diese Wohnung, Herr Paulmandl, Sie wissen, es gibt hier eine Wohnung, die ich mit Dagmar beziehen wollte“, begann Paul nach dem ersten Schluck Kaffee das Gespräch.

„Ah, wollen Sie doch nicht mit Dagmar einziehen?“, unterbrach Otto den verunsicherten Paul und wirkte erfreut. Otto verstand es, genau zuzuhören und zwischen den Zeilen zu lesen.

Paul drückte ein wenig herum und vermied es, seinem Gesprächspartner in die Augen zu schauen. Er suchte irgendwo im Raum nach Halt, aber auch nach einer Antwort, oder vielmehr nach einer Lösung für sein Problem. Otto wartete geduldig, was aus Pauls Mund kommen könnte. Paul antwortete mit einem tiefen Atemzug und einem leichten Seufzer. Er sah geradeaus in die Leere und meinte mit einem leichten Lächeln. „Wenn das so einfach wäre! Was aber würden Sie mir empfehlen, Herr Paulmandl? Sie kennen ja meine Situation, sie kennen Hanna und ...“ Paul wirkte leer, müde und antriebslos. Er brauchte definitiv Hilfe, da er mit seiner Situation völlig überfordert war.

„Ich mache Ihnen einen Vorschlag. Da die Situation nicht leicht für Sie ist und Sie offensichtlich auf keinen grünen Zweig kommen, empfehle ich Ihnen, Urlaub zu machen.“

„Urlaub?“ wiederholte Paul irritiert und verstand anfänglich nicht den Sinn dahinter. Herr Paulmandl setzte fort „Ja, Urlaub, Herr Mandl! Fahren Sie weg, ins Grüne, ans Meer, in die Berge, dorthin, wo Sie sich wohl fühlen und nehmen Sie ...“

„... unbedingt Hanna mit auf die Reise“, beendete Paul Ottos Empfehlung. Dieser war sehr überrascht über Pauls Aussage, wollte er ihm doch raten, Bücher zum Lesen mitzunehmen, um sich abzulenken. Doch nach kurzer Nachdenkpause fand er diese Idee sogar wesentlich besser, besonders aus dem Grund, weil sie von Paul kam.

„Eine großartige Idee, Herr Mandl! Ja, verbringen Sie ein paar Tage gemeinsam mit Hanna und lernen Sie sich nach diesen sechs Jahren der Trennung wieder neu kennen. Nehmen Sie sich einfach Zeit für einander, und tauschen Sie Ihre Gefühle aus. Das hilft.“

Otto schenkte Paul freudestrahlend noch etwas Kaffee nach und warf einen Blick in das Zimmer, in dem seine Mutter schlief. Paul war mit dieser Idee sehr zufrieden. Nur das Reiseziel war ihm noch nicht ganz klar. Er schwankte zwischen Urlaub in den Bergen oder in einer Therme, und fand beides auf seine Art und Weise reizvoll und für sein persönliches Ziel geeignet. Alsbald fanden die beiden Männer ein gemeinsames Thema, über das sie sehr lange und mit viel Freude und Begeisterung sprechen konnte. Die Bergwelt. Entspannt tauschten sie schöne Erlebnisse in den Bergen aus, schwärmten vom wunderbaren Essen auf den urigen Hütten und vom lustigen Hüttenleben, das sie sehr genossen hatten, als sie noch jünger waren. Sie lachten und scherzten miteinander, tauschten viele Bergerfahrungen aus und verloren bei ihren Erzählungen ganz die Zeit.

Total entschlossen, gemeinsam mit Hanna auf Urlaub zu fahren und frohen Mutes, verabschiedete sich Paul nach über zwei Stunden von Otto, der sich dann wieder seiner Mutter, die aus ihrem Mittagsschläfchen erwacht war, widmen musste. Otto freute sich über Pauls Entschlusskraft und glaubte zu spüren, dass er sich für Hanna entscheiden würde. Was die beiden allerdings nicht wussten, war, ob Hanna die Urlaubseinladung annehmen würde. Hatte sie nicht auch einen Plan?

Das gemeinsame Wochenende

Otto fand einen Brief adressiert an Frau Hanna Mandl in seinem Postkasten. Der Brief war nicht frankiert und ohne Absender. Die genaue Adresse fehlte. Zu gerne hätte Otto sofort den Absender gewusst. Aber Hanna war nicht zugegen, sondern bei Klienten und öffnen, nein, das hätte Otto keinesfalls gemacht. Aus der Beschriftung des Kuverts konnten keine eindeutigen Schlüsse gezogen werden, nicht einmal, ob es die Schrift eines Mannes oder einer Frau war. Aus diesem Grund war Warten angesagt, und das fiel Otto in diesem Fall ziemlich schwer. Übrigens erzählte er Hanna nicht über Pauls Besuch und sein Vorhaben, da er Paul versprochen hatte, darüber zu schweigen, was er selbstverständlich getan hatte.

Als Hanna im Laufe des späteren Nachmittags nach Hause kam, begrüßte sie Otto mit dem Brief in der Hand und den Worten „Hanna, Post für dich!" Hanna nahm den Brief entgegen und las das Kuvert. In der Sekunde wusste sie den Absender, denn die Schrift kannte sie. Es war eindeutig Pauls Handschrift. Sie legte den Brief kurz zur Seite und erntete unverzüglich fragende Blicke von Otto.

„Na, willst du nicht gleich nachsehen, von wem der Brief ist?", erkundigte sich der normalerweise sehr ausgeglichene und entspannte Otto, der seine Neugier kaum unterdrücken konnte.

„Er ist von Paul!", meinte sie als würde sie ihm nur geringe Aufmerksamkeit beimessen. „… aber vorher brauche ich noch dringend ein Glas Wasser. Wer weiß, was er geschrieben hat?" Hanna atmete tief ein. Sie schien also nur im allerersten Moment gelassen. Ein Überraschungsbrief? Ist er endlich zu einer Lösung gekommen? Wird sie dabei die Rolle der Siegerin oder der Verliererin übernehmen? Warum kann er ihr seine Entscheidung nicht persönlich mitteilen? Hanna gingen viele Gedanken und Fragen durch den Kopf. Sie war leicht angespannt, ließ es sich jedoch kaum anmerken. Sie hatte gelernt, sich mit der Situation zu arrangieren und tankte Energien aus den Behandlungserfolgen mit ihren Klienten. Doch dieser Brief ließ sie ganz und gar nicht kalt. Handelte es sich doch um ihre weitere Zukunft, dachte sie und war nun bereit, das Geheimnis zu lüften. Gewappnet mit einem Brieföffner nahm sie auf der Wohnzimmercouch Platz, holte tief Luft und öffnete den Brief. Dieser war handgeschrieben, mit schwarzer Tinte. Er war fast zwei Seiten lang. Das Schriftbild war nicht harmonisch und ausgewogen. Die Buchstaben machten den Eindruck, auf und ab zu tanzen und zu wenig Halt dabei zu finden. Phasenweise dürfte der Adressat seine Buchstaben, genauer gesagt seine Sätze, ja, durchaus seine Gedanken unter Kontrolle gehabt haben, was an seinem Schriftbild zu erkennen war. Hanna begann zu lesen und Otto las mit, in Hannas Augen und in ihrer Mimik. Zuerst war ihr Gesichtsausdruck starr, dann wurde er weicher. Dazwischen schmunzelte sie leicht, hob ihre Augenbrauen hoch, als ob sie etwas nicht lesen konnte und dann, dann faltete sie den Brief wieder sorgfältig zusammen und steckte ihn zurück ins Kuvert. Otto war mindestens so angespannt wie sie. Wollte er doch das Beste für Hanna, die ihm sehr ans Herz gewachsen war und für ihn eine große Bereicherung in seinem Leben wurde.

„Und?", fragte Otto neugierig.

„Und was?", antwortete Hanna fragend als hätte sie keine Ahnung, was Otto interessieren könnte.

„Na und?", wiederholte Otto, der sich nicht fragen traute, ob Paul nun tatsächlich seine Hanna auf eine gemeinsame Reise eingeladen hatte. Oder hatte er sich doch wieder anders entschieden?

„Und?" Hanna spielte das Spiel weiter, setzte aber rasch mit folgender Gegenfrage und neutralem Gesichtsausdruck fort. Durch ihr Verhalten erzeugte sie mehr und mehr Spannung, und Otto wurde immer unruhiger, als würde es auch ihn selbst treffen.

„Und ... könntest du mich morgen um 7:15 zum Bahnhof in Bad Ischl bringen?"

„Zum Bahnhof in Bad Ischl? Willst du mich verlassen?" Otto verstand nicht ganz und wirkte traurig. Was stand wohl in diesem Brief? Mit leichtem Seufzen stand Otto auf und holte seinen Terminplan aus dem Nebenzimmer. Hanna tänzelte ihm fröhlich nach.

„Nein, Paul möchte mit mir auf Urlaub fahren und holt mich morgen vom Bahnhof in Bad Ischl ab. Du weißt schon, sonst reden die Leute wieder über uns, wenn ich bei dir zusteige. Es gibt ohnehin schon zu viel Gesprächsstoff über uns und unsere Beziehung, nicht wahr?" Damit hatte Hanna wohl recht. Ihr wurde dieses unermüdliche Getratsche über ihre Beziehung in dieser Gemeinde schon zu viel, und deshalb wollte sie dem entkommen.

„Gemeinsam zu flüchten ist eine tolle Idee! Paul überrascht mich immer wieder. Man darf ihn doch nicht unterschätzen. Er ist wieder der Alte", erzählte Hanna überglücklich dem fassungslos blickenden Otto. Jetzt hatte sie das Gefühl, zurück bei ihrem Mann zu sein, bei ihm angekommen zu sein.

„Wohin werdet ihr flüchten, wenn ich fragen darf?" Hanna lächelte und gab bereitwillig zur Antwort. „Wir flüchten in die Berge, wo uns hoffentlich niemand kennt und wir nur für einander da sein können. Ich bin total aufgeregt." Otto freute sich, Hanna nach langer Zeit glücklich sehen zu können und wünschte den beiden eine erfolgreiche Flucht oder einen harmonischen Urlaub. Es war ihm ja nicht ganz klar, was Paul mit Hanna vorhatte.

„Dass alles seine Zeit hat, heisst auch,
dass alles seine Zeit braucht."
Ernst Ferstl

Mit strahlendem Lächeln begrüßten sich beide am Bahnsteig. Man könnte meinen, es stünden sich zwei Verliebte gegenüber, die ihren ersten gemeinsamen Urlaub antreten würden. Für Hanna fühlte es sich wie der Beginn einer Flitterwoche an, auf die sie seit Wochen mit großer

Sehnsucht gewartet hatte. Dementsprechend aufgeregt war sie auch.

„Wohin geht unsere Reise?“, fragte Hanna ihren Mann beim Einsteigen in das Auto am Bahnhof in Bad Ischl, als sie ihren roten Rucksack beschwingt in den Kofferraum legte.

„Lass dich einfach überraschen! Wir waren vor langer Zeit mal gemeinsam dort, und damals waren wir beide ziemlich beeindruckt von dieser Gegend. Ich bin sicher, dass es dir gefallen wird. Aber mach dir keine Sorge, wir fahren nicht ans Meer. Nicht ganz so weit, dafür wesentlich höher“, meinte Paul entspannt und mit einem Lächeln im Gesicht. Er war überzeugt davon, dass seiner Hanna das Urlaubsziel gefallen würde und fuhr entspannt und mit sich selbst zufrieden, die wenig befahrene Bundesstraße weiter.

Das Rauschen des Meeres würde bei Hanna noch immer Stress auslösen und sie an ihre furchtbare Erfahrung mit dem Meerbeben erinnern. War die Strömung in Khao Lhak sehr stark und erreichten die Wellen auch im Strandbereich eine stattliche Größe, hatte sie große Mühe einzuschlafen. Und das war Tage, bevor der Tsunami ausbrach. Aus diesem Grunde liebte sie die absolute Stille und Ruhe, die ihr Otto in seinem Haus bieten konnte.

Interessiert sah Hanna während der Autofahrt beim Fenster hinaus und ließ ihre Blicke über die Landschaft gleiten. Wie unwichtig war für sie das Reiseziel, wenn die Reisebegleitung richtig war und nicht besser sein hätte können. Auf diesen Moment, auf dieses Glücksgefühl hatte sie so lange warten müssen. Doch das Warten hatte sich gelohnt und sie dort ankommen lassen, wo sie endlich ihre Erfüllung fand.

Die beiden sprachen über Gott und die Welt, lachten so viel als wären sie sorgenlos und völlig unbelastet. Es war wie in ihren besten Zeiten. Keiner zeigte Interesse daran, das Thema, welches sie wochenlang, ja fast monatelang ständig begleitet hatte, anzusprechen. Sie genossen diese Unbeschwertheit und waren vom ersten Moment an in Urlaubsstimmung, wie damals in Khao Lak, in Thailand. Dann unterbrach Paul plötzlich Hannas Redefluss, die immer schnell ins Schwärmen geriet, wenn sie eine schöne Gegend oder eine tolle Naturstimmung sah.

„Hanna, lass uns doch ..." Hanna wurde sofort nervös, nicht wissend, was ihr Paul sagen möchte. In Sekundenschnelle erhöhte sich ihr Ruhepuls, und es trieb ihr den Schweiß aus sämtlichen Poren. Angespannt hörte sie Paul weiter zu.

„... die Nachrichten im Radio anhören, um zu erfahren, welches Wetter uns in den nächsten Tagen erwarten wird", meinte Paul. Erleichtert über diese Aufforderung griff Hanna, nicht ohne vorher nach Luft zu schnappen, als wäre sie knapp vor dem Ersticken gewesen, zum Autoradio und machte sich schnell damit vertraut. Sie schaltete es ein. Der entsprechende Sender war bereits voreingestellt.

„Eine sehr gute Idee! Auch die Verkehrsnachrichten wären ganz interessant", gab Hanna zur Antwort und beschloss sich nicht mehr so rasch aus der Ruhe bringen zu lassen. Kein Wunder, sie war nicht nur leicht traumatisiert von den letzten Wochen, sondern auch etwas überarbeitet aufgrund der vielen Massagetermine. Das Massieren machte ihr großen Spaß und sie liebte es, Menschen zu helfen, doch es kostete sie Kraft, physische und psychische Kraft, die sie seit ihrem Unfall noch immer nicht vollkommen zurückgewonnen hatte. Hanna war zwar mental stark und eine Kämpferin, was ihr in belastenden Situationen immer geholfen hatte.

Ein großartiges Bergwetter kündigte sich an. Ideal zum Wandern mit herbstlichen Temperaturen zwischen 15 und 18 °C untertags und etwa 5 °C in der Nacht. Was will man mehr!

Nach einer entspannten Autofahrt waren sie im Gesäuse, dem drittgrößten Nationalpark Österreichs, angelangt, bekannt durch seine schroffen Kalkgipfel und das 16 km lange Durchbruchtal der Enns zwischen Admont und Hieflau und den Seitentälern von Radmer und Johnsbach. Senkrechte Kalkberge ragen zu beiden Seiten der Enns hinauf und bilden die berühmten Kletterwände des Gesäuses. Nördlich des Flusses erheben sich die Berge der Buchsteingruppe und südlich davon die Gipfel der Admonter Reichensteingruppe, der Hochtorgruppe und der Zinödl-Lugauer-Gruppe. Im Norden der Gesäuseberge treffen das Reichraminger Hintergebirge und die Ybbstaler Alpen aufeinander, getrennt von der zur Donau hin abfließenden Enns. Wirft man von hier einen Blick nach Osten, so erkennt man die bewaldeten westlichen Ausläufer des Hochschwabs und die Eisenerzer Alpen, die sich auch im Süden erheben. Ein wunderbares Gebiet für Wanderer und Naturfreunde, die sich gerne in den Bergen aufhalten.

Im schönen Bergdorf Johnsbach, einem Hauptort des Gesäuses, machten sie Halt und besuchten die kleine Bergkirche. Besonders beeindruckend war für das Paar der bekannte Bergsteigerfriedhof, an dem die Bergsteiger, die in den Bergen des Gesäuses ihr Leben lassen mussten, begraben sind. Beide umgab ein Gefühl der Trauer, vor allem für diese Menschen, die schon in jungen Jahren in den Bergen zu Tode kamen. Paul nahm Hannas Hand und drückte sie fest, als wollte er ihr nonverbal vermitteln, dass sie keine Angst zu haben bräuchte, da er sie in den Bergen beschützen würde. Hanna antwortete mit einem leichten Händedruck und einer Geste, diesen Platz der Ruhe und Trauer wieder verlassen zu wollen.

Als sie wieder beim Auto angekommen waren, blickte Hanna etwas irritiert und nicht wenig beunruhigt auf ihre Schuhe und dann die steilen Berge hinauf. Paul beobachtete Hannas Verhalten und verstand ihre begründeten Bedenken. „Schau, was ich für dich mitgenommen habe, liebe Hanna!“, Paul packte braune Bergschuhe aus und zeigte sie freudestrahlend seiner Begleiterin. Hanna konnte es kaum glauben. Es waren ihre eigenen Bergschuhe, die sie kurz vor ihrer Reise nach Thailand gemeinsam mit Paul gekauft hatte und die seitdem nicht benützt wurden. Sie war erleichtert, ihre ungeeigneten Turnschuhe gegen geeignete feste Wanderschuhe eintauschen zu können und fühlte sich bestens gerüstet für die bevorstehenden Bergtouren.

Kurz entschlossen kehrten die beiden vor dem Aufstieg beim Kölblwirt in Johnsbach ein und stärkten sich mit einem ausgiebigen Mittagessen. Vom Kölblwirt führte die Bergroute NO-wärts über Weideflächen in einen Buchenwald und durch diesen auf den unteren Koderboden. Es roch wunderbar nach Wald und auch nach Gräsern und Kräutern. Hanna liebte diese Düfte, pflückte ein paar Minzblätter und packte wilden Oregano in ihren kleinen Rucksack. Vor ihrer Trennung machten die beiden viele Bergtouren miteinander, um dem Alltagsstress zu entkommen und weil sie die Natur liebten. Die frische Luft, das Grün der Bäume, Sträucher und Gräser und der Anblick der Berge taten Hannas und Pauls Psyche sehr gut. Immer wieder hörte man entweder Hanna oder Paul tief Luft holen, als würden sie Kraft aus der Natur schöpfen können. Es ging zwar nicht steil bergauf, doch auch diese leichte Steigung war für Ungeübte und Untrainierte eine Herausforderung. Nach einer Engstelle in das obere Hochtal erreichten sie die malerische Stadlalm. Von dort war es nicht mehr weit bis zur urigen Hesshütte, die auf 1699m Höhe liegt und nach dem Gesäusepionier Heinrich Hess benannt und 1893 erbaut wurde. Nach dieser etwa 2½-stündigen Tour hatten die beiden die Hesshütte erreicht. Sie waren sehr müde und ließen sich gleich von der Hüttenwirtin ihr Nachtlager zeigen.

„So, liebe Familie Mandl, Zimmer Nummer 3 für euch“, meinte die nette, aber doch etwas resche Hüttenwirtin und zeigte dem Ehepaar das Nachtquartier mit vier Betten, zwei Stockbetten, einem kleinen quadratischen Tisch und einem Sessel. Mehr brauchte man nicht auf dieser äußerst urigen Berghütte, die als die zweitälteste des Gesäuses gilt.

Hanna und Paul hatten somit nach Jahren wieder gemeinsam einen Berg erklommen bzw. zumindest eine Berghütte zu Fuß erreicht. Für den nächsten Tag war eine größere Bergtour geplant. Man wollte das Hochtour (2369 m) besteigen und wenn möglich sogar überschreiten, sofern sich das Wetter von seiner besten Seite in dieser herbstlichen Jahreszeit zeigte. Und laut Wetterprognose sollte es ein prächtiger Herbsttag werden.

Am Abend war noch Hüttenleben angesagt. Hanna und Paul saßen am Tisch noch mit drei älteren Ehepaaren zusammen, und es wurde viel gelacht und nicht gerade wenig getrunken. Auf den Berghütten war ein amikaler Umgang mit den Berggenossen sowie mit den Wirtsleuten üblich, und man unterhielt sich über das weitläufige Wandergebiet hier im Gesäuse, über bereits unternommene Touren in einem anderen, mindestens genauso schönen Gebiet und natürlich über das hiesige Bergwetter. Das jüngere Ehepaar aus dieser Gegend glaubte das Gesäuse besser zu kennen als die anderen Anwesenden und erzählte von Bergtouren, die in der Runde nicht bekannt waren. Auch was die Wetterprognose für den nächsten Tag betroffen hatte, schienen sie Experten gewesen zu sein, und man hoffte, dass sie mit der sonnigen Wettervorhersage tatsächlich recht hatten.

Hanna und Paul fühlten sich unheimlich wohl in der Runde und genossen das gemütliche Hüttenleben, aber noch viel mehr das Wieder-vereint-sein-Können. Sie fühlten sich wie das Ehepaar, das sie über 30 Jahre lang waren. Es war vor allem Hanna, die vor Glück strahlte, und es war ihr gänzlich unwichtig, wie sich das Wetter in den nächsten Tagen entwickeln würde. Ob Regen, Schnee oder Sonnenschein, das Wichtigste war für sie nicht das Wetter, sondern eine einzige Person. Paul und nur ihr Paul. Und den hoffte sie wieder ganz zurückgewinnen zu können. Vorerst sprachen sie jedoch nicht über diese Entscheidung und versuchten gekonnt Belastendes beiseite zu schieben. Sie genossen das Zusammensein, aßen mit Freuden, die von der Hüttenwirtin selbst gemachten Knödel mit Sauerkraut und tranken dazu eine Flasche herrlichen österreichischen Rotweins. Und danach gab es einen wunderbaren, flaumigen Zwetschkenkuchen mit Streuseln. Er sah nicht nur köstlich aus, er schmeckte auch herrlich. Hanna und Paul blieben in der warmen, gemütlichen Hüttenstube bis zur Sperrstunde. Diese war um 22 Uhr. Dann wurden die Gäste liebevoll, aber doch bestimmt vom Hüttenwirt aufgefordert, ihre Nachtlager aufzusuchen und die Hüttenruhe einzuhalten. Es wurde kalt in der Nacht, aber es gab genügend Decken für die Gäste, sodass keiner frieren musste. Doch Hanna zitterte. Sie war sehr kälteempfindlich und liebte mehr die wärmeren Jahreszeiten, während Paul die kühleren Temperaturen lieber waren.

Nähe ist keine Frage der Entfernung.

„Es ist so schön, wieder mit dir zusammen sein zu können", flüsterte Hanna Paul mit fröstelnder Stimme zu, hoffend, dass Paul zwischen den Zeilen lesen und ihren Wunsch erfüllen konnte. Den Wunsch nach Nähe, Zuneigung und Liebe. Paul hatte keine Ahnung, welches Bedürfnis sie hatte, wirkte sie doch ziemlich müde und mitgenommen von der Bergtour. Auch er war ermattet und etwas alkoholisiert vom Wein, der ihn allerdings locker und entspannter werden ließ. Hanna trank lediglich ein kleines Glas. Im Hüttenzimmer war es stockfinster und man konnte nicht einmal Umrisse oder Schatten erkennen. Nur tasten, spüren, fühlen und riechen waren möglich. Paul roch nach Alkohol und das nicht gerade wenig. Zaghaft näherte sich Paul seiner Ehefrau Hanna, als wäre es das erste Mal. Hannas Herz klopfte. Im Nu verschwand ihre Müdigkeit, und sie machte einen aufgeweckten und erregten Eindruck. Sie war motiviert, nach langem Warten endlich wieder das tun zu können, was man in einer glücklichen Partnerschaft, vor allem in den ersten gemeinsamen Jahren, besonders gerne macht.

Hanna und Paul teilten sich diese Nacht ein Bett. Es war ein schmales Bett, aber dennoch genug Platz für zwei Liebende. Sie drückten sich aneinander, liebkosten sich inniglich und kamen sich nach vielen, anfangs zärtlichen, später sehr intensiven und langen Küssen immer näher und näher und schlussendlich waren sie wieder ganz vereint. Es war aufregend wie die erste gemeinsame Nacht, aber doch vertraut, wie in einer langjährigen Partnerschaft. Nein, es war schöner, intensiver und inniglicher als in den letzten gemeinsamen Jahren. Gemeinsam hatten sie einen Herzschlag von etwa 250 pro Minute. Sie wechselten kaum Worte, nur Gefühle. Der ganze Raum war erfüllt mit Liebe und wunderbaren Energien, die jeder gespürt hätte, auch wenn man aufgrund der Dunkelheit nichts und niemanden sehen konnte. Die Atmosphäre war so stimmig und schön, einfach wunderbar für zwei Liebende. Es war, als würden die beiden nie voneinander getrennt gewesen sein und auf immer und ewig zusammengehören.

Mit den Worten Tolstois „Denke immer dran, dass es nur eine wichtige Zeit gibt – HEUTE, HIER und JETZT", die Hanna Paul liebevoll ins Ohr flüsterte, schliefen die beiden eng umschlungen und zufrieden ein.

Kaiserwetter und Königsstimmung?

Es war Kaiserwetter und Königsstimmung. Alles sprach dafür, an diesem Tag die wunderschöne, aufgrund der Steilheit doch ziemlich anspruchsvolle Bergtour zum Hochtor zu unternehmen. Hanna und Paul ließen sich an diesem Morgen Zeit und verließen die Hütte erst gegen 9 Uhr nach einem kräftigenden Frühstück mit Müsli und Schinken-Käse-Broten. Freudestrahlend zog Hanna ihre Wanderschuhe an. Sie war glücklich, aber auch Paul war guter Dinge und freute sich über das sonnige Bergwetter und die Unbeschwertheit, die er hier in diesen Höhen, weitab der Heimat fühlte. Bevor sie aufstiegen, betrachteten sie noch gemeinsam, von der Hütte aus, das großartige Bergpanorama. Westlich baute sich der mächtige Hochtorstock auf, nordwestlich das breite Haupt der Planspitze, östlich das Zinödl und südlich ragten die Jahrlingmauer, die Stadelfeldschneid und die Kölblhichmauern auf. Der Pfad zum Hochtor war gut beschildert und an diesem Tag besonders stark frequentiert. Schon am frühen Morgen machten sich drei Wandergruppen in diese Richtung auf. Eine kleinere Gruppe mit jungen sportlichen Männern aus der Gegend, gefolgt von zwei größeren, gemischten Gruppen. Man sah auch Familien mit älteren Kindern, die gut gelaunt den Berg hinaufgingen und die Natur, das Bergpanorama sowie das prächtige Wetter genossen.

Hanna ging leichtfüßig vor, und Paul trabte in Gedanken hinter ihr her. Mit welchen Gedanken? Und woran dachte Hanna wohl während des durchaus beschwerlichen Aufstiegs? Das Leben in Steinbach war für beide weit weg, sehr weit weg sogar, als würde es überhaupt nie, und schon gar nicht in dieser Form, je existiert haben. Die Unruhe und Unsicherheit, mit denen Hanna und Paul in den letzten Wochen zu kämpfen hatten, schien verschwunden zu sein, als wäre sie niemals da gewesen. Doch kaum dachte Hanna nicht an das Hier und Jetzt, an jeden Schritt, den sie setzte, war es schon um sie geschehen. Sie rutschte auf einem spitzen Stein aus, stürzte und fiel Paul, der wenige Meter hinter ihr ging, direkt vor die Füße. Dieser schrie leicht auf, als er sah, dass Hanna verletzt war und ihr Knie blutete.

„Oh nein!“, stöhnte Paul und sah Hilfe suchend um sich. „Hanna, kannst du aufstehen?“, fragte Paul besorgt und versuchte sie an ihren Oberarmen hochzuziehen. Bei diesem Versuch rutschten beide noch ein weiteres Stück den Berg hinunter, bis sie letztendlich in einem Latschenfeld landeten.

„Paul, hast du dich verletzt?“, erkundigte sich Hanna sofort nach der unsanften Landung in den Latschen. Er wirkte sehr geschockt. Es vergingen keine fünf Minuten, schon war ein sportlicher Wanderer an der Unglücksstelle. „Soll ich die Bergrettung rufen?“, erkundigte sich der freundliche Mann mit dem Drei-Tages-Bart, der den Unfall beobachtet hatte und sogleich zu Hilfe eilte. Die beiden mussten sich erst sammeln, ehe sie eine Antwort auf diese Frage geben konnten. Paul stand auf, bewegte ein wenig seinen Körper und drehte und wendete sich, um zu spüren, wo es ihm weh tat. Schürfwunden waren keine zu sehen. Er schien soweit unverletzt zu sein. Hannas Knie blutete, aber sonst fühlte sie sich okay an.

„Danke vielmals, es geht uns gut. Wir brauchen keine Rettung!“ meinte Hanna, nachdem sie gesehen hatte, dass sich Paul nach wie vor normal bewegte und keine oder keine allzu großen Schmerzen zu haben schien. Hannas blutende Wunde am Knie wurde von Paul liebevoll versorgt und mit einem elastischen Wundverband, den sie sicherheitshalber in den Rucksack eingepackt hatten, versehen. Hanna versuchte tapfer den Berg weiter hinaufzugehen, doch fühlte sie sich aufgrund der Knieverletzung unsicher, und so beschlossen sie umzudrehen und zur Hesshütte zurückzukehren. Der Weg dorthin war noch relativ weit und mühsam und obendrein übersät mit viel Geröll. Zum Teil lagen diese vielen, unterschiedlich großen Steine direkt auf ihrem Gehweg, mehr aber noch daneben sowie rundherum. Es fanden sich nicht nur rundliche, sondern vor allem spitze, kantige Steine bzw. kleinere Felsbrocken, die immer wieder in Bewegung waren und nicht dauerhaft an ihrem Platz liegen blieben. Sie bekamen immer wieder den Impuls hinunterzurollen und fanden dann wieder einen neuen Platz. Vielleicht behielten sie den neuen Platz nur für eine kurze Zeit und es hieß wenige Stunden, Minuten, möglicherweise gar Sekunden später wieder Abschied zu nehmen. Manchmal kam dieser Abschied, diese Trennung von ihrer Umgebung völlig abrupt und schon ging die unbekannte Reise weiter. Nach unten und nicht nach oben. Es war weder bekannt, wie lange die nächste Reise dauerte, noch wohin sie ging. Die Laufrichtung war nicht nur abhängig vom Erstimpuls, sondern auch von den anderen Steinen und beweglichen Felsbrocken, die auf dem Weg lagen. Ihre Aufenthaltszeit war ungewiss. Der Weg war vorgegeben und konnte kaum willentlich beeinflusst werden. Doch manchmal passierte es, dass die Reise blockiert war, durch einen anderen, größeren Stein, durch eine Wurzel oder etwa einen dicht gewachsenen Strauch, durch Föhren oder Latschen. Dann war vorerst nicht mehr an ein Weiterrollen zu denken. Es fragte sich nur, ob das gut oder schlecht war. Ist es der Platz, wo man tatsächlich hinwollte, der einem auch gefällt? Oder ist man dort unglücklich und wartet voller Hoffnung auf einen neuen Impuls, um möglichst rasch wegzukommen. Fragen war in Ordnung, aber es führte zu nichts. Es war an kein Weiterrollen zu denken. Es war die Endstation.

„Neue Wege entstehen, indem wir sie gehen."
Friedrich Nietzsche

Wenn man das Leben der Steine als Metapher für die Situation von Hanna betrachtet, dann könnte man diese als Hindernisse sehen, die im Weg lagen und die es noch zu überwinden galt. Oder sollte es heißen, dass das Leben in Bewegung ist, sich ständig etwas bewegt und dass es keinen Stillstand gibt bis die Endstation erreicht ist. Steine haben durch die Einflüsse von außen sowie durch kleine Impulse die Tendenz hinunterzurollen. Ein Hinaufrollen, eine Bewegung nach oben ist nicht möglich. Aber wie könnte die Bewegung der Steine, das Hinabrollen noch interpretiert werden? Sind die bergab rollenden Steine vielleicht als Vorbote für einer schlechte Nachricht zu sehen?

Hanna und Paul wollten den Weg zurück zur Hütte gemeinsam schaffen, ohne die Hilfe anderer in Anspruch zu nehmen. Sie wussten, wie vorzugehen war, nämlich langsam und vorsichtig. Jeder Schritt musste überlegt und richtig gesetzt sein, um mit möglichst wenig Schmerzen voran zu kommen. Und das war, wie sich kurze Zeit später herausstellte, mehr für Hanna als für Paul eine ziemliche Herausforderung. Sie litt unter ziemlich starken Knieschmerzen, ließ sich aber kaum etwas anmerken und ging Schritt für Schritt leise und wortkarg mit innerlichem Stöhnen weiter den Weg hinab.

Paul hatte mehr Glück, denn bei dem plötzlichen Bergrutsch wurde lediglich sein linker Fuß, mit dem er zu bremsen versuchte, leicht verletzt, aber nicht gebrochen. Bei dieser Fußgelenksverletzung handelte es sich wahrscheinlich um eine Verstauchung oder Zerrung des oberen Sprunggelenkes, was beim Bergabgehen allerdings ziemlich unangenehm sein kann. Umso mehr deshalb, weil Paul ein sehr schmerzempfindlicher Mensch war und seine Leiden immer nach außen tragen musste. So war eben seine Persönlichkeit. Er konnte einfach nicht anders, er musste jammern und seine Schmerzen lautstark mitteilen. Dann ging es ihm etwas besser.

Sie bedauerten zutiefst, den Gipfel nicht gemeinsam erreicht zu haben. Jetzt, in dem Zustand, in dem sich Hanna befand, wurde er unerreichbar für beide, denn der Weg ging für beide langsam, aber sicher nur bergab. An ein

Bergaufgehen war hier nicht mehr zu denken, auch wenn es sich beide sehnsüchtig wünschten.

Auf dem Rückweg zur Hesshütte legten sie immer wieder kurze Erholungspausen ein, denn das Gehen mit einem verletzten Knie war für Hanna, die sich wirklich tapfer schlug, ziemlich schmerzhaft. Ein riesengroßer Stein, etwas abseits des Pfades, lud die beiden zu einer längeren Rast ein, auf dem die eingepackte Jause in Ruhe gegessen wurde. Das Wetter zeigte sich von seiner schönsten Seite, und die Sonne begleitete sie schon den ganzen Tag. Das Bergpanorama war großartig, und dieser wunderbare Blick alleine gab ihnen viel Kraft und Energien, für das, was ihnen noch bevorstand. Sie hatten noch etwa eine Stunde bis zur Hütte, die allerdings vom Rastplatz aus noch nicht sichtbar war. Erstaunlicherweise ging es Hanna nach der Rast wieder besser, und man war voller Hoffnung, dass es sich um keine allzu schlimme Knieverletzung handeln würde.

Glücklich, aber sehr erschöpft, erreichten die beiden am mittleren Nachmittag die Hesshütte. Sie waren die Ersten, die von ihrer Bergtour wieder zurückgekommen waren, und daher hatten sie die Hütte noch fast für sich alleine. Hanna beschloss sich kurz in ihrem Zimmer auszuruhen, während Paul auf der Sonnenterrasse ein Bier trank. In Gedanken versunken saß er vor seinem Getränk und blickte in die Ferne, die Berge hinauf und hinunter, als ob er nach etwas suchen würde. Nein, er hielt nicht Ausschau nach Hochwild, nach Gämsen oder Hirschen. Er war kein Jäger und zeigte auch wenig Interesse für dieses Hobby. Er suchte nach der Antwort auf seine Frage, die ihn seit Wochen ständig beschäftigt hatte. Die Lösung seines Problems war noch immer nicht gefunden worden. Sie wurde nur zwischenzeitlich zu Seite geschoben.

„Kennst du den Weg hinunter?“, fragte jemand. Paul erschrak. Ein älterer, grauhaariger Herr mit lustigen Augen, die freundlich lächelten, nahm neben Paul auf der alten Holzbank Platz.

„Nein, ich kenne nur den Weg von der Mitte des Hochtors hinunter zu dieser Hütte, aber nicht weiter runter“, antwortete Paul unverzüglich und fast automatisiert. „Ich sage dir, er ist nur teilweise steinig, und abschnittsweise, nämlich dann, wenn du durch die Buchenwälder gehst, ziemlich rutschig. Pass also auf und sei achtsam!“ gab ihm der freundliche Mann zu bedenken. Paul erwiderte mit einem zaghaften Lächeln und blickte in die Ferne oder ins Nichts. Er sah nicht in das Gesicht des Fremden, sondern fühlte sich fast ein wenig gestört. Er hatte das dringende Bedürfnis nach Ruhe und wirkte in sich gekehrt.

„Du bist betrübt, mein Freund! Was ist los? Kann ich dir helfen?“, fragte der Grauhaarige besorgt und beäugte Paul sorgenvoll, der bei genauer Betrachtung mitgenommen und traurig wirkte. Da war es wieder. Das Problem, das in drei Tagen, wenn sie wieder nach Hause fahren mussten, gelöst sein sollte. Es rückte zunehmend näher, für Paul viel zu schnell.

„Mein Freund, das Leben kann nicht immer voller Freude und Liebe sein. Aber weine nicht, weil etwas vorbei ist, sondern freu dich darüber, dass du es erleben konntest. Realisiere, dass das Leben eine Schule ist und du hier bist, um zu lernen. Lerne und versuche alle Tests zu bestehen, auch wenn sie anfangs schwierig und unlösbar zu sein scheinen. Wenn du in solchen Phasen das Bedürfnis hast, dein Leben mit anderen zu tauschen, tue es nicht. Du weißt nicht, wohin deren Reisen geht. Und vergiss nicht, niemand ist zuständig für dein Glück, außer du selbst." Mit diesen Worten verabschiedete sich der weise Mann und war ganz plötzlich wieder verschwunden. Pauls Blick war noch immer nach vorne ins Nichts gerichtet, während er die Worte des klugen Mannes zu verarbeiten versuchte. Er nahm sich noch etwas Zeit, um diese weisen Gedanken zu verarbeiten. Er sah in die Richtung, aus der der Unbekannte kam, und dann hatte er sie. Die Lösung. Es war die richtige Lösung für sein Problem, dachte er. Plötzlich schien ihm alles ganz klar und logisch. Zufrieden mit sich selbst, suchte er Hanna in ihrem Zimmer auf und freute sich, dass sich ihr körperlicher Zustand wieder verbessert hatte und sie gemeinsam ihr Abendessen auf der Hütte einnehmen konnten. Heute Abend gab es selbst gemachte Eiernockerl mit Salat und als Nachspeise einen saftigen Gugelhupf. Wer konnte bei diesem wunderbaren Essen schon widerstehen? Doch auf einer Hütte, hoch oben in den Bergen, schmeckte ohnehin fast alles köstlich. Besonders dann, wenn die Umgebung und die Atmosphäre gut sind.

Hannas Knieschmerzen ließen langsam nach und sie konnten die kommenden zwei Tage sogar noch kleinere Wanderungen machen. Auch das schöne Wetter ließ sie nicht im Stich, und die Stimmung zwischen den beiden war sehr gut und harmonisch. Paul war seit dem Gespräch bzw. seit den Worten des grauhaarigen Mannes entspannter und wieder der Alte, so wie ihn Hanna vor dem Tsunami-Unglück kannte. Dieser alte Mann hatte es in nur kurzer Zeit geschafft, Paul den richtigen Weg aufzuzeigen und ihn damit glücklich und zufrieden zu stimmen. Auch Hanna bemerkte seine persönliche Veränderung und sein entspanntes Verhalten, das sie auf die herrliche Umgebung und die wunderbare Stimmung zurückgeführt hatte. Es wirkte sich auch positiv auf Hannas Psyche aus, die sich nach diesen wunderschönen gemeinsamen Tagen wieder gänzlich als Pauls Ehefrau fühlte. Sie war überaus glücklich, denn sie war wieder zurück und dort angekommen, wo sie hinwollte. In Pauls Herz. Es war ein äußerst mühsamer und langer Weg, aber der Aufwand hatte sich für sie gelohnt. Ihre Ausdauer und Hartnäckigkeit, aber besonders ihre tiefe Liebe zu Paul hatte ihr dabei geholfen, ihr Ziel zu erreichen. Der Wunsch nach Pauls Liebe, nach dem Zuhause bei ihm ist in Erfüllung gegangen. Doch am nächsten Morgen war mit einem Schlag alles völlig anders.

Was ist Partnerschaft?

Hanna lag regungslos im Bett. Leichenblass und mit Schweißperlen auf der Stirn fand Paul am nächsten Morgen seine Hanna neben ihm liegend vor. Was war geschehen? Besorgt und in Panik fühlte Paul sofort Hannas Puls am Hals. Er war für ihn kaum tastbar. Sie war nicht ansprechbar und reagierte nicht auf äußere Reize. Unverzüglich legte er sie in die stabile Seitenlagerung und war etwas erleichtert, als sie nach wenigen Sekunden wieder ihr Bewusstsein zurückgewonnen hatte. Hatte sie sich bei dem Sturz nicht nur eine Knie-sondern auch eine Kopfverletzung zugezogen? So rasch er konnte, organisierte er für Hanna die Bergrettung, die kurze Zeit später vor der Berghütte landete. Alle auf der Hütte Anwesenden waren äußerst hilfsbereit, und die Hüttenwirtsleute wünschten den beiden von Herzen alles Gute sowie baldige Besserung.

Mit den Worten „Schön, dass ihr beide euch habt und so glücklich miteinander seid!“ verabschiedete die Hüttenwirtin Hanna und Paul und ließ sie in den Rettungshubschrauber, der direkt neben der Hütte abhob, einsteigen. Hanna war ziemlich übel, und sie musste mehrmals erbrechen. Sie fühlte sich schwach und orientierungslos. Paul saß nervös und extrem angespannt neben ihr. Mit traurigem Blick sah er in ihre müden Augen und versuchte darin zu lesen, doch es schien alles verschwommen und unklar zu sein. Trotz genauer Anamnese, die der Notarzt mit Paul durchführte und der Informationen, die ihm zur Verfügung standen, konnten bislang nur Vermutungen, was Hannas Gesundheitszustand betraf, angestellt werden. Eine Diagnose wollte der junge Arzt ohne eingehende Untersuchungen, die erst im Spital gemacht werden würden, nicht geben. Er hatte eine Verdachtsdiagnose, hielt sich jedoch damit zurück, da er die Betroffenen nicht verunsichern wollte. Es war nicht seine Aufgabe und nicht der richtige Zeitpunkt, hier ein Aufklärungsgespräch zu führen, selbst wenn Paul verständlicherweise darauf gedrängt hatte und möglichst rasch eine genaue Diagnose wollte.

Im Spital wurden, wie angekündigt, sämtliche relevanten Untersuchungen durchgeführt, die wichtigsten Blutparameter bestimmt, ein EKG und EEG sowie eine Magnetresonanz- und Computertomographie veranlasst. Paul war bei allen Untersuchungen anwesend oder in Hannas Nähe, die alles ziemlich tapfer und gelassen hinnahm. Sie war eine ruhige, unkomplizierte Patientin, die weder klagte, noch Dinge einforderte. Gemeinsam warteten sie auf die Befunde und hofften das Beste.

Die erste Nacht verbrachte Paul bei Hanna im Krankenzimmer, wo sie sich gegenseitig beruhigt hatten. Es war augenscheinlich, dass Hanna bessere Nerven hatte als ihr Paul, der keinerlei medizinische Kenntnisse besaß und daher das Fachchinesisch der Ärzte nicht verstand. Er wagte auch nicht nachzufragen. Er hatte Angst, sich vielleicht blamieren zu können. Er war sehr nervös und angespannt.

Am nächsten Morgen kam die ernüchternde Diagnose. Es war ein älterer, durchaus sympathischer Arzt, der Hanna die Nachricht zu ihrem Gesundheitszustand überbringen sollte. Er wirkte ruhig und nachdenklich, jedoch nicht mehr so strahlend wie noch am Vortag als er Hannas Krankenzimmer betrat. Etwas zögerlich setzte er sich an ihr Bett. Bevor er zu sprechen begann, sah er Hanna tief in die Augen und machte sich ein Bild von ihrem derzeitigen psychischen Zustand. Auch für ihn dürfte es kein Leichtes gewesen sein, die beiden Betroffenen über Hannas Krankheit aufzuklären. Es wurde still im Raum. Hanna und Paul blickten angespannt und aufgeregt in das markante Gesicht des Arztes.

Die Diagnose lautete: Glioblastom, ein bösartiger Gehirntumor im letzten Stadium. Lebenserwartung etwa drei Monate. Paul war zutiefst betroffen und paralysiert. Mit Tränen in den Augen nahm er Hannas Hand und strich ihr mit der anderen liebevoll über den Kopf. Sie lag ruhig in ihrem Krankenbett und starrte in Pauls Gesicht. Sie wusste, dass sie schwer krank war. Und sie spürte es, als sie in Pauls traurige Augen blickte, die mehr als tausend Worte sprachen. Er konnte seine Tränen nicht unterdrücken, sondern ließ ihnen freien Lauf. Hanna streckte ihm ihre Hand entgegen. Er beugte sich noch mehr zu ihr vor, und sie strich ihm zärtlich über seine Wange, über die unaufhaltsam seine Tränen rannen. Er weinte genauso wie damals als er seine Hanna in Thailand zurücklassen musste. Er hatte sie damals verloren, und auch jetzt wird er sie wieder verlieren. Dieses Mal gab es jedoch bestimmt kein Zurück mehr.

„Weine nicht, Liebster! Vergeude nicht deine Zeit mit jemandem, der dich nur belastet“, sagte Hanna mit zarter, leiser Stimme. Sie blieb dennoch stark und versuchte ihren völlig verzweifelten Mann zu trösten.

„Bitte, sag das nicht. Ich bin für dich da, komme, was wolle …“, gab Paul mit zittriger Stimme zur Antwort und neigte sich zu Hanna vor, um diese umarmen zu können.

„… komme, was wolle …“, wiederholte Hanna mehrmals hintereinander und drückte ihren Mann mit geschlossenen Augen an sich. Sie liebte ihn über alles und brauchte nun seine Nähe mehr denn je. Paul spürte ihr Verlangen, und spätestens jetzt war ihm klar, wie er sich zu entscheiden hatte. Seine Liebe gehörte Hanna, auf jeden Fall solange sie lebte. Es war sie, die immer zu ihm stand, egal, was passiert war. Sie hatte ihm immer alles verziehen. Nicht nur seine kleinen, sondern auch seine größeren Ausrutscher, die unglücklicherweise zumeist nicht unentdeckt geblieben waren. Hanna spürte einfach mehr als die meisten Menschen, und Paul konnte ihr kaum etwas vormachen. Er glaubte lange nicht an ihre unglaublichen mentalen Fähigkeiten, und so blieb es nicht bei einem Seitensprung. Jetzt aber brauchte sie ihn, und er versicherte ihr, sie in diesen schwierigen Zeiten nicht alleine zu lassen. Er stand zu ihr und sah sie trotz ihrer zu Tode führenden Krankheit, der sie hilflos ausgeliefert war, als seine wahre Ehefrau und Lebenspartnerin. Ein wenig Zeit hatten sie noch füreinander, und diese wollten sie gemeinsam und in liebevoller, vertrauter Atmosphäre verbringen.

Plötzlich klopfte es an der Zimmertür und Paul löste sich aus Hannas Umarmung. Paul vermied es, sich dem eintretenden Pflegepersonal zuzuwenden, sondern sah scheinbar interessiert beim Fenster hinaus, als ob er das

Geschehen draußen beobachten würde. Es war ihm immer unangenehm, wenn man ihn weinen oder verheult sah. Ein Mann weint doch nicht.

„Herr Mandl, wenn Sie wollen, können Sie gerne auch diese Nacht wieder bei Ihrer Frau schlafen. Ich mache Ihnen das Bett nebenan“, bot die sympathische Krankenschwester Paul an. Er nahm das Angebot dankend an, da er das dringende Bedürfnis hatte, in Hannas Nähe zu sein, die erst am nächsten Tag in das Landeskrankenhaus transferiert werden sollte, das näher zu Pauls Wohnort war.

Hanna und Paul befanden sich wieder alleine im Krankenzimmer, als plötzlich Pauls Mobiltelefon läutete. Er sah kurz auf das Display und antwortete kühl und gelassen mit einem neutralen „Hallo!“ Man hörte eine weibliche, schrille Stimme durchs Telefon brüllen, auf die Paul jedoch unglaublich ruhig reagierte. Das überraschte ihn selbst. „Nein, ich komme heute nicht nach Hause. ... Ich bin bei Hanna. Sie ist sehr krank, sehr krank.“ Die Anruferin schimpfte unbeirrt weiter, doch Paul zeigte kein Interesse an der Kommunikation mit ihr, sondern legte nach seiner kurzen Erklärung auf. Sekunden später läutete erneut das Telefon. Nach einem Blick auf das Display ignorierte Paul den Anruf, schaltete sein Telefon ab und verstaute es in seiner Jackentasche. Seinem Verhalten nach musste es derselbe Anrufer gewesen sein.

„Wer war das?“, fragte Hanna, die Paul während der letzten Minuten genau beobachtet hatte. Paul drehte sich weg von Hanna und stotterte dann: „... es war ein Freund von mir, der mich ... der mich für heute eingeladen hätte.“ Paul konnte nicht die Wahrheit sagen. Er wollte

Hanna in dieser schwierigen Situation nicht belasten und ihr nicht auch noch seelische Schmerzen zufügen. Es war Dagmar. Und in der gegenwärtigen Situation war sie für ihn erstaunlicherweise ziemlich unwichtig. Sie war für ihn fast störend und Störungen jeglicher Art waren ihm derzeit gänzlich unangenehm. Also vermied er sie, wo es nur ging. Auch, um sich selbst davor zu schützen, um stark zu sein, um keine Energien zu verlieren.

„Wir können den Wind nicht ändern,
aber die Segel anders setzen."
Aristoteles

Am nächsten Morgen wurde Hanna in ein anderes, etwas größeres Krankenhaus transferiert, wo sie noch etwa eine Woche bleiben und in dieser Zeit die erste Chemotherapie bekommen sollte. Hanna trug ihre Krankheit mit Fassung, klagte kaum und versuchte immer wieder Paul damit zu beruhigen, dass sie ganz bestimmt gesund werden würde. Er aber war sicher, dass es nicht so sein werde, da er den Ärzten vertraute und eine Lebensdauer von lediglich drei Monaten in Erinnerung hatte, die Hanna noch übrigblieb.

Paul verbrachte viele, viele Stunden bei Hanna im Spital. Er hatte das Gefühl, etwas wieder gut machen zu müssen. Es war das schlechte Gewissen, das plötzlich in ihm aufkam und ihn ständig quälte. Der Seelsorger aus dem Krankenhaus trug auch ein wenig zu diesem Stimmungswandel bei, als er Paul Folgendes zum Nachdenken mitgab: „Bedenke, dass die beste Beziehung die ist, in der jeder Partner den anderen mehr liebt als braucht!" Er hatte natürlich Recht, aber wie geht man vor, wenn man von zwei Frauen umgeben war, die einem wichtig waren?

Da läutete wieder Pauls Handy. Er war gerade auf dem Weg zu Hanna und befand sich unmittelbar vor dem Spitalseingang. Zwischendurch musste er etwas Frischluft und Energien tanken und suchte dafür den Park in der Nähe des Spitals auf, der eine beruhigende Wirkung auf ihn hatte. Währenddessen versuchte Hanna zu schlafen. Sie war sehr müde von den starken Schmerzmitteln und der Chemotherapie, aber sie war zumeist schmerzfrei. Wenn Paul bei ihr war, hatte sie das Gefühl, stark sein und ihm Kraft und Mut geben zu müssen. Zudem hatte sie das unglaubliche Bedürfnis, jede Stunde, ja jede Sekunde mit Paul bewusst wahrnehmen, ja fast aufsaugen zu müssen, als wäre es bald Zeit für den Abschied voneinander.

„Herr Mandl, hier spricht Serge Laslo", sagte die freundliche Stimme am Telefon. Paul kannte keinen Herrn mit diesem Namen und wollte unweigerlich auflegen, wenn dieser nicht sofort die erfreuliche Nachricht verkündete, die lautete: „Herr Mandl, Ihre neue Wohnung ist fertig und Anfang nächste Woche bezugsbereit." Wie in der Wohnungsangelegenheit weiter vorzugehen war, war für Paul nun hundertprozentig klar. Es stand für ihn außer Zweifel, dass er gemeinsam mit Hanna in die neue Wohnung ziehen würde. Und Dagmar? Sie wird in ihrem Haus, das ihrer Mutter gehörte, bleiben. Vielleicht wird sie auf ihn warten, mehr oder weniger geduldig.

Die telefonische Nachricht Pauls an Dagmar, dass er nicht mit ihr sondern mit seiner langjährigen Frau die neue Wohnung beziehen werde, stimmte Dagmar sehr unglücklich und gleichzeitig wütend, da sie sich schon seit mehreren Monaten auf diese Veränderung vorbereitet hatte. Jetzt kam eine neue Veränderung auf sie zu, mit der sie nicht gerechnet hatte und die äußerst überraschend für sie kam. Sie hatte einen Hass auf Hanna und wollte anfangs die Botschaft von Hannas schlechtem Gesundheitszustand nicht zur Kenntnis nehmen und zweifelte sogar an dessen Wahrheitsgehalt. Paul blieb Dagmar gegenüber eher wortkarg und vermied weitere Dialoge. Er war gefühlsmäßig bei Hanna und ihrer Krankheit und hatte wenig Interesse an einem ausführlichen Gespräch mit Dagmar. Für Paul war alles gesagt und völlig klar. Er gab ihr bekannt, dass Hanna schwer krank war, sie daher seine Unterstützung auf emotionaler und partnerschaftlicher Ebene dringend benötigte und er nun seinen ehelichen oder vielmehr moralischen Pflichten nachkommen würde. Daraus ging auch hervor, dass er aus dem gemeinsamen Haus mit Dagmar ausziehen und somit die Partnerschaft mit ihr beenden werde. Zweifelsohne konnte man Dagmars Wutausbrüche und Trauer verstehen, der plötzlich ihr geliebter Partner entzogen wurde. Faktisch war es Hannas Krankheit, ihr physischer Zustand, der stärker war als alles andere und der Paul zu einer raschen Lösung verholfen hatte.

„Man sieht die Sonne langsam untergehen und erschrickt doch, wenn es plötzlich dunkel ist."
Franz Kafka

Hanna blieb über zwei Wochen im Spital und erhielt dort noch eine weitere Chemotherapie. Die Nebenwirkungen waren äußerst stark. Es war ihr immer Tage danach sehr übel, und sie litt unter heftigen Kreislaufproblemen sowie Kopfschmerzen. Trotz alledem war sie guter Dinge und voller Hoffnung und gab nicht auf, an ihre Heilung zu glauben. Auf diese konnte sie geduldig warten, denn Warten hatte sie ja gelernt. Viel Kraft schöpfte sie aus der Tatsache, dass Paul mit ihr in die neue Wohnung ziehen werde und sich letztlich doch von Dagmar abgewandt hatte. Sie zweifelte lange daran und war kurz davor, ihr Vertrauen in ihren Mann aufzugeben, bis kurz vor der Reise in das Gebirge. Seit dem gemeinsamen Urlaub sprachen sie kein Wort mehr über Dagmar, als hätte es diese Beziehung zwischen ihr und Paul nie gegeben. Für das langjährige Ehepaar zählte nun nur noch die Gegenwart, das Jetzt und nicht die Vergangenheit, selbst wenn diese nicht besonders rosig aussah und die Zukunftsaussichten für einen rational denkenden Menschen mit medizinischen Kenntnissen wenig erfreulich schienen. Man weiß, ein Gehirntumor ist eine Krankheit ohne Chance auf Heilung und führt in den meisten Fällen nach wenigen Monaten zum Tod. Ob Hanna sich dessen bewusst war, blieb noch unklar. Sie recherchierte zwar im Internet über ihre Krankheit, sprach aber nie offen darüber. Sie behielt vieles für sich und zog vor, zu schweigen.

Während Hannas Krankenhausaufenthalts kümmerte sich Paul tatkräftig um die Wohnung, mit dem Ziel, diese gemütlich eingerichtet zu haben, wenn Hanna das Spital verlassen haben wird. Und so war es auch. Hanna, deren Gesundheitszustand sich zum Staunen der Ärzte nach der Chemotherapie grundlegend verbessert hatte, war überglücklich beim erstmaligen Betreten der gemeinsamen Wohnung. Die Freude auf diesen Augenblick dürfte dermaßen groß gewesen sein, dass ihr Körper wieder mit neuen Energien zum Blühen gebracht werden konnte. Leider war dieser für beide wunderbare Zustand nicht von langer Dauer. Es war ein Auf und Ab, aber Hanna versuchte alles zu tun, um möglichst rasch wieder gesund zu werden. Ihre mentale Stärke half ihr sehr beim Kampf gegen den Tumor und phasenweise fragte man sich wirklich, wer wohl siegen würde. Die Krankheit oder der kranke Mensch mit seiner unglaublichen Willenskraft?

Zurück zu ihr

Es war wie die Fortsetzung einer langen gemeinsamen Ehe, nur unter anderen Vorzeichen. Hanna und Paul machten einige gemeinsame Ausflüge, sprachen viel über die Vergangenheit, um von der schweren Krankheit abgelenkt zu werden und versuchten ein halbwegs normales Leben zu führen. Das gelang ihnen auch eine Zeitlang relativ gut, bis zum Ausbruch epileptischen Anfälle, die ganz unerwartet und leider auch nächtens auftraten. Sie dauerten von Mal zu Mal länger und traten nach einigen Wochen in immer geringeren Abständen auf. Paul holte anfänglich professionelle Hilfe für seine Hanna, kam aber relativ schnell mit diesen Ausbrüchen gut zurecht und wusste, wie in dieser Situation vorzugehen war. Phasenweise waren diese Anfälle so schrecklich, dass ein kurzer Krankenhausaufenthalt, bei dem man sie mit Infusionen zu behandeln versuchte, unumgänglich war. In dieser Zeit konnte sich Paul wieder ein wenig erholen und Kraft für die weitere Pflege sammeln, die nicht leichter, sondern körperlich und emotional immer anstrengender für ihn wurde. Er pflegte sie hingebungsvoll und verlor kein Wort darüber, wie anstrengend seine pflegenden Aufgaben waren. Er musste sich Hanna gegenüber stark zeigen und ihr Zuversicht und mentale Stärke vermitteln. Für sie war seine Nähe und die Harmonie in ihrer Partnerschaft das Allerwichtigste. Und davon konnte sie ziemlich Kraft schöpfen. Sie hatte es also geschafft oder doch nicht?

Ohne Otto hätte Hanna niemals den Weg zurück zu Paul geschafft. Er war für sie nicht nur eine mentale Stütze, ein Mensch, mit dem sie über alles reden und dem sie ihr Herz ausschütten konnte, der sie und ihre Gefühle verstand und der ihr Vertrauen gab. Sie hatte bei Otto einen Platz gefunden, wo sie vorübergehend wohnen konnte und der dafür nichts von ihr verlangte. Otto war für Hanna ein echter Glücksfall.

Und Otto? Er saß traurig und in Gedanken versunken in seinem Wohnzimmer und beobachtete seine Mutter, wie sie sich gerade alleine ihre Weste anzog. Eigentlich sah er durch sie durch und dachte an Hanna, die er in den letzten Monaten sehr liebgewonnen hatte. Diese Gefühle, die er für Hanna bekommen hatte, basierten nicht nur auf Freundschaft, sondern es war viel mehr dahinter. Und das wurde ihm erst jetzt so richtig bewusst. Er wollte Hanna wirklich helfen, Paul zurückzugewinnen. Er wollte Hanna glücklich sehen. Aber durch das Zusammenleben, durch diese intensiven Kontakte und den verbalen Austausch, den die beiden miteinander pflegten, kamen sie sich gefühlsmäßig näher. Doch jeder empfand es anders. Für Hanna gab es nur ihren Paul, Otto war für sie ihr Seelentröster und Ratgeber in dieser äußerst schwierigen Zeit. Otto, dessen Leben aufgrund der Pflege seiner Mutter sehr eintönig geworden war, hatte durch die Begegnung mit Hanna eine neue, interessante Aufgabe bekommen. Er wollte ihr unbedingt auf der Suche nach ihrer Liebe, nach der Liebe zu Paul helfen, und merkte plötzlich, dass für ihn aus der Freundschaft mit Hanna Liebe geworden ist.

„Jeder Mensch begegnet einmal dem
Menschen seines Lebens,
aber nur wenige
erkennen ihn rechtzeitig."
Gina Kaus

Die Krankheit veränderte in den letzten Wochen Hannas Psyche und Stimmung. Fühlte sie sich an manchen Tagen so fit, dass sie sogar den Gedanken hegte, gemeinsam Urlaub in Khao Lak zu machen, dort, wo das Schicksal seinen Lauf nahm. Paul zog es jedoch ganz und gar nicht dorthin, waren doch seine Erinnerungen daran wenig erfreulich. Am nächsten Tag war keine Rede mehr davon. Paul nahm diese Stimmungsschwankungen bedingt durch ihre Krankheit mit Fassung und versuchte, auch an schwierigen Tagen, Haltung vor Hanna zu bewahren.

Paul besuchte auch immer wieder Otto, den er als neuen Freund gewonnen hatte. Wenn die beiden zusammensaßen und gemeinsam über Hanna diskutierten, hatte Otto manchmal das Gefühl, sie würde neben ihnen sitzen. Und wenn er einen anderen Familiennamen als „Paulmandl" gehabt hätte, wäre Hanna niemals eines Tages vor seiner Türe gestanden. Zufall oder Bestimmung? – Es wollte so sein, und so wie es sich entwickelt hatte, war es auch gut. Das Universum macht keine Fehler. Es schickt uns immer wieder Aufgaben, die wir zu meistern haben und Herausforderungen, durch die wir persönlich wachsen können. Hanna hatte das Glück, den Tsunami überlebt zu haben, und ihre Lebensaufgabe war es, den Weg zurück zu ihrem Mann zu schaffen. Sie hatte unendliche Mühen auf sich genommen und dank ihres starken Willens, ihrer Ausdauer und ihres Selbstvertrauens ihr Ziel erreicht und dabei Otto als wertvollen Wegbegleiter kennengelernt.

Otto hatte durch Hanna mehr über Beziehungen erfahren dürfen, konnte dieses Thema mit Freunden und Bekannten in seiner Männerrunde diskutieren und war dankbar für dieses wunderbare Gefühl, eine Frau bedingungslos zu lieben. Zu lieben, ohne dafür etwas zu wollen, ohne sich vom anderen etwas zu erwarten oder zu erhoffen, einfach dieses Gefühl der Liebe für einen anderen Menschen zu spüren, genau diese Erfahrung durfte Otto mit Hanna machen und darüber war er sehr glücklich. Was Hanna für Otto empfand, war nicht bekannt und wird immer ein Geheimnis bleiben, denn nur kurze Zeit nach dem Urlaub in den Bergen kam für Hanna wieder eine Welle.

„... Wasser, ... Wasser ...!", gab Hanna mit geschlossenen Augen und Schweißperlen auf der Stirn zu verstehen. Paul reichte ihr das Glas Wasser, das auf dem Nachtkästchen neben ihrem Bett stand. Doch sie schien kein Interesse daran zu haben.

„Das Wasser, die Welle, ich kann nicht laufen ...", sprach Hanna unter starker Anstrengung im deliranten Zustand in ihrem Bett. Sie griff mit beiden Händen auf ihren Kopf und verzog schmerzverzerrt das Gesicht.

„Dieser Druck auf dem Kopf, ... der Baum, ... die Palme ... erschlagen." Hanna machte immer wieder Pausen, es war für sie sehr anstrengend zu reden. Die Stimme war nicht mehr ihre, sie phantasierte. Der Körper lag teilnahmslos da und fühlte sich kühl an. Die Haut war blass und durchscheinend. Sie hatte in den letzten Wochen einige Kilos abgenommen. Nur die Hände zeigten noch Regungen. Sie zitterten und krampften sich zeitweise zusammen. Ihre Augenlider vibrierten bei ihren Erzählungen und blieben lediglich einen kleinen Spalt geöffnet. Paul hielt ihre Hand und strich mit der anderen über ihren Kopf. Sie öffnete die Augen und starrte ins Leere. Oder ins Jenseits.

Dann kam ein Hilfeschrei von Hanna. „Die zweite Welle, das Wasser, die Wassermassen ... ich sterbe ...!" Hanna hatte ihren Kampf ums Überleben verloren. Jetzt gab es kein Zurück mehr. Das Leben, Hannas Leben war zu Ende.

Ein Mensch, der uns verlässt,
ist wie die Sonne,
die untergeht.
Aber etwas von ihrem
Licht bleibt immer in unserem
Herzen und geht nicht verloren.

Hanna starb am 26. Dezember, genau 7 Jahre nach ihrem ersten „Tod" in Khao Lak, zuhause in Pauls Armen. Sie hatte offensichtlich in den letzten Stunden vor ihrem Tod noch einmal dieses schreckliche Seebeben durchgemacht, ehe sie neben ihrem Ehemann einschlief und für immer von dieser Welt gegangen war. Sie hatte letztlich doch das geschafft, was sie sich nach ihrer Rückkehr aus Thailand sehnsüchtig gewünscht hatte, nämlich wieder mit ihrem Mann zusammen sein zu können. Auch wenn es nur für eine kurze Zeit war, es war aber besonders wichtig und sehr beglückend für Hanna. Dieser Zustand, der dazu führte, dass sich Paul für Hanna und gegen Dagmar entschied, war jedoch nicht ihr selbst, sondern ihrer Tod bringenden Krankheit zu verdanken. Sie musste schwer sein, sehr schwer sogar.

Die Trennung von Dagmar war nicht von Dauer, sondern lediglich für wenige Monate. Es wurden sogar vier gemeinsame Monate, die Hanna und Paul miteinander verbringen durften, und nicht wie vermutet nur drei. Hanna kämpfte länger als viele andere Menschen mit dieser schweren Diagnose. Während dieser Zeit musste Dagmar warten. Sie hasste es zu warten, sie war stets ungeduldig. Nie musste sie es lernen. Doch diese vier Monate konnte sie warten, denn sie wusste, dass ihr geliebter Paul wieder zu ihr zurückziehen würde. Nach dem Ableben seiner Frau Hanna holte er Dagmar wieder zurück in sein Leben und damit zu sich in die gemeinsame Wohnung.

Abschied nehmen: „Alles hat seine Stunde.
Für jedes Geschehen unter dem
Himmel gibt es eine bestimmte Zeit."
Kohelet 3, 1

Mag. Dr. Susanne Altmann

Bekannt als Autorin von medizinischen Ratgebern und Sachbüchern.

Seit vielen Jahren coacht sie erfolgreich Menschen, mit ihrer Sprache und dem richtigen Mindset ihre beruflichen und persönlichen Ziele mit Leichtigkeit zu erreichen und sich physisch und psychisch gesund zu fühlen.

Sie lebt und arbeitet als Autorin & Lektorin, Medizin- und Gesundheitssoziologin, Business Mentaltrainerin, UnterbewusstseinsCoach und Trainerin in Wien und hält auch online Kurse und Coachings.

www.schreibstar.at
info@schreibstar.at

Schreibt mir doch eure Meinung zu
Dreiecksbeziehungen und Partnerschaft.

Printed in Poland
by Amazon Fulfillment
Poland Sp. z o.o., Wrocław

17690813R00141